自画像

陈武文集·北京追梦故事

陈 武 著

中国文史出版社

图书在版编目（CIP）数据

自画像 / 陈武著 . -- 北京 : 中国文史出版社，

2021.10

（陈武文集 . 北京追梦故事）

ISBN 978-7-5205-3241-9

Ⅰ . ①自… Ⅱ . ①陈… Ⅲ . ①中篇小说—小说集—中

国—当代②短篇小说—小说集—中国—当代 Ⅳ .

① I247.7

中国版本图书馆 CIP 数据核字 (2021) 第 201604 号

责任编辑：金　硕

出版发行	中国文史出版社	
社　　址	北京市海淀区西八里庄路 69 号院　邮编 :100142	
电　　话	010-81136606 81136602　81136603 81136605（发行部）	
传　　真	010-81136655	
印　　装	阳谷毕升印务有限公司	
经　　销	全国新华书店	
开　　本	880×1230　1/32	
印　　张	8.5	
字　　数	180 千字	
版　　次	2022 年 3 月北京第 1 版	
印　　次	2022 年 3 月第 1 次印刷	
定　　价	58.00 元	

目录

CONTENTS

到燕郊
有多远

1

正在加班的汤图图，手头还有一堆事情没有做完，时间已经到了晚上八点半了。假如现在冲出门，乘电梯下楼，再往地铁六号线草房站一路狂奔，乘上车，到国贸换乘一号线，到大望路下，各个节点卡得正好，还可以赶上开往燕郊的 812 路公交车。如果再拖几分钟，只能拼车回家了。在临近八点半时，她那颗悬着的心还在悬着。八点半一到，在慌慌的余音中，渐渐归于平静——反正赶不上最后一班车了，既然赶不上，就随它去吧。在地铁一号线大望路站金地广场附近，有许多通往燕郊的公交车，最后一趟夜班车都在九点半到十点之间结束运营。这时候，黑车就大行其道了，由原来的十块钱一个人，往上猛增，随着时间往后推移，车价也从二十块、三十块到五十块不等，如果过了午夜，还要贵。汤图图无论多么想回家，无论习惯不习惯这样的节奏，也只能跟随着别人的节奏了。

对于汤图图来说，晚上八点半是个节点。

汤图图盯着电脑上满屏的表格，一行一行核实着表格里的数据，想让已经归于平静的心再沉沉，未承想，下午接到的那个电话又渐渐浮进脑海。电话是顾后打来的。顾后是她老公，一个"顾家而恋母"（汤图图语）的男人，打电话的时间是下午三点半。顾后一般不在这个点打电话，要打，也是在五点以后，主要是问她想吃点什么，或干脆通报晚上的饭菜，特别是他准备做几个她爱吃的拿手菜的时候，那口气，多半带有几分炫耀、讨好、表功，甚至有几分皮闹和撒娇。三点半打来电话，在她重新上班后的两年多时间里，还是头一回。关键是，顾后在电话里没说某个具体的事情，只问她几点下班。几点下班他是知道的呀，正常都是五点半下班呀，为什么要这样问呢？莫非和这几天下班不正常有关？没错，周一和周二，她都加班了，周一快十点才到家，周二更晚，到家都十一点多了。六月下旬了，各部门半年的小结都报上来了，都从她这里汇总，忙点是自然的。顾后也都没有说什么。昨天没有加班，家里一切正常。今天是周四，顾后突然来了这一句，什么意思呢？这个念头只是一闪，她就如实告知，今晚要加个班，别等我了。由于手里的事情有一大堆，特别是那张表，老板今天就要看到——他明天一早就出差了。但，到了下班的点时，顾后莫名其妙的电话又从她心头浮起，为什么不发微信而直接打电话？是什么等不及的事让他电话都打通了却欲言又止呢？冥冥中她有什么预感，觉得这个电话蹊跷，和平日的电话不一样。顾后很辛苦，几年来一直是家庭专职"妇男"，负责带两个女儿，老大八岁多了，在特殊教育学校读书，小的三岁半，上幼儿园。顾后曾经是小有成就的编剧、作家，算得上成功人士，挣了不少钱，这幢燕郊的复式大房子，就是顾后做"枪手"写电视剧本赚来的。如果有谁在电脑上输入"顾后"这个名字，会出来许多条关于顾后的消息，网上甚至还有他接受某电视台记者访谈的视频。四年前，为了家，为了她，为了孩子，顾后辞去了工作，在家一边带女儿，一边专事写作。开始几年还行，收入不算少，最近一段时间，她感觉到顾后的事业正在走下坡路。她对顾后从事的工作不太懂，无法关心，或者根本插不上手。现在想想，顾后能够牺牲自己的事业，做繁重而琐屑的家务事，让她安心上班，还是挺让人感到歉疚的。在这样的心情中，她加班的工作效率就一直处在较低的水平上了。

办公室里不算安静，她能听到自己细微的喘息声。和她一起加班的还有小浦和小白。小浦在敲击电脑键盘，小白在翻蓝纸（有一批新书要下厂付印了），声音都很响。小浦和小白都是"90后"，和她这个"80后"有一个代际的深沟。小浦是个年轻的妈妈，能坚持加班，很让她钦佩。小白是个帅小伙，是全部门乃至全公司最年轻的大男孩，也是除了老板外，唯一的男员工，阳光，俊秀，还有些腼腆。他们二人相处得好，喜欢互相称"老"，"老白""老浦"地叫。既然"90后"都敢称老，她这个"80后"也就大言不惭地自称"老汤"了。就在过了八点半这个时间节点后，自认为心情该归于平静的汤图图，心态恰恰向相反的方向发展了，不仅静不下来，还有点焦躁，有一点风吹草动都会影响到她，小浦有节奏的键盘敲击声，小白翻纸的"嚓啦"声，饮水机里的开水反复沸腾的"滋滋"声，也让她心烦不安。特别是饮水机发出的声音，更是影响到了她，每次都是在她刚要进入工作状态时，"滋滋"声就响起来了，那声音虽然细微，但就像钻在她耳朵里似的。她有过耳鸣病史，她害怕这种声音会诱发她的耳鸣，有时甚至错觉地把饮水机的"滋滋"声当成了耳鸣。她欲离开电脑，把饮水机的电源关了。正在这时，老板推门而入。

老板姓范，员工私下里叫他"饭桶"，这并没有不敬的意思，相反，却带有点昵称的意味，他自己似乎也在一些不算严谨的场合这样自嘲过。范老板的体形确实配得上这个昵称，身高一米八，体重一百公斤，早餐的驴肉火烧能吃五个。无论从规模上还是食量上，都是十足的饭桶了。

"你们三人加班？"范总眼睛落在汤图图身上，"那个表格，不用了。"

范总从推门而入，到下完指示后的甩门而出，总共没用十秒的时间。他说的"那个表格不用了"，就是让汤图图不要再加班了。这对范总来说，不过是轻巧的一句话，对于汤图图来说，却意义非凡。

汤图图关电脑，收拾包，在范总走后不到一分钟，也冲出了办公室。

现在才八点四十，如果运气足够好，还有可能赶上最后一班公交车。她匆忙的奔跑，完全是身体得到了下意识的指令——仿佛得到验证一样，顾后的那个电话的背后，确有非同寻常的内容。这不是特异功能，是多年来对丈夫的了解。所以，她从非中心大厦的门厅里冲出来时，擦肩相碰了一个红发女人，被红发女人骂了句"神经病"都当了耳边风，只是匆忙瞥一眼她的脸，就冲出玻璃门了。

2

汤图图没有赶上从大望路到燕郊的 812 路公交车，她拼了一辆黑车，二十块钱。还好，可以一直带她到北欧小镇。这是她家所住的小区。她从小区东门下车时，正好有一辆 812 在小区东门的公交站点停车下客，这应该是她没有赶上的那趟末班车了。看到这辆车，她心里稍许欣慰一些，不过是多花了十几块钱而已，回家的时间并未耽误，才十点四十。

电梯到了二十六楼，开了指纹锁，一踏进家门，她就感觉气氛不对。两个女儿应该早就睡了，老公应该在他楼上的书房，客厅里应该熄灯的，空调也应该是关闭的。可现在，客厅里的灯亮着，空调开着。这些都和往日不尽相同啊。

"顾后。"她轻轻叫一声。

顾后端着盆从卫生间出来了，轻手轻脚的。他穿着居家的大裤衩，一件旧 T 恤，一脸疲倦地小声说："大乖二乖都发烧了，二乖三十八度五，大乖快四十度了，我在给她们敷冷毛巾。"

汤图图的心一下就抽紧了，一边跑着一边踢飞了鞋。

汤图图赤着脚，跑进了女儿的房间。她看到两个孩子一顺头地躺在床上，大乖叫小雯，躺成"大"字形，肚子上横着一条大毛巾。二乖叫小前，蜷曲着，也盖着大毛巾。两个小家伙粉嫩的小脸都是红扑扑的，脑门上都敷着冷毛巾。

汤图图的脸在她们的小脸蛋上贴贴，一个比一个烫。

"下午三点时，学校打电话，说大乖可能发烧了，让我去接回来。我顺便就去幼儿园接上了二乖，看到二乖蔫头蔫脑的，一摸脑门，也烧了。我来家给她们喝点水，试了体温，感觉都不高，就没对你说。谁知道晚上两人的烧都上来了。"顾后一边说着，一边给两个孩子换毛巾，"我刚给她们敷上，等会儿看看，烧要退一点，就明天再上医院，要是没退，就直接去医院，不行就输液。"

顾后一向有主见。汤图图觉得他说得有道理（此前孩子发烧时，也这样办过），就点头同意，还给小前重新盖盖毛巾，把小前给弄醒了。小前睁睁眼，说："妈，我今天没得到小红花，都怪爸，提前接我了。"

汤图图听了，心都融化了，她美美地笑着说："小前真乖，小前给妈妈挣这么多小红花了，少挣一朵没关系。"

"我不叫小前，我叫顾小前，顾小前小朋友少挣一朵没关系……"小前的话音还没落，眼睛眯上，又睡着了。

那一边，睡着了的小雯喘息声很重，小鼻翼一张一张的。汤图图伸手在鼻子下试了试，热气便烘到了她手背上。她拿起床头柜上的体温表，要给小雯测试体温。

顾后声音很小地说："刚试过。"

汤图图显然不放心，还要测试。

在测试体温的时候，汤图图这才得空去了趟卫生间，她需要冲洗一下，一天奔波下来，身上黏黏的。在哗哗的莲蓬头下，汤图图不知为什么，突然哭了起来，心底下仿佛有一股伤感和委屈的暗泉，受到触发时便喷涌而出。而这种触发很难确定。但今天她知道为什么而落泪。两个女儿同时生病，顾后打通了电话又没有报告实情，单位根本不需要的加班，这三点都是诱使她伤感的原因。难道不是吗？生病发烧的女儿让她心疼，顾后为了不让她分心而隐瞒了女儿的病情让她感动，单位毫无意义的加班而耽搁她按时下班……总之，她是遏制不住地流泪了，满脸的水，不知花洒喷出的水多一些，还是泪多一些。她闭着眼，任水在脸上横流，小雯酣睡的睡态重又呈现，那小小扇动的鼻翼牵动着她的心。小雯是个弱智的孩子，到现在还数不到十，读了两年书了，连个"1"都写不好，智商比三岁多的小前还差了很远，这是最为让她焦虑的，什么时候想起来，什么时候都是个心病。这也是她为什么要上班的原因。只有在紧张、繁忙的工作中，才能短暂地遗忘心中的愁结，但又怎么能遗忘呢？本以为小前出生后会给她减轻点这样的愁结，实际上看到天真可爱、聪明活泼的小前，更加怜爱小雯了，更为小雯的未来担忧了。上个月，学校开家长会，老师已经私下里对她说了，顾小雯的情况，可能不太适合读书。她听了，当场就流泪了。老师看她那副伤心的样子，又改口说再观察到学期末。学期末马上就要到了，上周还和顾后商量着，要去学校找找校长，明年再上一年看看，随着年龄的增长，小雯的智商也许会有点提高吧，这不，上周都会自己叠纸飞机了，虽然全叠错了，那也是飞机啊。

汤图图草草了事地擦了擦身上的水汽，随手找件 T 恤往身上一套，就跑进孩子的房间了。

"多少度？"她问。

"大乖三十九度五，降了点。"顾后说，"二乖还在试——差不多了，你看看。"

汤图图小心地从小前的腋下拿出体温表，看了看，说："刚才试是多少？三十八度五？这回是三十七度六，这办法管用，再换一条毛巾来。"

顾后在凉水里拧了一条毛巾，说："大乖降幅没有二乖多，别烧坏了啊。"

汤图图从顾后的手里又接过毛巾，可真不能再烧坏了："能降到三十九度以内就行了。"

夫妻俩一直忙着，不停地换着冷水，不停地把冷水淘过的毛巾敷在两个女儿的脑门上，不停地测试着她们的体温。最终，小雯的体温不够稳定，从三十八度三到三十九度五之间摇摆，小前的情况要好一点，大致在三十七度六左右。

3

早上六点二十分，汤图图在北欧小镇东门上了 812 路公交车。这一站附近是燕郊的人口密集区，上车的人特别多。但通常到这一站时，车上已经无座，她很少有抢到座的时候。今天真是幸运，她抢到座位了。这趟车的座椅比较密，几乎放不下腿。好在她是中等偏瘦的个子，刚刚一米六，坐下来也还勉强——谈不上舒服。没想到一坐下来她就后悔了。在她身边，是一个大胖子，比她老板胖多了，其实就是一摊肉，她只能占到座位的二分之一，另外二分之一也被他占去了。而且，他的两条胖腿呈八字形撇着，几乎是卡在两排座椅的缝隙间。占了座位倒也罢了，关键是他身上的那股味，浓烈的烟味和油脂味。你一个巨型胖子，有油脂味可以理解，怎么还抽烟呢？抽烟就抽了，谁有你这么大的烟味啊，家里就没人管吗？汤图图不愿坐了，但，想到走道上站着已经不可能了，车子很快就到了华北工业大学南门的站点了，这一站上来的人更多，顷刻间塞满了公交车的所有空间，他们大多是大学生。挤在汤图图身边的，是一个瘦高个子男孩。他可能太高了，屁股就贴在她的脸上，她只好难受地把身体前倾。燕郊的街道上，红绿灯很密集，车子走走停停，还不时地有人上来。812路就像一条蛇的食量，你永远不知道它能吞下多大的食物，感觉一个人也上不来时，还能挤上来三四个人。车厢里的空调倒是给劲，怎奈人太多，加上她身边一浪一浪的浓烈油脂味，让她只能屏息敛气，没转几个弯，她就感觉晕车了。汤图图以前是不晕车的，可能是基本熬了一夜，太疲倦了，感觉身体有点不太吃得消。可能是太累了——汤图图和老公陪女儿，几乎一夜未眠，撑到了凌晨四点半时，还是带着两个女儿去医院了。他们拿毛巾敷的土办法，以前两人轮流着用在一个孩子身上真的奏效，这次两个孩子同时发烧，加上小雯的体温偏高，忙不过来了，便决定还是去看看医生踏实。到了医院，挂了急诊，做了检查，没有大事，就是普通的流感，开了吊瓶，两个孩子同时在医院输液了。汤图图松了口气，怀里抱着小前，想着一会给老板发微信，请假。顾后去买早点了。小雯不安分，老是转头掉屁股的，对输液室的什么都好奇。她就叮嘱道："小雯乖，坐好了，打针要坐好，不然，会疼的。"小雯翻翻白眼，坐着不动了。汤图图觉得这孩子有进步，能听懂她的话。顾后很快就回来了，他买了三笼小包子，还有热豆浆。顾后拿着包子喂给小雯咬了一口，对汤图图说："你上班要走了。"汤图图说："我今天请假。"顾后说："不用请假，输完液，我带大乖二乖回家，另一针明天上午来打。明天不就是周六嘛。"汤图图看看大口吃包子的小雯，对小前说："小前，你看你姐，都大口吃包子了，你也吃一个。"小前紧抿着嘴摇着头。汤图图说："我还是请假吧？"顾后说："不用，你上班去吧，我回家煎鸡蛋做手抓饼给二乖吃。包子你带几个。"汤图图说："那我上班去啦。"汤图图拿了两个包子和一杯豆浆，跟顾后使了个眼色，意思别让小雯吃多了。小雯不知道饱，好吃的东西能一直吃到呕吐，又特别喜欢吃包子。顾后说："知道了，放心。"汤图图摸了把小前的头："听爸的话。"汤图图匆匆走了，还没走出医院大门，就把两个包子和一碗豆浆解决了。她花五块钱打一辆三轮车，正巧就赶上了这班812，正巧就赶上坐到了这么个巨型胖子身边。

公交车快快慢慢、停停靠靠，四十多分钟到了通燕高速入口处，停住不走了。汤图图抬头望，透过前边的挡风玻璃，看到的是逶迤几排的汽车长龙，一动不动，像是一条狭窄的停车场，一直绵延到通燕高速公路上。

堵车是常有的事，有时候堵十分钟，有时候堵半小时，堵一个小时以上的时间也是家常便饭。对于汤图图来说，被堵在车上早就是常态了。但在通燕高速入口处就堵，并不多见。通常都是在潮白河大桥上才堵，然后缓慢向前蠕动，过了白庙检查站，会好一些。但也只是好一些，虽然不是完全堵死，在早高峰阶段，从来就没有顺畅过。多年被堵在路上的汤图图，早已经练就了对付堵车的办法了，就是玩手机。其实，满车人都在玩手机，就连身边的大胖子也在玩，他在玩王者荣耀。但汤图图今天显然没有心情玩手机了。她把手机拿出来时，立即就想知道女儿们打针的情况。顾后仿佛知道她的心思似的，果然就有几幅照片发来了，哈，是并排坐在绿色输液椅子上的两个宝宝的系列照，主题应该是小前喂小雯吃包子。小前太萌了，自己不吃，拿着包子往小雯的嘴里塞，像个小大人一样，很认真。小雯也配合，张开大嘴等包子，把一个包子咬去了大半。照片共有五幅，从拿包子，到包子被咬了一大半。汤图图立即发去了三个大拇指，表示顶级的夸赞。顾后立即回复说："烧都退了，哈哈，二乖又欺负大乖了。"顾后真是聪明绝顶，他最知道汤图图关心什么了。汤图图又发去了大拇指，还配上小红花。顾后说："我们准备回家了，还有一点点就挂完了。"汤图图说："到家让她们吃点水果喝点水，叫二乖要多吃点饭。"顾后回了个"OK"的手势。这番操作以后，812似乎在原地没有动。车上的人倒是安静，空调也一如既往地给力，萦绕不散的各种气味也更为浓烈。汤图图不知道这车要堵到什么时候，后悔没有请假。早知道还没出燕郊就堵死了，还不如在家陪陪宝宝们了。她看一眼时间，快七点半了，如果能正常行驶，或许不会迟到。看样子不会正常行驶了，不迟到是不可能了。她冲前边的汽车长龙拍了张照片，发给了公司办公室负责考勤的小浦，并附上了说明文字："还没上通燕高速，这堵的。"她把同样的照片和内容又发给了老板。她是公司办公室主任，跟负责考勤的小浦算不上请假，只能再跟老板说明情况。说明情况不算迟到，但下午下班时，得把堵在路上的时间补回来。

812 还是动了起来。动起来总比不动好。动起来就快了。

顾后带着两个女儿已经到家了，他们在小区的超市里买了一大堆东西，三个人每人各有一包，两个宝宝更是欢天喜地，抱着自己喜欢的食物、玩具。汤图图收到顾后发来的照片，看到两个宝宝在地板上玩玩具吃东西，精神都不错，心便放下了。她接连给顾后做了三道指示：一是考虑一下，托托关系，找找特殊教育学校的领导，一定要让小雯继续上学；二是上午下午要分别给小雯、小前喝三次水，每次半杯；三是因为堵车在路上，下午要补班，又不知几点才能到家了，要密切关注宝宝们的体温。

从通燕高速的入口，到白庙检查站，一共两公里的路程，走了两小时五十分钟，相当于蚂蚁在爬行了。在这两个多小时里，汤图图被卡住动不了，前后是狭窄的座椅，左右分别是巨型胖子的腿和瘦高青年的屁股，其间有 N 次，她的腿被胖腿挤、碰、摩擦过，还有 N 次，脸或头部，被瘦高个子的屁股摩擦、挤压、砸撞过，她躲无处躲，只能无数次缩紧自己的身体，试图把自己的身体缩小，再缩小。如此一来，她身体的很多部位都僵化、麻木了。终于挨到白庙检查站了，上来两个民警，要求每人掏出身份证，在什么机器上验一下。民警们真不简单，能在如此拥挤的车厢里走一趟，那要经过多少次碰撞和推挤啊。只是经过这么短暂的骚动，让原本闭塞、沉寂的空气，重新流动起来，尽管汤图图下意识地屏住呼吸，一股汗臭味、烟臭味、脚臭味、体臭味、遗留在口腔里的早餐味、洗发香波味以及各种甜腻的化妆品味，相互又重来一次大扩散、大交融和大聚合。她期望过了检查站车速会正常起来，未承想还是堵。一直过了白庙收费站，才缓慢向前移动。直到通过了通燕高速，行驶到了建国路上，大巴车才正式跑起来。到大望路终点站时，已经快十二点了。这就是燕郊通往北京的路，或北京通往燕郊的路。没有人知道这段路什么时候会堵，什么时候不堵，或在什么情况下不会堵，在什么情况下会堵。

4

汤图图冲进非中心大厦，到了公司所在的楼层，腿还发酸、发软，头脑昏昏沉沉的，眼睛也迷迷瞪瞪的睁不开，整个人仿佛还停留在凌晨的时空里。本来，她想利用公交车上的时间，打个盹，把夜里缺的觉补回来。谁能想到堵了那么久，身边又"万里挑一"地遇到那么稀奇古怪的人呢，只能说她的运气坏透了。一般的规律，都是福无二至，祸不单行，自己目前这个状态，料想还会遇到什么无法预知的不测。因此，在路过范总办公室的门口时，她故意放轻脚步，只求得安全通过，别再让老板给盯上了。

范总办公室的玻璃门紧闭着，整个房间的玻璃隔断上，一溜都贴着"大圣文化"的招贴画。就在她即将穿过那截走廊时，玻璃里发出一个熟悉的声音："汤主任，进来一下。"

一听就是范总的声音。他从来都是叫她小汤，或汤图图，怎么冒出来一句"汤主任"？这主任也是他随口一封的，总编办公室主任，实际上就是打杂跑腿的，她早就申请过了，还想回编辑部门去做一个普通编辑，一编室二编室都行，一编室是编社科、文艺类的书，二编室是畅销书策划，汤图图都能胜任。但范总不答应。可能是总编办总得有个能干的人挑头跑腿吧。汤图图不想挑这个头，一来是工作太碎，二是范总也太碎，每次从他办公室门口经过时，都害怕他突然会喊她一嗓子。这不，又来了。汤图图只觉得头皮一麻，只好收了脚步，折回，推开了范总办公室的门，以精神焕发的临战状态，出现在他面前。

范总超大的红木办公桌就在门里边，他本人也是对门而坐。他一准是看到她迈动的双腿双脚了。她后悔没有换那双高跟的皮凉鞋（平时都是白色的小板鞋），再换上那条她还未曾上身过的月白底子蓝色碎花的连衣裙（她平时都是牛仔裤），否则，他还不一定能认出来呢。汤图图推门而进时，在范总的对面，也就是背对门而坐的，是一个香气扑鼻的女人。从背影看，汤图图并不认识这个女人，她穿着露背装，虽然一大束红发披散下来，还是没有把她白皙的背给遮住。应该说，她的背露得恰到好处，既展现了她的性感，柔顺的红发又稀释了一部分性感，有种欲说还休、欲盖弥彰、闭月羞花的刻意。汤图图对于范总办公室出现的年轻女人，一点也不感到奇怪。范总的办公室里，经常会出现一些人物，不仅是美女，有时是莫名其妙的各路大师，或美术界的，或书法界的，或影视界的，或国学界的，还有气功界的，有一天，他接待一个新交不久的台风发烧友，还专门为这个事给编辑们开了个会，试图出一本台风方面的畅销书。当然，因为此书不太可能畅销，这个策划也就不了了之了。

"介绍一下，"范总说，"这位是总编办汤图图汤主任，这位，韩雨花，是新来的总经理助理。汤主任，等会儿在你们办公室，给韩助理收拾一张办公桌。"

范总的话说得明明白白，汤图图听得明明白白，这是新来的助理，总经理助理，就是范总的助理，叫韩雨花。汤图图的脸上立即呈现职业的微笑，说："好的，马上办好。"

汤图图转身离去时，也没有看清韩助理的脸，因为韩助理根本就没有看她。汤图图所站的位置，是在韩助理右后侧，只能看到她的耳郭和镶着钻石的耳钉。她瞬间就觉得这个助理来头不小，也让她很难办。助理，应该是属于领导层的，放在总编办，身份怎么办呢？办公室的事情，助理过不过问呢？有什么工作，是先请示助理，还是和以前一样，直接请示老板？抑或是助理直接领导她，由助理来取代她这主任的角色？

办公室里，小浦和小白都趴在办公桌上小憩。中午吃饭时间是一个小时，小浦和小白平时会早早订了餐，不到下班就吃好了，然后，会各自休息几十分钟。今天他们不能睡了，时间紧，任务急，汤图图立即把他们叫醒，指挥他们把靠里边的一张办公桌收拾好了。那张桌子的位置最好，是汤图图的前任坐的。本来汤图图也想坐那里，可坐下她就闻到一股浓烈的烟味——前任是个男青年，不折不扣的烟鬼。汤图图的鼻子比狗鼻子还灵，她受不了那气味，就搬到现在靠门这张桌子办公了。小浦和小白虽然被耽误了好觉，对汤图图还是言听计从，很快就把桌子收拾好了，电脑也试过了，能用。汤图图就在 QQ 上给老板留言："范总，办公桌收拾好了，虚位以待。"范总随即就回复道："好的。我们马上出去吃个便饭。对了，下午下班后，公司全体人员开会，你通知一下。"

汤图图迟到了一个上午，就算不开会，她也要加班补回来。可开会还是惹得大家怨声载道，群里已经开始发声，虽然不是直接抱怨，但有人说晚上约好的饭局吃不成了，有的说电影看不成了，有的说，说好参加的读书会，也流产了。小浦马上 @ 对方："流产？"对方立即怼了回来："就你聪明！"小浦便送了对方一朵小红花。总之，话里话外都是不满。住在燕郊、上午迟到的几个编辑没吭声，有可能还暗中窃喜，她们就算不开会，也要补班。开会算加班，里外里她们就相当于少补了一次班。汤图图无所谓，心里一直惦记着家里的两个宝宝。她刚和顾后视频了，小雯小前吃完饭，都睡了，而且体温也正常。两个小家伙要不是生病，平时睡个午觉太难了，可见感冒还是对她俩有影响的。汤图图不知道开会的内容。奇怪的是，小浦和小白这次也没问，而且连为什么要腾出一张办公桌也没问。这太反常了，小浦和小白都是人精，敢装神弄鬼啦？什么情况？汤图图想，小浦别看年轻，智商情商都是一等一的高。小白做事稳，平时不爱讲话，可讲起话来，也会给你埋个雷挖个陷阱什么的，逗得你忍俊不禁，哈哈直乐。今天怪了，默默地把桌子收拾好了，一句多余的话都没有。汤图图想想，恍然觉得，是不是和自己有关？小浦小白是不是已经听到了什么？以为要新来个主任，或已经知道要来个助理，这个助理就是来取代她的。有这种想法也是完全有可能的。汤图图不介意，完全是误解。但是，且慢，也许不是误解，也许是真的，这韩雨花真的是来取代自己的。汤图图想到这里，胃里蠕动一下（她饿了），心里跟着慌慌起来。再一想，也不对呀，一点迹象也没有啊，她工作优秀，没出任何差错啊。对了，可能要调她回编辑部了。她打过要回编辑部的申请报告，当时没批准，是因为没有韩雨花这个助理，现在，韩助理就位了，也就要梦想成真啦。去编辑部门当然好啦，两年半以前，她来公司应聘的时候，就是编辑岗位，因为这是她的老本行，干起来驾轻就熟，得心应手。事实也确实是这样，由于业务能力强，出版的流程又非常懂，很快就赢得了范总的青睐，八个月前，因总编办主任跳槽高就，她就被顶到这个岗位了。现在又新来个漂亮（虽然没看清面容）的女助理，她回编辑部也是正常。这个小浦，这个小白，这两个小鬼精，真是太敏感了。

5

　　不大的会议室里挤满了人，一编室二编室的人自动分两边坐着。汤图图在范总的位置边上又放一把椅子，那是给韩助理准备的。还给她放了个水杯，杯里是半杯纯净水（范总自己有茶杯）。汤图图不知道这样妥不妥，但她也不知道如何做才妥。就这样吧。一切就绪，只等范总来宣布开会了。不，还有韩助理。韩助理也没来。中午他俩出去吃饭了，然后，一个下午就没见人影。范总的QQ显示是手机在线。下午五点半，她去范总的办公室看看，范总不在，又给他的QQ留言，说人都齐了。范总也没有回话。

　　与会的二十多人，在安静了不到三分钟后，有人小声说话。还有人问汤图图："这是什么会呀？还开不开啊？"汤图图说："领导没说不开。"话音一落，韩助理进来了。大家都不再说话，都狐疑地望向她，仿佛一齐发问：这谁啊？韩助理看只有两个空位，便选一个坐下了。汤图图这才发现，眼前的韩助理，不就是昨天晚上下班后，在楼底大厅里和她擦肩相撞的红发女人吗？韩助理还骂她一句"神经病"呢。没错，正是她。虽然看上去，她的头发没有昨天那么的红（可能是灯光所致），确实没认错，熊猫眼，尖下巴。汤图图心里一紧，跟着"咯噔"一声脆响，有种不祥的预感，觉得她和这个韩助理有可能不投脾性，首先不是昨天发生的意外擦碰（她有可能记不得了），而是眼缘不对，气场不对。她不喜欢这种脸型的女人，其实就是大驴脸，不化妆还像个人，再描个眼，削个（整形）下巴，像是从不明星球来的潜入者。汤图图的心情马上受到了感染，回编辑部当编辑的决心更加的坚决了。

　　"韩助理，范总回来了吧？"汤图图问，问过又后悔，这不是明知故问吗？再说，这种问法会招致她反感的——明显是表明，整个下午，她和范总在一起嘛，只有她知道范总的行踪嘛。汤图图只好又补充一个微笑。但这个微笑似乎更加的多余，仿佛是强调了前一句的正确性。汤图图在自己的腿上狠狠掐一下，慌什么？瞧这点出息！

　　"回啦！去洗手间了。"韩助理的嗓音特别清脆，又故意提高了调调，有点调皮和娇嗔的意味，也带有点挑衅：本姑娘不但知道范总回来了，连现在干什么都告诉你了，这是一种高级的"怼"。

但是她说话的调门和语感确实和编辑们平时的交流语言不同，完全不在一个频道上。

有几个女编辑作势要笑，马上又觉得不合时宜，便把笑忍了回去。有一个没忍住，拿手去捂嘴，把笑憋成了咳嗽。

范总抖着身上的肥肉进来了，喘着粗气坐下后，说："久等了吧？出去办了个事，差点把开会的事忘了。有个好消息先通报大家，刚和一家大公司谈了合作……下半年公司要飞速发展了。今天利用点时间，开个会，还有几天，这个月就结束了，上半年也就结束了。按照惯例吧，每人说说手头的工作进展和下半年的工作计划，然后我再重点强调几件事……还是从一编室开始吧，来，谁带个头？"

会议程序每次都是这样。编辑们笼统地说说自己手里正在干的工作，或一个选题的市场预期。大家知道这种会毫无意义，都心照不宣地把话缩短，每人少说一分钟，就节约了二十多分钟，少说两分钟，就节约五十多分钟了，大家也就能提前二十多分钟或五十多分钟下班了。所以，很多人能短则短，说重点中的重点，又不能让老板看出来是敷衍了事。但，也有例外，比如二篇室的这个长发美女小编，她就一句话："手里的工作就是加紧编校胡适的《此去经年，谁许我一纸繁华相思梦》，争取下周寄社里。完了。"

"完啦？等等，"范总抬手示意她，意思是你的话说完了，我还有补充，"上次开选题会时，我安排的事，你落实了吗？再展开来说说。"他看到长头发美女小编摇摇头，有点恨铁不成钢地说："你看……你看你看，看看……我的话当耳边风了吧？为什么不落实，胡适的书早就进入公版了，你既然能选编一本，为什么不多选几本？这个书名太漂亮了，太有市场感了，照这个样子搞一个小套系嘛，四本，或六本、八本。就算不跟胡适的作品，也可以跟别人的作品啊，比如周作人的，比如郁达夫的，比如张恨水的，比如周瘦鹃的，比如大先生的，大先生就是鲁迅啊，多好的选题，正合少男少女的口味，鲁迅的，可以叫作《风弹琵琶，凋零了半城烟沙与谁诉》，嗨，太漂亮了，就把鲁迅写女师大的那些文章，加上几篇写给许广平的情书，糅合到一起，一定会畅销的。张恨水也可以啊，张恨水也进入公版了，那天我是怎么说的？对，《烟雨纷繁，负你一世红颜薄情命》，郁达夫的，可以叫《倾城春色，终只是繁华过往遗情恨》，徐志摩的也要做，林徽因的书卖得那么火，一定要把他们两个往一起勾连。这就叫策划，你们都学学啊，一编室的人也不要以为跟自己无关。"范总不准备停下来，一口气往下说，大家都知道坏了，范总的话匣子要是打开了，能讲两三个小时，就是讲半天，也有话题可说。大家都用憎恨的眼神望着那个长发美女小编。她也意识到自己惹下大乱子了，羞愧地低下头。但是，让所有人没想到的是，范总的话匣子倒是打开了，要讲的内容也铺开了，却突然刹住了车，话题在打了一个"嗝"之后，说："好，你们继续。"

接下来，编辑们说什么，汤图图一个字也听不进去了——她犯了个大错误。她本来可以避免犯这个错误的，但，韩助理穿的凉鞋实在太有特色了，白色的（颜色不重要），关键是似乎只有一根带子，怎么能穿得住呢？就算穿得住，怎么能跟脚呢？她赤裸着脚（时髦女人都是赤脚的）的脚趾上，涂着紫红色的趾油，应该说，这个女人的脚是漂亮的，是有资格展示出来的。就在汤图图侧低着头一边欣赏着韩助理的美脚一边听范总高谈阔论的时候，她看到韩助理的脚迅捷地碰一下范总的脚，范总流畅的语调就"嗝"了一下，与此同时，范总的目光就和她的目光在空中有了个对接。她就算用电的速度躲回目光，也是晚了。汤图图为了挽回自己的失态，把椅子向前拉了拉，和范总一样，身体前倾在会议桌子上，并且拿起笔，在笔记本上记了几笔，心里却在迁怒于身边的韩助理，正是她不端正的坐姿（椅子往后拖，和会议桌隔了点距离），把自己给带下了水。汤图图本想突出一下韩助理的，比韩助理还往后了一点点，正是这个角度，才让她能瞥见会议桌子下面发生的碰脚。汤图图实在不应该看到他们的双脚相碰，就算看到了，也不应该和范总的目光相遇，这不是等于告诉范总"你们的故事，我全都知道了"嘛。这可是犯忌的，大忌。还好还好，反正就要回编辑部门了。

会议很快结束了。

就在最后一个编辑汇报之前，汤图图放在桌子上的手机亮了一下，是一条微信提醒，她打开一看，是范总的：会后多留一步。

该来的还是来了。

大家陆续离开会议室后，汤图图没有走，是不是昨天大老板要的表格还要要？那她索性再加个小班，完成就行了。

"知道为什么还要和你再聊几句了吧？"当会议室里只剩下两人时，范总说。

汤图图拿眼睛问范总，意思是不知道。她总不能说是因为偷窥了他和韩助理在桌底下用脚在交流的事吧？如果不是他要的上半年发货账期表，还能有什么事？回编辑部的事？这倒是有可能的，毕竟她在一个月前，是正儿八经向范总提出申请的。

"是这样的……你知道汤主任，今年出版形势严峻，回款也越来越难，请你弄的表你也看出来了，有的发行公司三年前的款还不回……真是难做了。所以，"范总突然加重了口气，"公司只能减人，各部门都要减。你的情况特殊些，是我们的优质人才，但是，住在燕郊，太不方便了，经常迟到也给其他部门的人员带来负面影响……我也是不得已啊……也不着急，下周你抽个时间，来和韩助理办个交接就行了，周几都行，随你便，反正工资给你发到月底，另外，还有一点小奖金，手续交接完，也一并发。"

汤图图是聪明人，在范总开口说话时，就知道结尾是什么了。她被辞退了。她之所以还能听完，是在盘算着下一步的打算。说真话，汤图图万万没有想到，她会被辞退，在吃惊之余，也并没有多少可留恋的。她也不想追究是什么原因了，但脑子里还是迅速找了找原因，是那个表没有按时交？是因为她想回编辑部门？肯定不是因为出书难。出书一直都难。是因为她偷窥了他们桌底下的小动作？似乎也不是，中午收拾办公桌时，从小浦和小白的神色上，就已经看出端倪——他俩已经知道了。那么，一切可能就发生在今天上午。今天上午，在她被堵在通燕高速上时，一切都已成定局。

"已经很晚了，改天再请你吃饭，早点回吧。"范总已经站了起来，又开玩笑地说，"燕郊有多远？我还没去过。"

"燕郊……对，我家住燕郊。"汤图图这才觉得自己还是失态了，一定是面色难看或目光呆滞了。汤图图一笑说："下周一我来办交接。"

6

汤图图赶上了812路的末班车。

汤图图坐在照例拥挤的车厢里，心情和以往的心情完全不一样了。她不是个心理承受能力低的人，大圣文化这个破公司也没有什么可留恋的，范总也是个粗粝的不学无术的家伙（虽然有点文化智慧，至多算是小聪明），她几乎断定他的公司不会太长久，她这几天做的统计表上，应收款有近千万，而且大部分是死账（有的公司都不存在了）。公司的现金流也一直是个问题，都是拆东补西。走了也好。汤图图就是有些不甘心，怎么不是自己炒了老板，而是让这个死胖子占了先？占了先也就罢了，还让自己有点灰溜溜的——仿佛是被一个女助理给挤走的，就像自己失宠一样，这都是哪对哪呀！

如何和顾后说呢？被辞退的事，先按下不表，今天是周五，不是还有整整一周嘛，可以利用这一周时间找工作，找到了工作，就说是自己跳槽的。汤图图从来不撒谎，但这一次，她想撒个善意的谎言，毕竟，这些年，顾后太辛苦了，如前所述，他是有文学理想和文学情怀的人，一心想在文学创作上有所建树。但为了生活，他甘愿做了几年的枪手，写了上百集电视连续剧，赚了第一桶金，买了房子，车子，本指望一切安稳了，可以静心实现文学的理想，未承想，小雯又是这样的孩子。在小雯八九个月的时候，她就发现孩子不太正常，和顾后也聊过，顾后还骂她乱讲。当孩子越来越和别的同龄孩子不一样时，周岁那天去医院做了全面检查，结果让他们如遭晴天霹雳，她实在不能相信，两个聪明的人，怎么会有这样的基因，生出了这样的孩子。接下来，他们又经历了漫长的求医过程，有的医院说可以治疗，有的说不可以。说可以的，都是私立医院，还信誓旦旦地保证，一定能痊愈。说治不好的，都是公立医院。顾后和汤图图也知道公立医院的诊断是对的，但既然私立医院说可以治，那就治吧，虽然不能像他们吹嘘的那样痊愈，能减轻症状也好啊。就这样，汤图图也辞了工作，和顾后一起，东跑西颠地治了两年多，看实在没有希望了，这才决定要个二孩。本以为，老二出生后，会冲淡他们苦恼和内心的痛，哪知道并不是这样的。特别是小前渐渐长大，渐渐表现出来的聪明和伶俐的时候，再看看小雯，心里更加的难受、绝望，为孩子今后的人生担忧，她不仅是枉来这人世走一遭啊，还要连累父母的一生。为了小雯，他们不知伤过多少次心，流过多少回泪，特别是顾后，更是浪费了青春，损失了名誉，本来，他做枪手时，已经得到了某大编剧的赏识（大编剧的很多热播的电视连续剧的剧本都是出自顾后之手），准备在下一部电视剧上，让顾后署名，不再做枪手了，稿费也从枪手时的一集三万元左右，提高到五万元以上。可是，接下来的求医、奔波，又照顾她生育二胎，让他多次放弃了唾手可得的机会。当小前出生后，他想加入大编剧的创作班子时，已经今非昔比了，人家培养了更出色的枪手。顾后索性在家做了家庭妇男，并鼓励她出来工作。

顾后知道，她长期生活在焦虑的情绪中，不仅于事无补，改变不了小雯的现状，对小前的成长还有影响，对她的身心健康也不利。她重新工作这两年多来，可以说是顾后撑起了这个家，她确实也逐渐调整了过来，说句难听点的，就是认命了，敞亮点说，就是想开了，命中摊上了这个孩子，事实已经形成，能怎么办？一旦把事情想开了，天也就是晴天了，工作、生活也就顺畅了。谁承想，平白无故的，就被公司给辞了呢？

回燕郊的路上总是很顺，过了丁各庄时，她还有心情想起一位熟悉的诗人写的诗，诗名就叫《过丁各庄》。诗虽然不是特别的好，因为写的是她熟悉的风景，还是记住了。一进入燕郊的街道上，她就有种莫名的亲切感，就微信问顾后："大乖二乖没再烧？"顾后的回答是没烧，说好要等妈妈回来讲故事的，结果都睡成了小猪猪。汤图图心里暖暖的，觉得，生活还和以前一样。

一进家门，汤图图就把单位的不快抛到九霄云外了。因为她已经决定，明天就在网上投档找工作，不，今晚就投。反正明天就是双休日，她可以先把简历投出去，说不定周日就收到好消息了，周一就面试了，周二就上班了。

汤图图直奔女儿们的小房间。她每次到家，哪怕女儿上学不在家，也喜欢到女儿的小房间看看。她喜欢女儿小房间的气息，有种清甜的奶香味（也许是错觉）。小房间本来是小雯一个人的。从上个月开始，小前主动要来陪姐姐睡觉了。去年两个人的智商还差不多，今年小前就明显高出姐姐一头了。两人在一起倒是好玩，小前在幼儿园学的东西，都全盘教给了姐姐。姐姐虽然学过就忘，大多数时候还听话。小前也就像老师一样，越教越认真了。汤图图进了房间，看到的影像让她心里温暖，空调温度正合适，27度，两个女儿分别在两张小床上睡着了，一边的顾后在看一本书。

"回来啦？"顾后把书放到床头柜上，翻身从床上下来，说："做饭给你吃啊。"

正常情况下，晚饭都是顾后做的，就是她晚上不加班，也是到家就能吃到现成饭，加班就更是饭来张口衣来伸手了，除非她晚上吃过了。但是，今天她不想吃，一点食欲都没有，也没有饥饿感。这和坏心情都是一脉相承的。从前她陪大乖到处奔波治病时，也这样，从来不感到饿，都是把吃饭当成了硬性任务。可见现在她心理上虽然没觉得被辞退是什么大不了的事，但生理反应上，还是撒不了谎。便任由顾后去忙活了。她分别在两个女儿的脑门上试试，小脑门都是凉爽爽的，真不烧了，早上打的吊针还是起了作用。完全放心的汤图图随意瞥一眼顾后放下的书，是英格兰作家麦克尤恩的小说《儿童法案》，书名引起了她的注意，便拿过来看看，从内容提要上她得知，这不过是一本普通的反映儿童成长的小说，和小雯这样的弱智儿童并无关联。同时她也知道了，麦克尤恩是当代英格兰最好的小说家。她一直知道顾后的文学修养和欣赏水平很高，看这样的好小说，是当作自己的标杆的，是要向他们学习和看齐的。既然顾后的文学理想还没有泯灭，她说什么也要重新找份好工作，多挣些钱，来分担家里的经济负担。

"老婆，吃饭！"顾后探进脑袋，声音小如气流，却格外的亲密。

汤图图以为顾后不过是怕吵醒熟睡的女儿们才小声说话的，待来到饭厅一看，一碗面，一个小蛋糕，这才想起来，今天是她阳历的生日，激动的眼泪夺眶而出。

"生日快乐！"

汤图图情不自禁地在顾后的胸脯上靠了靠，说："我都忘了……"

"我忘不了。"

汤图图从小到大，都是过阴历生日，结婚后也是。近几年，顾后突然帮她过起了阳历生日，阴历生日便有一搭没一搭了，加上小雯这种情况，她对过生日也就失去了兴致，也不去奢望吃一口好东西。但对于顾后来说，这种仪式感还是要的，反倒是他自己的生日可有可无了。汤图图望一眼女儿房间的门，说："蛋糕给乖乖留着。"

汤图图吃着生日面，觉得这碗面不简单，是顾后精心准备的，几片香菇，几片嫩笋，几片火腿，几粒海米，还有几根鲜嫩的马兰头，淡爽又鲜香，正合口味。别看几根马兰头，这种野菜，不是谁都能在菜市场里看到的，还有香菇嫩笋和火腿海米的荤素搭配，也是要经过构思的。有如此精细的好面，她当然吃得很爽啦。还剩下一点点汤时，汤图图才想起来要夸夸顾后的，说："太好吃啦，留几口给你尝尝。"

"你吃吧。"顾后就坐在她对面。

"吃撑了，吃不动了。"汤图图把大海碗推给了他。

顾后这才把汤给喝了。

"今天我妈打电话来，下周来家里。"顾后高兴地说，"暑假不走了，帮我们带乖！"

"好呀！"汤图图说，"这两天把楼上的房间收拾收拾。周几到？"

"周三吧。楼上的房间已经收拾好了，空调也试过了，很好。"

汤图图的婆婆要来了，这对汤图图来说，也是个莫大的安慰。

顾后的老家在黑龙江宾县，离哈尔滨很近，婆婆是这个小县城东方红小学的退休老师。汤图图真心希望在大女儿的教育上，能够得到婆婆的帮助，但效果并不好。婆婆这几年的暑假虽然都来燕郊，对小雯总是亲不起来，甚至还有点歧视，说风凉话，好像小雯这个样子，全是儿媳妇的过失。汤图图知道她也不是恶意，虽然情感上受不了，也不和婆婆计较，能忍不能忍都忍了，毕竟在一个暑假里，她还是帮了大忙的。

顾后又告诉她，周一小雯就期末考试了，周四开家长会，然后就放假了。

汤图图就担心起来，怕女儿考不好，学校下学期拒收，就问顾后："托到关系啦？"

"托到了，一个写诗的朋友，她和镇里的领导是亲戚，已经打过招呼了，过几天请客吃饭，可能要花点钱。"

"该花要花啊，大乖一定要上学，上学总能学到知识的。"

都是好消息，小雯小前的烧彻底退了（意料之中的），援军（婆婆）要来了，小雯的上学问题解决了，自己暂时的失业算得了什么呢？人生难免会有一些挫折嘛，命运关闭了你的门，又给你打开了一扇窗，一扇更大的窗，每个人都有自己生活的定律，每个人都行走在自己的生活定律里。还能怎么样呢？你要改变的，生活已经为你改变了。

汤图图心情释然地对顾后说："你先休息吧，我到网上查个东西。"

7

不消说，周六周日两天，汤图图在家里和以往无数个双休日一样，陪小雯和小前学习、做游戏，还专门教小雯数数，12345，12345，再往下就数不下去了，急得小前在旁边直跺脚，多次给姐姐打小报告，而小雯只是呵呵地笑。照例还到楼下的小区游乐场玩耍，到超市去购物，去菜场买菜，周日晚上，一家人还去万达广场吃了顿南京大排档，盐水鸭，狮子头，真好吃，又看了场电影，吃了冷饮，一切如旧，一切都没有改变，没有谁在意她的失业，没有人发现她内心的波动。而事实上，她自己也一度忘记失业这回事了。

周一早上，她和以往的任何一天早上一样，出门上班了。

还是在上周五的晚上，她吃完生日面，在顾后休息后，她到楼上书房里加了个小班，到招聘网站上去逛了一圈，很快就找到她希望应聘的工作岗位了。她认真研究了这家出版公司的基本信息，又在网上搜了搜这家公司出版的图书，感觉还不错，公司的名称叫"肯特世界"。瞧人家这名称，听起来就比"大圣文化"上档次。汤图图决定给肯特世界投简历，他们招聘的是文字编辑，不是招一个编辑，而是招三个。一口气招三个编辑，说明这家公司缺人，也说明这家公司不是小公司。工资还不错，试用期是五千，三个月后入职就是六千五，外加五险一金，应该很好了，就说基本工资吧，比大圣文化还多五百。五百块，不算少了，一个月的交通费绰绰有余了。肯特世界所在的位置，更是让她喜欢，居然也在十号线上，即她每天都要经过的团结湖地铁口的通广大厦里，真要到这里上班，比她原来的公司要省二十多分钟的时间。汤图图决定，她今天上午不去大圣文化办交接了，先去肯特世界看看，哪怕在门口望望，也先有个感性上的认识。

奇怪的是，她决定不去大圣文化后，812路的通行状况反而特别的好，尽管车厢里依旧是人挤人，路上居然没堵，只是在潮白河大桥附近缓慢行驶了一会儿，就正常奔跑在通燕高速上了，这在以往任何一个周一的早晨都是极其罕见的。汤图图想，真是人品大爆发啊，说不定今天就能收到肯特世界的试用通知了，说不定，小雯今天的期末考试会有极好的发挥了。从大望路上了地铁一号线，只坐一站就到国贸了，转十号线，两三站就到了团结湖，时间还不到八点，真好。汤图图兴致勃勃地从团结湖出了站，觉得现在去肯特世界是不是早了点，那就去团结湖公园转转吧。来北京十几年了，只听说有这么个公园，还没有去过呢。

汤图图是在团结湖公园的湖边长椅上，给范总发微信的，告诉他，她下午去交接，这会儿有点事。范总很快就回了，他说不急，随时可以来。汤图图对范总回不回复无所谓，她现在主要想象着通广大厦里的肯特世界是个什么样的公司了。就是在这时候，她被人拉进了一个新群，群里只有三个人。汤图图一看，乐了，除了她，另两个是小浦和小白。小浦发了个痛哭的表情，小白紧跟着也来一个，两张脸上的四行长泪，正源源不断地往外涌。汤图图看了，心里也有流泪的冲动，她和这两个宝贝相处得真是太好了，平时天天见面，也没觉得有多亲，突然就分手了，便念起了他俩的好，心里突然涌起一阵伤感。但她毕竟是大姐姐，还是克制住了，发了个笑哭的表情。

"想想今天是最后一面了，真舍不得。"小浦说。

"汤老，我爱你！"小白说。

小白的直接，让汤图图心里暖暖的。小白比她要小十一岁，才二十五岁，基本上是两代人了，毕业于北京的印刷学校。北京还有这样的学校，汤图图也是第一次听说。小白在总编办负责和造纸厂、印刷厂的对接，印什么开本的书，调什么规格的纸，然后再给印厂调纸，下印单，盯进度，催新书入库，天天忙。小伙子是北京人，一口地道的普通话，特别机灵，汤图图喜欢他。在午餐时间，或下午下班前的间隙里，和小白说笑几句，小伙子也愿意配合，言谈中全是智慧，就连汤图图也常常会落入他的套路中。汤图图喜欢这种机灵和智慧，毕竟工作是枯燥和乏味的，适当放松放松也在情理之中。小浦比小白要大一两岁吧，属于同龄人。可能是小浦和范总家有什么远亲，抑或是同龄人的关系，汤图图倒是不大和她开玩笑，但关系却十分的融洽和默契，特别是吃些小零食什么的，大家都乐于分享。所以，一直以来，办公室的小气氛都很和谐。如今，换了新人，小浦和小白在各自上班的路上，表示对汤图图的怀念，也就在所难免了。

"我要请汤老吃个散伙饭。"小白继续煽情，"小浦，你要作陪哦。"

"算我们两人请啊……姐要高就了，我以后依靠谁啊？"小浦的话后，又一连上了几个痛哭流泪图。

汤图图看了，一点也不觉得他们是矫情，心中伤感的面积进一步扩大了。但汤图图还是理性的，她说："下午要交接，还不知道几时结束呢，今晚不吃了，明天吧，明天晚上咱们聚。"

"上午不过来啦？"小浦说。

"是个。"

"汤老这是要去面试啊，我墙都不扶（服），就服你！"小白上了个大拇指，又学着她的话说，"好个好个！明晚一定要陪汤老喝几杯！"

"是个""好个""灵个"是汤图图老家方言，汤图图在和他们说话时，时不时会流露出来，他们活学活用，也很"灵个"的。

汤图图未置可否地上了张微笑图，聊天到这里就算结束了。

汤图图沿着团结湖边弯曲的湖岸走了一截，湖边有多株高大的老垂柳，长长的柳条随风摇曳，汤图图从下面穿过，要拂开绿色的枝条，就像掠自己的长发一样，有一种别样的亲。到一个长廊边，听到有人在长廊下唱京剧，她还停下来听了一段。

近十点时，汤图图才来到通广大厦，乘电梯到了十九楼。通广大厦的楼层面积不大，十九楼共有四家单位，她一眼就看到一扇玻璃门上，贴着"肯特世界"的招牌，不知为什么，她觉得特别亲切，仿佛她就是这家公司的老员工。汤图图在肯特世界门口停顿了几十秒，或一两分钟，觉得这样不好，便下楼了。

通广大厦附近就是长虹桥，向西过了长虹桥就是年轻人爱来的著名的三里屯街区。汤图图观察了一会儿，觉得还不到中午，离下午的交接还有一段时间，不如在这一带转转，熟悉一下地形，再找个好吃的馆子，吃完午饭，再去非中心大厦。汤图图俨然把自己当作是这一带的主人了。

然而，理想很丰满，现实很骨感，一直到下午，在大圣文化交接完手续后，也没有收到肯特世界的面试通知。在返程的地铁和812上，汤图图都在想，也许明天就收到了。自己周五深夜投的简历，接连的双休日，今天刚上班，也许负责招聘的工作人员还没有看到她投的简历呢。明天吧，明天如果还没有动静，就继续投简历。

夜里，汤图图睡不着了，也没觉得困，过了好久，一看时间，都午夜十二点多了。这是她一直没遇到过的。如果她有事熬夜了，或心情不好了，睡不着她是知道的。这次是不知不觉中，发现自己睡不着了。是啊，发生的事情真不少，她脑子里都在过滤着这几天经历的种种，还有许多人的嘴脸，从她眼前次第而过，时间便悄然流逝了。当她发现自己失眠时，耳鸣也随之而来，并如影相随。汤图图发现自己耳鸣的时候，耳朵里便刮过一阵呼啸的风，是那种一阵紧似一阵的西北风。汤图图以前有过失眠症，整夜整夜地睡不着，这是那几年带着小雯全国各地求医问药的时候落下的毛病，她到医院里看过医生，主要是疲劳所致，没有特效药可医，要好好休息，加强营养才能渐渐好转。而她自己也总结出一个小规律，只要不失眠，耳鸣的症状就不会出现。

但她还是失眠了。

昨天临近下班时，才办完交接手续。其实也没有什么好交接的，她几句话就和韩助理说清楚了，主要是韩助理有问不完的问题，她也不能不答，哪怕是最简单的问题，韩助理也似乎不懂，都要问几遍。她尽管烦，也要告诉对方几次，因为她知道，只有韩助理认为交接完了，她才能拿到这个月的工资，还有范总许诺的"小奖金"。当交接手续办完，她才突然意识到，真的和大圣文化脱离瓜葛了，以后，和同事们都成故交了，天涯路远，人各一方，不知何日再相见了。

又是新的一天了，汤图图继续往北京赶。

如果说，昨天，她往北京赶，是和公司还有关联，还有手续要交接，此外还想知道她投档的肯特世界具体在什么位置，那么，今天她再去北京干什么呢？其实她不想去北京。昨天小雯期末考试结束了，今天在家里，陪陪小雯倒是不错的选择。可怎么和顾后说？说请假在家陪小雯？也太假了吧？

还是熟悉的大望路，还是熟悉的地铁线路，还是那些每一站都停的站点，那些上上下下拥挤的人，换乘时奔跑的脚步，紧张的神情，所有的场景都是熟悉的，只是，她的心境不同了，完全不同了。

8

昨天在地铁里待了就算一整天——她不想到地面上。地面上太热了。昨天气温陡增，是入夏以来最热的一天，风里都带着火。再说了，她到地面上干什么呢？等肯特世界的面试电话吗？那也不需要晒着大太阳啊。十号线是环线，她也跟着循环起来，心里的事，也跟着循环着。如果车上的人多了，她就坐在某个站点的长椅上休息——其实，不过是做个休息的样子。

今天终于不用跑北京了，她有了绝好的理由，开家长会。一早她就和顾后说了，要和他一起去开家长会，把小雯也带上。加上下午婆婆也到了。两样重要的事都挨在一天，真有必要请一天假的。虽然是虚拟的假，在她心里，也是当作真实的假来走程序的。

家长会是上午九点。顾后和汤图图带着顾小雯，提早半个小时就到了。他们是把小前送到幼儿园后直接来的。特殊教育学校的校园环境特别美，像小公园一样，亭台阁榭，湖泊假山，花卉绿地，有点江南园林的风格。顾小雯的班在校园中的一个小院子里，主楼是一幢三层的楼房，整个楼的外墙上，刷着红红绿绿的动物图案和卡通漫画里的人物造型，看起来像个童话王国。顾小雯的特二班就在一楼左侧。汤图图对这里并不陌生，她在小雯入学时就来过，后来的近两年的时间里也陆续来了三四次，有一次是家长会，有两次是亲子活动。顾后就更熟了，他是每天都来，还参加更多的学校组织的活动。

家长会上，老师先把期末考试的两张卷子发了下来。汤图图先看一眼女儿的得分，一张卷子是 6 分，一张卷子是零分。唯一得到 6 分的，是一道数小红花的数学题，共有三排小红花，分别是 3 朵、6 朵和 9 朵，问题是，请在 3 朵小红花的后边打个钩，顾小雯答对了。汤图图看着答对的这道题，知道是孩子蒙对的。看着两张胡乱画脏了的试卷，汤图图先是心凉，接着便是羞愧，有点对不起老师的意思。随着试卷一起发下来的，还有一学期的作业本，各种作业本。数学作业本和语文作业本同样的不忍翻看，图画本还好，房子像房子，树也像树，花也像花。老师介绍了一学期的教学情况，又点名表扬了几个同学。汤图图以为还会点名批评几个同学的，她都做好了被批评的准备了。还好，老师没有点名批评，只是强调了家长一定要配合学校的教学，让孩子提高能力。

家长会结束以后，老师把他们三口留了下来。老师是个女的，年龄不大，看样子比汤图图还要小一点，说话甜美，表情温和，声未出而面先笑的那种好老师。虽然长相一般，身材却很标致，汤图图对这个老师的印象一直不错，觉得她们真很伟大，天天面对这些孩子，那要有多大的耐心啊。但是，当老师让顾小雯的家长留一下时，汤图图心里便生出一种不祥的预感了。果然，老师直接跟他们说，顾小雯同学这学期虽然表现很好，但这孩子真的不适合再读书了，下学期不用来了。老师还给出一个建议，建议他们把顾小雯送到福利院，那儿也许更适合她。老师见过太多这样的学生和家长了，说话时亲切、和悦，做出的决定却一点情面也不留。汤图图虽然预感到了结局，可听了老师的话，还是受不了，当场就哭了。她想开口求老师，又想到顾后，不是说找好关系了吗？便打住了，她怕现在说多了，给顾后之后的工作带来难度。其实，现在就求老师，她是说不出来的。现在，她的喉咙完全哽住了，如果不是当着老师的面，她会放声大哭的。老师又说了句什么，大概是我们理解家长，但我们也无能为力之类的话，就接待另一批家长了。

在回家的路上，顾后一边开车一边跟汤图图解释，说他确实找了朋友，朋友也找了镇上的领导，领导也确实打了招呼，只是为什么还是这样的结果，他还要继续找关系。顾后还推测说："可能镇领导只找了校长，校长还没和班主任老师交流。"

"我不管，小雯一定要读书……"汤图图没说完，又哽咽了。

顾后安抚她，说肯定能解决的。说现在不要急，急也没有用，车到山前必有路。说还有一个暑假呢。说下午妈就到了。顾后的意思，她能听明白，可看着浑然不觉的女儿，心里并没有好受一些。

下午汤图图本想在家陪小雯玩，让顾后去燕郊火车站接婆婆。后来她又改变主意了，要带上小雯，和顾后一起去。她要在婆婆面前留下好印象，同时也测试一下，看看小雯还认识不认识奶奶了。去年，奶奶带了她一暑假，培养了很好的感情，奶奶在开学前离开时，还拉着奶奶不让走呢。

在车上，汤图图问小雯："顾小雯同学，我们去火车站接谁啊？"

"接谁呀？"小雯的脑子里，还是没有奶奶这个概念。

这几天已经教过她多次了，奶奶要来了，爸爸要去火车站接奶奶。刚才临出门时，又教了她一遍，我们是去火车站接奶奶的。

"问你的呀。"汤图图耐心地提醒她。

"问你的呀。"小雯只会鹦鹉学舌。

"接奶奶。"

"接奶奶。"

"顾小雯同学是去火车站接奶奶。"

"顾……接奶奶。"中间的话她记不住了。

"对，接奶奶。顾小雯同学真乖，真聪明，我们是去接奶奶。"汤图图也是无奈，本来是个问题句，最后变成这样了。

到了火车站，才知道火车晚点。等了近一个小时，才接到了婆婆。汤图图拉着小雯的手，指着已经站到小雯面前的奶奶问："这是谁啊？"

本来就一脸茫然的小雯，此时更是茫然了。

婆婆蹲下来，问："小雯，我是谁啊？"

婆婆六十多岁了，一点也看不出老来，身体也没有走形，新做的头发，一身很讲究的裙装，还保持着职业女性的风范。

看小雯这么不给面子，拉着行李箱的顾后也蹲在他妈妈身边，问她："顾小雯同学，问你一个问题，这是谁啊？"

顾小雯冲奶奶翻翻眼。

"叫奶奶……"奶奶也诱导她了，"奶奶……"

顾后和汤图图都期盼地看着顾小雯。

本来还带有笑意的婆婆，渐渐收敛了笑，淡淡地说："回家吧。"

汤图图还是不死心，说："这是奶奶，叫奶奶。"

这时，顾小雯做出了一个惊人的举动，她突然朝奶奶的脸上吐了口唾液。

　　猝不及防的奶奶差一点跌坐到地上。

9

　　楼上突然传来争吵声。是婆婆的声音。婆婆的声音很大，很尖厉，与她对应的顾后的声音很小，几乎可以忽略不计。婆婆的高声只是短促的两声。汤图图想仔细听听，声音便低弱了。说了什么，汤图图并没有入耳。婆婆讲一口地道的哈尔滨乡下方言，和汤图图南方人的听觉不太合拍，加上气急了的咆哮突然而至，便听不明白了。

　　汤图图走到房门前，望着楼梯口，希望他们继续争吵下去，可等了一会儿，只能听到顾后的声音了。顾后的声音小到一个字都听不清楚了，好像是在不断地陈述和解释什么。汤图图知道这娘儿俩已经聊一会儿了。聊了什么？肯定是聊了不愉快的事了。汤图图预感到这不是什么好兆头。婆婆下午在火车站被小雯吐了口唾液后，心情就一直不好。和小雯也亲不起来，脸色一直是寒寒的，拿水果给她吃也不吃，让她先去冲个热水澡也不去。直到顾后把小前接回来了，看到小孙女，这才开心，更是大声地夸小前真是聪明，还记得奶奶，认得奶奶。小前当然记得啦，小前又不傻，奶孙俩还经常视频通话呢。晚上吃饭时，汤图图又使出浑身解数，把压箱底的手艺都拿出来了，做了一桌子好吃的菜，希望讨得婆婆的欢心。婆婆也不怎么吃，有的菜动了一口，有的菜连看都不看。看到小雯吃饭时丢了一桌子的饭和菜，把桌子都弄脏得不像样子了，更是皱眉头。婆婆从前对小雯的各种表现就极其不满，特别是小前还没出生的时候，一边带小雯，一边嫌。汤图图看习惯也听习惯了。小雯也会做出让人无法接受的举动来，甚至比吐口水还极端的举动，比如有一回，婆婆不知怎么把小雯惹怒了，小雯端起她的小塑料椅子，往奶奶的头上砸去。幸亏是一只塑料椅子，只是把奶奶的头发划乱了。那次奶奶很生气，还打了小雯一巴掌。谁知，小雯更是不知轻重地和奶奶拼命，不知轻重地攻击奶奶，有什么拿什么，客厅里能拿动的东西都拿起来，一起掷向奶奶。奶奶是跳广场舞的，身体比较的矫健和灵敏，躲闪着，跳跃着，一直斗了半个多小时。那一次闹得很重，差点把奶奶打回家了。奶奶跟儿子、儿媳妇告状时连这样的话都说了："都说她傻，打起人来又狠又准，哪里傻啦！"

这次婆婆生气，是不是又是因为小雯？

汤图图脑子里一有事就失眠。这几天的事确实不少了，先是自己失业，接着是女儿被学校拒收（或即将被拒收），现在又是婆婆和小雯闹了别扭。更让她担忧的是，婆婆和顾后不知因为什么事而争吵了。汤图图真是焦虑啊，失眠也就在所难免了。汤图图一失眠就耳鸣。一耳鸣就更加焦虑，一整夜都在和失眠做斗争。好不容易睡着了，闹铃又响了。那是她起床的点。她明知道没有班上了，可还得装出和往日一样去上班的样子。昨天她又给两家公司投档了。她本以为一周内一定能找到工作的，可今天都周四了，还没有接到面试通知。今天又去哪里蹂躏一天呢？还在地铁十号线上循环？要不，干脆不去北京了，到燕郊的某个地方转悠一天吧。不行，燕郊虽然人口多，那是指夜间，号称"睡城"的燕郊，据说有一百万左右的人口，白天都在北京工作，晚上才回燕郊睡觉。不是双休日的燕郊，街上人迹稀少，万一遇到熟人，很容易就被认出来的。还是不冒这个险吧，到北京再说吧。对了，小浦和小白不是要请客吗，那就在今天请吧。家里有婆婆帮着照看孩子，顾后也会感到轻松的。

婆婆已经起床了。如果是往年的暑假，婆婆会把早饭做好等她吃了上班的。可今天，婆婆没有做早饭，而是坐在客厅的沙发上发呆。

"妈，你怎么在这儿？"汤图图略有吃惊地说。

"睡不着，下来坐坐。"婆婆说，口气生硬得很。

汤图图想安慰婆婆几句，一时又不知如何安慰，话从何起，难道还要代表小雯道歉？她又不是不知道小雯的智商。询问一下昨天夜里和顾后因为什么而争执吗？更不能，因为他们争吵的内情并没有想让她知道。她停顿了一会儿，说："妈，我上班去了，想吃什么自己做点啊？明天我早起来给你做饭。"

婆婆没再答话。

汤图图的心便悬着了，觉得婆婆是不是还有别的心事。比如，是不是已经知道小雯要被学校拒收的事啦，这是完全有可能的。顾后是个大孝子，什么事都听妈妈的，也会把家里的事讲给他妈妈听的。如果顾后真的把小雯被学校拒收的事告诉给她，也符合顾后的性格。汤图图突然意识到了，啊，一定是婆婆听说小雯被学校拒收的消息后，担心会让她把小雯带回宾县老家，成为她一辈子的负担。去年暑期的某个时候，一次无意聊天中，顾后说让小雯回宾县老家玩几天，婆婆听后，立马就变脸了，说不带，怎么好意思带这个孩子回家。汤图图当时正在厨房做饭，听了后，眼泪当即就流下来了，这是嫌弃小雯啊，嫌小雯给他们丢脸啊。这回要真是知道小雯即将被学校拒收后，还不吓死啊。怪不得婆婆都不太理她了，真怕这样的事情发生吧？汤图图暗暗下了决心，不管遇到多大困难，决不让孩子离开自己身边。小雯已经够可怜的了，再不在父母身边，还不知会折腾成什么样子。

坐在812路公交车里，汤图图给顾后发了微信，把自己的担忧告诉了顾后，让顾后跟妈妈讲，小雯只让她帮带一个暑假，暑假一结束，她还回宾县，还去跳她的广场舞。顾后也马上回复了，说并没有这个意思，让汤图图安心上班。汤图图看了顾后的微信，想，上什么班啊！哪有班上啊！汤图图内心最柔弱的地方一下子被触动了，鼻子又一酸。

到了北京，漫步在大望路附近的万达广场里，汤图图给她和小浦、小白三人的群发一条微信，说她今天下午要到北京办个事，给你两人一个机会啊，一起聚聚吃个大餐。小浦和小白一前一后发来哭晕的表情。小浦说："走不开啊，这几天每天晚上都开会——韩助理的会真多啊。"小白也发了点头的表情。汤图图无处可去，决定就在万达广场里待上一天。

万达广场里恒定的温度，让人感到舒适。但万达广场毕竟不是她的家。她最终还是要回家。她不想赶在下班后回家。她怕路上堵。可以提前半小时走嘛。哪怕到了燕郊，再去超市买点东西，也比赶在下班高峰要轻松多了啊。但她不想回家了。她不想看婆婆的脸色。婆婆是一年比一年不喜欢小雯了。汤图图开始不相信这个事实。但事实就是事实，即便她不愿意相信，可从婆婆的神态上，她完全能感受出来。她也不是要怨怪婆婆，连她自己不是有时候也觉得小雯不该来这个世界上吗？自己可是亲妈啊，何况别人呢？

汤图图第一次觉得，上班时，感觉时间特别短，没做什么事就要到下班的点了。没有班上了，又觉得时间特别的漫长。

10

汤图图的这种感觉又持续了一天——第二天还是在万达广场度过的。这天的心情特别异常，除了期待接到面试的电话通知外，还有一个确切的等待，就是等待一场晚餐。那还是在近午时，小浦和小白欣喜地告诉她，晚上能在一起聚餐了——终于不用开会了，难得一个清爽的周末啊。以前，汤图图拒绝过多少次这种可有可无的聚餐啊，只要是单位不加班，她一般不会参加这种朋友或同事聚会的，都会往家里赶。为了吃顿饭，误了车次是小事，牵挂一家人才是大事啊。可这次聚餐，却让她充满期待，甚至有期待好久的感觉。是啊，眼下的生活情态，让她不得不想很多事，很多很多的事啊，那么愁苦，那么扰人，那么纷繁复杂……想多了，她的头脑会发胀，眼睛会发花，就算是静静地坐在某个地方，也会感到耳鸣——这是个不好的预兆，那种隐约的似有若无的耳鸣，说明身体向她拉响了警报。

小浦和小白这两个小鬼精，真是聪明，故意把晚餐安排在大望路附近，省得让汤图图多跑腿。汤图图去过那家叫"在别处"的餐厅，这是一家主题餐厅，是年轻人爱去的网红店，很难订到桌位。小浦和小白也曾在那里请过她，味道确实有特色。汤图图感谢小浦和小白的巧妙安排，觉得友情真的值得珍视。想到他们俩，脑子里依次出现的，都是过往岁月中，这两个年轻人对她的各种好。

离晚餐时间越来越近了，可以动身前往，这时候，她感觉手机一直有动静，便打开来看一眼，果然是顾后在跟她微信，确切地说，是顾后在准备说话——可能还没有想好吧，顾后一连撤回了四条留言。她正想直接打电话过去问问顾后有什么事的时候，手机突然响了，看一眼屏幕，是范总的，接不接呢？她脑子里瞬间闪回了几个选择，接？不接？接了，是骂他一顿还是奚落他一番？不接，也算是一种姿态。算了，干吗不接？干吗骂他？干吗要表明姿态？莫非还真有什么事没有交接完？真要这样，也不能给人家添麻烦啊。汤图图想想，在确认没有任何"后遗症"后，她还是决定不接他电话。可这个范总太固执了，一直不停地呼叫，有一种打不通不罢休的劲儿。她还是接了。

"小汤，我是老范啊。"范总迫不及待地说，声音温和，甚至还有点低声下气，和以往他那装出来的尊严，完全判若两人了。

"范总，你好。"汤图图不卑不亢地说。

"忙啥呢？"

她差点就要怼他"还能忙啥呢"，一想，不对，不能让他知道自己还处在失业状态，还没有找到心仪的工作，便故意小声道："等一会儿就下班了。范总你指示。"

"指什么示啊，唉——这么快就上班啦小汤？还以为你在家休息几天……优秀就是优秀，还是不一样啊……小汤，冲动是魔鬼，我这话没错吧？别看我这么大岁数了，也是爱冲动的鬼！是这样的……你下周一，回公司看看啊……可以吗？"

汤图图听了，心中暗喜，肯定是韩助理不省心了，岂止是不省心啊，看她那样子，就是个惹事的主，哈哈，眼睛瞎了吧？看走眼了吧？活该！汤图图得意地说："范总，我已经上班了，就怕没空啊，谢谢你的好意。"

"看看看看……晚上吃个饭嘛。"

"不了。"汤图图很坚决。

"小范，你再考虑考虑……我打这个电话，也是下了决心的……"

"范总，不好意思……我要忙一会儿了，有空了再谈啊，再见啦！"汤图图没等他表白完，就掐断手机了。汤图图盯着手机，仿佛看到范总焦急的嘴脸似的，她心里那个爽啊，几天来，第一次这么通透、舒畅，脸上的倦容也一扫而光。她信步走出了万达广场。

坐在"在别处"的网红店里，才想起来要看顾后的微信。顾后的微信又新留了痕迹，除了上次撤回的四条留言，又新撤回了三条。他有什么话要说呢？竟一共撤回了七次。既然小浦、小白还没有到，就问问顾后有什么事吧。打电话的话，顾后可能不方便接（如果是关于婆婆的话题，而婆婆又正好和顾后在一起），便给他发了条微信，问："什么事啊老公？我晚上要迟点回呢，和办公室同事在一起吃饭。"

"没有事。"他随即就回了。

"没有事怎么撤回那么多话？撤回了什么呀？再发我看看啊。"

"等你回来再说。"

"现在就说。"汤图图的固执劲也上来了。

"我妈要回去了。"

"为什么呀，不是才来吗？"果然是关于婆婆的事，刚来就要回，肯定什么地方出了差错，让老人感到不舒服了。

"妈一定要回，我留她，留不住啊。"

"为什么呀？"

"还能为什么？"顾后开启了语音，他的声音也是万般的无奈，"妈就是要回啊……我能怎么办啊。妈建议我们把孩子送到福利院，还说……她可以帮我们出一部分钱，出一半的钱。妈也是在和我们商量呢……唉——也是在为我们好啊。"

"不行！"汤图图回了"不行"之后，气得把手机扔到一边，不再和顾后说话了。

刚刚心情有所好转的汤图图，仿佛一下子掉进了万丈深渊，在"在别处"靠里的一个座位上，趴了下来。她再次深感身心的疲惫，心里发慌、发闷，像是要生病的样子。她猜想顾后一定还在说话。依顾后的性格，他还在解释。她不愿听这种解释了。再多的解释，也改变不了事实了。但她忍不住啊，在平静了几分钟之后，又拿起了手机看微信。确实，顾后又文字输入了很多话，还肯定了他妈妈的意图，说妈妈也没错，小雯有可能就这样了，不可能好转了，妈说——你别不爱听啊，送福利院，也许是最好的选择。后边还有话。汤图图不想看了，直接跳到最后，看到的一句是："我送妈妈去火车站了。"汤图图再次扔了手机，混账！她恶狠狠地骂一句，不知是骂顾后，还是骂婆婆。

小浦和小白出现在门厅里。

汤图图无力地跟他们举了下手。

"姐，早就到啦？"小浦一坐下就惊惊诧诧地说，"怎么不点个冰镇饮料？"

"姐，你吃什么仙丹？瘦多啦，减肥成功啊。"小白的观察很仔细。

汤图图都没有回答他们的话，强颜欢笑地说："你们点单啊，今天我请，谁都别跟我争。"

"别呀姐，说好我和小白请你的。"小浦扑闪着好看的眼睛，抖着机灵说，"你还不知道啊姐，嘻嘻嘻，小白，我说不说？要不你说。你这是摇头还是点头？不说？说么说么……哈哈哈那我说啦，范总和韩助理吵起来了……昨天吵，今天又吵，这才刚刚一周啊……下午看到韩助理红着眼睛，收拾桌子，然后拎着包走了……我估计——我看人很准的，这一走，不会回来了哈哈哈……"

汤图图对他们公司的新闻没有兴趣，她对这种结局也丝毫不感到奇怪。她脑子里全是婆婆的离开和顾后的话。她不能容忍他们这样对待小雯。婆婆已经走了，她阻止不了。顾后的想法，她是要坚决阻止的。更让她伤心的是，顾后居然会顺从婆婆的想法，他居然会有这种想法，他什么时候开始有这种想法的呢？

糊里糊涂、恍恍惚惚中，汤图图把一顿饭吃完了。糊里糊涂、恍恍惚惚中，和小浦、小白分手了。在建国路和大望路路口的金地广场绿化带边，只有她孤零零的身影了。这会儿已经过了末班车的时间了。如果她急于回家，只好拼车了。她确实急于回家的，急于回家又干吗呢？顾后送婆婆去火车站早该回到家里了，孩子们也可能都睡熟了。但她脑子里还在浮动着婆婆和顾后说话的场景，就像谍战剧里的某个镜头，在一个不为人知之处，鬼魅的灯影下，两个人交头接耳，嘀嘀咕咕。还是在和两个"90后"吃饭的时候，这样的场景就不断地出现、反复地出现了。她的心也跟着一浮一沉而无法安定。此时的汤图图，在浑浊而迷离的灯影下，更加的孤独、无助——无论如何，她接受不了婆婆的那些话。

她拿出手机，想再看看她和顾后的那些文字交流，试图从这些文字交流中，探究顾后的真实想法。非常巧的是，顾后刚发了一段语音留言，她立马点开来听：

"图图，我们……我，很累，我们结束吧……离婚也许对我们都好……也许是我们最好的归宿……"

天啦，汤图图万万没有想到顾后会提出离婚。如果说，婆婆的离开和顾后默许婆婆的建议（送小雯去福利院），不过是一种无法接受的家庭矛盾，顾后要结束他们的婚姻，就是晴天霹雳的无情打击了。汤图图完全蒙了。她怀疑是不是听错了。可她想再听一遍时，这条语音被撤回了。汤图图盯着手机屏幕看，手机屏幕显示，顾后正在书写。可是他书写的内容一直没有发上来，后来，书写也停止了。汤图图这才心慌起来，这才意识到事情的严重，在强迫自己镇静的短暂的平静之后，心里突然抽搐一下，接连的抽搐，巨大的悲痛和害怕从四面八方同时袭来，千军万马般呼啸着，眼泪禁不住夺眶而出，仿佛身体里所有的水，"哗"的一声，倾泻出来。

手机屏幕暗下来了，她手指动一下，又亮了。泪眼蒙眬中，屏幕上没有顾后的留言，语音也没有再发上来。她心里出现的一大片空白，瞬间又被无数过往的事情填满了，她不知要从哪里开始梳理，完全变成一堆乱麻了。

该来的还是来了，还是语音留言。

语音留言好长啊，足有三分多钟。汤图图反而不敢听了。她的手战栗了。她已经知道顾后所说的内容了。她不听，或迟听，仿佛灾难还在路上，离她还很遥远。

时间过去很久（也许只有十分钟或几分钟），顾后的语音她还是没敢听。她的手机突然响了。是顾后的。

"在哪？"顾后说。

"到大望路了，没赶上末班车。"她努力让自己的语言保持平常的节奏。

"语音你听啦？"

"什么语音？还没看手机呢，你说些啥？"

"你听听就知道了。"

"告诉我……你说些啥？"

"你听听就知道了。"

"我要你告诉我……"

"……想你了，叫辆滴滴快车回来吧。"

"你语音说些啥？不告诉我我不会听……我也不会回家……"

"回来听也行……"

"不……你说些啥？"汤图图的固执劲上来了，她要听听他是如何开口的。

"……嘻嘻，生日那天给你写了首诗，今天给你读了一遍。"顾后的话有些调皮，"向你展示一下我另一面的天赋，你不知道的朗诵天赋。"

谎言！谎言谎言！骗子！骗子骗子！汤图图的手颤抖着，眼泪再次如泄洪的闸口，脸上瞬间便是一片一片的沼泽。她用手背抹一下那汹涌的泪，试图阻止它，可那泪越抹越多，越抹越欢……

"喂……图图……"

汤图图把电话掐断了。

到燕郊还有很远的路，她再怎么急于回家，再怎么想见见顾后的嘴脸，也得先打上车，可到燕郊的车是那么好打的吗？到燕郊的路是那么的远，时间又是这么的晚，出租车都不愿意在这个点去燕郊，过路的黑车，要价是那么的黑……可再黑也得回啊。错过一辆了。又错过一辆了。这时候她才发现，她心思急于回家，可身体却并不想回。

在深夜的大望路口，在金地广场橘红的灯光中，一个身材苗条、相貌端庄的年轻女人在无声地流泪。没有人知道她近来遇到了多少麻烦，也没有人在乎她极度疲惫的身心和濒临崩溃的精神，更没有人来关注她的泪水长流。即便有人从她面前匆匆而过，谁会在深夜的街灯下，关注一个女人的流泪呢？

2019 年 1 月 3 日，初稿于北京东三环长虹桥下通广大厦，

费时八日。

自画像

1

早餐来一套煎饼果子，是老鲁的固定节目。

今天他要多买两套，请画室的两位画师享用——他觉得人的口味都差不多，就像他们所临摹出来的世界名画，都一模一样，如出一辙。

老鲁叫鲁先圣。没有人叫他鲁先圣，都叫他老鲁。他站在煎饼摊前，手指头快速地划动着手机。煎饼摊上的面粉香、鸡蛋香、酱香、火腿肠香和错碎的芫荽、韭菜香，次第触动着他的嗅觉和味觉神经。其实，朋友圈里多如牛毛的信息他并没有上心，他的嗅觉和味觉系统也没有被煎饼果子的香味完全激发，或者说，他没有投入地去享受煎饼果子的扑鼻香味。他分心了。他的注意力被那个女人吸引了——叫女人似乎不妥，应该叫女孩——她就站在那面红墙下。确切地说，那是一段红砖墙。更确切地说，已经不像一面墙了，墙上被涂鸦了，被涂上一些不明就里的超现代符号，黑白蓝绿黄的符号，互相交错，互相重叠，互相游离，互相照应，成了一幅壁画。诡异而艳丽的壁画。整个画家村，没有一面墙像墙了，都成了一幅幅画。她就定定地立在那里，不动，像是涂鸦的一部分了，或者是嵌在了墙上，是墙体的一部分了。老鲁看了她几眼。她高而不瘦，衣着很有特色，砖红色（和墙体相近）的棉麻布长裙，黑色短T恤，T恤上的图案和墙上的图案很接近，这或许就是老鲁错把她当成墙体的一部分的原因吧。事实上，说她是一尊雕像更为恰当。画家村里不是有许多莫名其妙的雕像吗？这些雕像不是某个真实的物体，不是具象的动物、植物，不过是一些造型奇特而怪异的四不像罢了。倒是有点像她。她怪异吗？奇特吗？四不像吗？总之不是正常的行状——在这个阳光灿烂的清晨，在一面画风奇异的墙体前，一个装成一尊孤零零雕像的女孩，怎么看，都有点反常。

绿化带里突然钻出一只猫，在路牙石上伸个懒腰，又慵懒地抬头望了望这个清晨，望了望老鲁，望了望煎饼摊。它身上的图案夸张、激进而艳丽，一看就不是它自然的毛色，一看就是被涂上的色彩。谁这么恶作剧？拿一只流浪猫来涂鸦？看来，画家村里，没有不被涂鸦的东西了。这只突然出现的流浪猫没有向煎饼摊走来。也许它还不太饿吧。也许煎饼香还不足以吸引它——它走过去了，向女孩走去，走进了阴凉里，从她的脚前经过，沿着墙根，心不在焉地走了。

一只被涂上色彩的、近在咫尺的猫也没有引起她的注意，她甚至都没有看它一眼。她是谁？为什么出现在这里？现在才是早晨六点四十分。五月末的六点四十分，太阳已经热热闹闹地照在画家村的建筑和花草树木上了，鸟儿们也在枝头叽叽喳喳地跳来跳去了。

但是，画家村的画家们还在酣睡中，除了卖煎饼果子的大妈和一只早起的彩绘流浪猫，谁会起这么早？她也是画家？不像。但又很像。画家村的画家都不像画家，又都很像画家。她多大啦？老鲁最怕猜女人的年龄了，在他看来，二十五岁和三十五岁都差不多。她的长相，就是典型的年龄模糊相。在等煎饼果子的几分钟里，他脑子里一直在翻涌、猜测着这个女人，就像毕加索的画，各种错位都有。如果不是要画凡·高、莫奈、高更、米勒，如果让他画一幅自己愿意画的作品，这个女孩和懒散穿过清晨的阳光、走进墙体制造的阴凉并从她面前走过的流浪猫，是可以入画的。

三套煎饼果子做好了，老鲁在扫码付款时，多付了一份，总共四十块钱。老鲁对摊煎饼的大妈说："给她做一套。"

大妈知道他说谁。大妈瞥一眼那个依然一动不动的女孩，嘴角牵起一丝会心的微笑，立即操作起来。

2

还没有走到八区毕加索路十七号，老鲁就忘记了那个女孩和那只彩绘流浪猫了。他遇到高兴事了。昨天下午，他接了一个大单子，来自凡·高家乡荷兰阿姆斯特丹的大订单。那是一家和他有着长期合作的画廊，叫HD，分别订了凡·高的《自画像》《向日葵》《星夜》《丰收》和《咖啡馆》，各一百张。五百张画啊，而且单幅价格比法国、德国、意大利和比利时的客户要贵百分之八到百分之十二。HD画廊里的中国籍员工吴小姐，电话里的口气也多了几分兴奋。老鲁更是兴奋,不但请两位画师喝了酒,半夜里还醒了好几次,有一次就是笑醒的。他知道为什么睡着了会笑,肯定和吴小姐的那个电话有关,和订单有关。但具体梦到了什么,他毫无印象了。他只记得躺在床上时,把那个梦回味了好几遍,想着天亮后讲给陈大快和胡俊听。可天亮后就忘得一干二净了,怎么也想不起来了。这让他十分懊悔,出门买早点时,从陈大快身上跨过去,看他流着口水吧嗒嘴的样子,知道他也做梦了。这个大订单不会也是梦吧?老鲁有点害怕地想。很快又确定了,不是。老鲁看了看手机,看了看昨天的通话记录,心里美滋滋的。

　　毕加索路十七号在一个大型车间的后侧(车间里也被隔成了一个个展厅和工作室,还有茶社和纪念品商店),从主干道拐进一条"L"形小巷,拐弯处一排平房中的一间,就是十七号了。十七号的门楣上是他亲手绘的招牌字:先圣画廊。字是金色的,是油彩直接绘在墙体上的,早晨的阳光照在四个蹩脚的汉字上,光彩夺目,熠熠生辉。

　　老鲁先是踢了陈大快一脚,又给了胡俊一脚,嚷嚷道:"起来起来,睡不死啊?都几点啦?吃饭!"

　　昨晚两位画师高兴,喝大了。

　　陈大快坐起来。他睡在一扇门板上。这扇门板是他某一天趁着夜色从外面顺回来的,算是他临时睡在这里的床铺。他来不及抹去眼角上的一堆眼屎,拢了拢被单,头一歪,又倒下了,嘴里嘟囔道:"老鲁,你要搞死我啊,老子正在和凡·高吃饭,凡·高请我吃一只烧鹅,好肥、好香的烧鹅啊,还有葡萄美酒,凡·高拎拎我的耳朵，摸摸我的脸，塞一条流着油的鹅腿肉在我嘴里，夸我比他画得好，你就给了我一拳头……恨死你了。"

"想得美，还一拳头。一脚好吧。"胡俊已经爬起来了，他卷着用来睡觉的瑜伽垫放了一串屁，噼噼啪啪的，似乎配合他在回应陈大快，"我十天不做一个梦，你小子一天做十个梦，连白日梦都敢做——你小子昨天那个梦……啊……我给你圆得怎么样？嚯，我说你小子做梦吃好东西带没带我？"

"带你？切，你有资格到我的梦里？我天天做梦，馋死你！"陈大快给胡俊使眼色，在胡俊说话时就不停地使眼色了，仿佛他真有个不可告人的梦。还好，胡俊把关于白日梦的话给模糊过去了。陈大快又反过嘴来对老鲁说，"每次请客都这一套，能不能少吃一回煎饼果子？换个口味嘛，想把我们吃残废啊，做老板的也这么抠，让别人怎么活？"

"昨晚的酒喝进狗肚子去啦？早餐还能吃什么？煎饼果子配不上你？想吃好的去梦里吃。"老鲁看到陈大快和胡俊之间的眼色了，不知道这两个家伙背后又嘀咕了什么，怼他道，"凡·高都穷死了，还请你吃肥鹅？"

"就是请了！"陈大快拿屁股拱开胡俊，极不情愿地去刷牙了。

"听着，吃过早餐，大快画《自画像》，一百张，十天画完。胡俊，你画《星夜》还是画《咖啡馆》？也是一天十张，一百幅。"

胡俊说："随便。"

老鲁说："那就《咖啡馆》吧，这个你最熟。我来干《星夜》。还有《丰收》和《向日葵》没人画了——人手不够啊。大快，想办法再给我找个画工，临时救急的也行。"

"你这个价，剥削剥削我们还行，找个能画的全面手，切，怕是比找一个会上树的猪还难——现在都哪一年啦，猪小排都卖四十块钱一斤了，你还是老价格。"陈大快的话里有一万个不满意。

老鲁听出了他话里的坏情绪，怕引出他更坏的情绪，便不吭声了。

这是一间只有二十四五个平方的小房子，三十五年前是工厂的保卫科，几年前，被老鲁从别人手里不知是第几手转了过来，成了他的画廊。胡俊和陈大快是他请的两个画工。胡俊一点也不俊，陈大快也不像从前那么快了。胡俊人很猥琐，像是被晒蔫而缩水的土豆，脸像土豆，鼻子像土豆，就连脖子，也像是一枚土豆。他年龄不大，四十来岁吧，干这一行却有二十多个年头了，练出了一手炉火纯青的临摹本领，只要拿起画笔，模仿谁就是谁，分毫不差。陈大快也掌握了这手技能，可能比胡俊还能画，手速还快，据说从早上七点画到夜里十一点，一天画过十五幅《向日葵》。因此陈大快跳槽的频率就比胡俊多。胡俊在老鲁这里干了五六年了，都没有要走的打算。陈大快来了不过一年多，就思想反常，几次流露出跳槽的意思——虽没有明说，老鲁能感觉出来他的不安心和蠢蠢欲动。老鲁不怕他跳槽，像陈大快这样的画匠，或比他次一点的，画家村里遍地都是，一撸一大把。但像陈大快这样性价比高（又快又好又便宜）的画师，确实难找了。

"老大，接这么大的单子，该给我们加点肉末了吧？"接着刚才的话茬，陈大快果然来事了，他说的肉末，就是钱；加点肉末就是加工资。他抓起那套煎饼果子，咬一口，看一眼胡俊，明显是想得到胡俊的附和和支持。

胡俊洗脸刷牙的时间比陈大快快多了，他已经边吃煎饼果子边整理画布了——单手把裁好的画布摁在板墙上，四角固定好，再把一管一管不同的颜料挤到调色盒里，没有正眼去看陈大快。陈大快的话他听到了，假装没听到，那双像土豆一样的肿眼泡上耷拉着厚眼皮，一副事不关己的样子。但他没有立即开工，而是又在板墙上固定了四块画布——他要同时画五幅，他有这个技能的。

至于老鲁，他听到陈大快的话了，却像没听到一样，整理着画具。

不太宽敞的画室里，开始弥漫着新鲜油画颜料的气味。老鲁把事先裁好的属于《自画像》的画布扔一叠给陈大快（属于《咖啡馆》的画布胡俊已经拿走了），扔一叠《星夜》的画布在角落里——那是他的画位。

老鲁也很快投入到工作中了。

画室里安静极了。画笔和画布接触、摩擦而发出的声音，细微而隐秘。老鲁左右手各有一支笔，他能一边画画一边辨别出陈大快和胡俊画笔的走势，甚至画到哪一笔了，是第几次上色了，他都能判断出来。这让他敏感地想到一个人。

"大快，白色鸟还画吗？"老鲁嘴动手不停。

"谁？白色鸟？我怎么晓得！"陈大快的话有点冲，带着反感的情绪。

老鲁说："她画《向日葵》最拿手了，《丰收》也是。特别是她画《向日葵》时，像跳舞一样带节奏。"

陈大快没有接茬。

陈大快不接话，老鲁就后悔了。因为老鲁看到胡俊在听到他的话后，那画笔在半空中停顿了一下——胡俊上什么心呢？老鲁立即想到了陈大快的反常。这种反常不太引起人的注意，比如陈大快所讲的梦，比如对早餐的嫌弃，还有"加点肉末"的提议。这和白色鸟有关系吗？当然没有。可胡俊为什么会敏感呢？陈大快听到"白色鸟"三个字时，回话很冲，而胡俊是愣了个神，这里有什么联系？白色鸟从前也在"先圣画廊"干过一段画师，她是个手脚麻利且有点城府和心机的姑娘，叫白素珍。陈大快来画室就是顶替她的。据说，白色鸟和陈大快很早就相熟了，早年还同居过一段时间。这时候提白色鸟，引起了陈大快和胡俊的反应，可能也只是普通的反应吧。但老鲁想想，确实也不太合适，一是画室刚揽了大单子，需要人手，需要人手可不就要找人吗？找不到人难道不能提高现有画师的工资待遇来刺激产量吗？二是白色鸟和陈大快有过情感上的瓜葛，具体情况不明。这时候说起白色鸟，肯定会分散他们的精力。提高工资和分散精力，这两者都是老鲁不愿意的。

老鲁不合时宜的话的副作用立马显现出来了——陈大快搁下画笔，看起了手机。

整个上午，陈大快看手机的频率很高，几乎每画几笔就要看看，还时不时地写着什么，分明是在和别人聊微信嘛。《自画像》对陈大快来说，驾轻就熟，这么多年来，他画了有上千张了，就算不看那幅印刷体的《自画像》，他也能模仿得惟妙惟肖。但他一个上午只完成了半幅，就到午饭的点儿了。而胡俊，依然保持正常的手速，已经开始第四张的《咖啡馆》了。这个差距太明显了。老鲁想，要出事。

果然出事了，午饭后，陈大快没有像往日那样放下门板小睡半小时，而是郑重其事地找老鲁谈了话，不干了，理由不是待遇低，而是"家里有事"。

鬼事！老鲁想，就是嫌钱少了呗。但，也不至于这么突然啊！或许，他早有辞职、另谋高就的打算了，只不过是待遇问题加速了他的决定。

<h1 style="text-align:center">3</h1>

陈大快的突然辞职，闪着了老鲁。

老鲁想，在这个节骨眼上撂挑子，是故意要弄他难受：你不是小气嘛，不是不给加工钱嘛，不是刚接了大订单嘛，不是需要人手嘛，老子不干了。虽然画家村的画工多，但各有各的专长，有的画室只画莫奈，有的画室擅长毕加索，有的画室专攻高更。陈大快在这一行混久了，能熟练临摹莫奈、凡·高、高更、伦勃朗、毕加索等多种风格的画，算得上这一行的顶级高手。所以，陈大快的离开，真的踢到老鲁的痛处了。

老鲁的这单活，时间紧，交货急，要求高，一下子还真找不到和陈大快相当的画师。老鲁又想，要是能把白色鸟再请回来，和陈大快也算是半斤对八两了，不差给他的。除了白色鸟，老鲁脑海里搜索着，可记忆的大门迟迟不能打开，那些知名的画师没有一个面目清晰的，都从他的记忆里隐身了。原来，感觉一抓一大把的画师，真要是找一个合适的，还是挺难的。

门被敲响了。

画室的门是玻璃门，如果有人要来观光，是可以直接进来的。"笃笃笃"。只听敲门声，却不见人推门。玻璃上明明写了一个"推"字啊。

"请进。"老鲁不抬头地说。

来者还在继续敲门。

胡俊离门近，应该他去开门。可胡俊背对着门，不但不搭理敲门声，还回应一个屁。他不想耽误哪怕半分钟的时间——这就是留下来的人和想走的人的区别。

"进来！"老鲁把分贝提高了几倍。

让老鲁吃惊的是，来者是他早上请吃煎饼果子的女孩，那个仿佛嵌在红砖墙上的神秘而怪异的符号。

女孩也认出了他，脸上的表情在急速变化，仿佛在说：你在这里？

"你……是来找工作的？"老鲁下意识地冒出一句。

"……是啊是啊……来，来找工作。"女孩显然是顺水推舟。

老鲁立即意识到，她可能是一个好画工，可能久闻"先圣画廊"的大名了，可能在早上就考察他了。时代真的变了吗？要员工考察老板？他的画廊虽然不能和那些著名的画廊、工作室相提并论，但圈内人也是有不少人知道的——那她就是慕名而来吧。

真是瞌睡送来了枕头。

"你怎么知道我这里缺画师？"老鲁觉得话多了，赶紧说，"凡·高的画能画吧？我这里只画凡·高，喏，瞧瞧，这是胡老师。知道他画的这幅画吗？"

"《咖啡馆》。文森特·凡·高有好多幅关于咖啡馆的画，这是其中的一幅，也是最著名的一幅。"

老鲁心头一乐，她叫了凡·高的全名了，内行。便领着她向里走了几步，还把路上的障碍物踢开，有快递盒，有废弃的不知被踩了多少次的废画布，有断了杆、掉了头的笔，还有可乐瓶。老鲁指着陈大快没有完成的《自画像》问："这一幅呢？"

"《自画像》，也是凡·高的。不过叫《自画像》的有很多幅，《耳朵缠绷带叼烟斗的自画像》《献给保罗·高更的自画像》《戴草帽的自画像》《画家的自画像》，这一幅就叫《自画像》，最经典，被临摹得最多。"女孩的声音提高了些，有些自得地说，"我在学校就临摹过，而且不止一次。"

"学校？"

"是啊。"

"大学生？"

"是啊。"

"那……你可以走了。"老鲁非常失望，口气异常坚定。

女孩脸色白了一下，她对老鲁的突然改变深感惊讶。

一直没有停笔的胡俊偷笑了笑，没有声音的笑，只是一股气流。

老鲁太了解大学生了，大多是理论高深，夸夸其谈，惰性十足，让他们十天临一幅可以，要是赶进度，一天临十幅，那是不可能的。而画家村各个画廊里拼打出来的画工，可能没有创造力，没有理论知识，没有宏大理想，但硬功夫了得，临什么就是什么。

女孩没有走，她定定地立在原地，脸上由白泛红。那红晕遗留着，迟迟不退，伴随着她不尴不尬的笑意。她看来是要和老鲁理论理论了。她嘴角抽搐一下，也很轻浅，很难让人察觉。但对细节特别敏感的老鲁还是察觉到了。老鲁占据主场之利，他一直霸道地盯着她看。老鲁惊讶地发现，她不像早上那么滞涩了，那么有漫画感了，衣服虽然还是那套衣服，却比在高大墙壁的阴影里鲜明了很多。她鹅蛋脸，长颈，皮肤光滑，头发束起来，露出饱满的脑门，一双黑白分明的眼睛亮闪闪的。而且，她也比早上好看了很多。早上可能和花哨、怪异的背景墙有关，可能和她成为墙体的一部分有关。现在是一个独立的个体了，反而有一种特别的魔力，不是漂亮，不是气质，是一种神韵，像他看过的某一幅油画。哪一幅？老鲁努力想从凡·高的元素中解脱出来，脑子却瞬间错乱了，越错乱越混沌。半天才沉淀并慢慢浮现出来，老鲁激灵了一下，没错，她不是那个戴珍珠耳环的少女吗？四周的光线，背景，都是《戴珍珠耳环的少女》的再现。

"你家不是缺画工吗？"她开始反击了，"大学生怎么啦？"

"大学生……也挺好呀。"老鲁口气软了，准备给她一次机会，"你叫什么名字？"

准备蓄势和老鲁辩论的女孩，没想到对手变化这么快，也只好顺着他的口气如实道："翁格格。"

"翁……什么？"老鲁没听清。

她又重复一遍。

老鲁其实还是没有弄明白是哪三个字。老鲁听成了"嗯哥哥"。这是哪里的口音？老鲁没有半点概念。他对着陈大快那幅半拉子工程，潇洒地扬一下肥短而宽阔的下巴："能把这幅画完吗？"

"试试吧。"她自信地说。

"……你还画过什么？"老鲁突然又多了个心眼，继续考察她。

翁格格拿出手机，让老鲁看她相册里的画。

老鲁本来没准备看她的画，只想听她说说。既然拿出了画——虽然是存在手机里的照片，也能看出门道来的。画有十几幅，先是同一个人物不同角度的肖像：一个年轻的村妇，安静而成熟的表情背后是尘世的风霜，和翁格格有点神似。后边是几幅乡村老屋，也是从不同的角度来呈现的，还有屋边的短巷、篱笆和老树。前者采用的是写实，有真情。后者采用的是速写风格，充满沧桑。

"我妈。我家。"翁格格说。

老鲁心里"咯噔"一声。翁格格的两句极其平常的短句，猛然敲到他的心上。老鲁立即想到了他的妈妈。他妈比翁格格的妈要老多了，也生活在家乡的老宅。老鲁无意打开自己的记忆之门，在记忆的洪水决堤泛滥之前，迅速关闭了闸口，把手机还给了翁格格。

4

翁格格画完了。

凡·高的那幅《自画像》，一大半是陈大快的手笔，一小半出自她的纤纤素手。她从午后一点半开始画起，一直到晚上七点多，总算画完了。正如老鲁预料的那样，她不是一个老辣的专职画工，她确实像大学刚刚毕业，不，是一个在校生，一个毛毛嫩嫩的美术入门不久的在校生，每画一笔，都要端详半天，每画一笔，都要细细品味一番，下笔和收笔都很谨慎，仿佛在揣摩原画的每一个细枝末节，又仿佛要找准凡·高当年作画时的情态。即便是如此细心和用功，整幅作品，看起来和陈大快这类熟练工所临摹的《自画像》还是差距不小。差在哪里呢？差在透视的力度和颜料的光泽上。但这种差距不大，不是老画工或专业人士，很难察觉。在老鲁看来，她已经很可以了，已经超出他的预期了。但老鲁急啊，他几次想说，这里不是学堂，不需要那么仔细，画就是了，大胆画，琢磨什么呢？大半天一张，还有别人打的底子，就算不发薪水，也耗不起啊。老鲁几次话到嘴边又咽回去了。算了，反正就让她尝试这一张，反正也不准备聘用她，随她去吧。

老鲁走到她的画前，看着画。老鲁的脸是黑的。老鲁的脸本来不太黑。可他现在不得不黑了。老鲁的脸是梯形的，下巴本来就比脑门子宽，现在更宽了——他在释放一种信号，不满意的信号，让她看到他黑着的脸，宽着的下巴，就知道他不满意了，就知道他不会录用她了。

老鲁释放这个信号后，又转头看胡俊那画好的十多张像是复印出来的《咖啡馆》，心里满意，但他也没有笑。胡俊不过是常态的工作，有什么可乐的？因为要继续把信息传递给翁格格，故意一二三四五地数着胡俊的画，最后说："速度呢？"

胡俊仿佛看透了老鲁的心思，没接话茬。

"鲁老师，我可以再画一张吗？"她不识趣地说。

"今天就这样吧，"老鲁尽量把话说得让她听起来舒服些，"你看……翁……小翁，叫你小翁可以吧？是这样的，我这里不用学徒，我这里用的人都是像老胡这样的熟练工，所以……你应该去做别的工作，比如去教孩子画画啊，不少赚的。明白我的意思了吧？"

"鲁老师，我不走，我想在这儿干。"她听懂了，但很固执。

"不行啊，这儿不是艺术机构，这儿就是复制工厂，你就是一台复印机，一天复印十张是保底。保不了底，拿不到钱的。"老鲁不看她了。因为他知道女孩顾盼的眼神会抓住他心软的弱点。

"不谈钱，能画画就行。"

"没有钱吃什么？"

"早上你都能请我吃一套煎饼果子……"翁格格大着胆子争取道，"给个吃饭钱不行吗？"

"不行。"

"那饭钱也不要，一分钱不要。我想留在你的画室……就算招个实习生嘛。我再交点实习费也行。"

话都说到这个份儿上了，老鲁还是心软了，为难了。老鲁能感觉出来，翁格格是有基本功的，用笔很专业，对色彩也敏感。如果留下她，目前肯定是指望不上她出活了。如果一时半会找不到合适的画工，收个女徒弟也不错，一天出个一张两张的，虽然杯水车薪，慢慢也许就成熟练工了。她有这么好的基础，有成为熟练工的条件，只要改变观点，肯吃苦，速度提起来，或许能给画室带来好运气的。

"我不收徒弟。"

"就不能收一个吗？"

"老胡，你看呢？"老鲁已经动摇了，他问胡俊，是在给自己找个松口的台阶。

胡俊说："放屁还添风呢。"

"陈大快是话多，你是屁多，文明啊，人家可是女学生。"老鲁明白胡俊的意思了。但他的话也太糙了，怕引起翁格格的不快。老鲁知道胡俊也不是故意的，话糙是他的风格。要搁在平时，老鲁也不会叮嘱他要讲文明，这回是专门说给翁格格听的，以示自己是个文明人，也是对她的尊重。

"没事，要能添风，给画室助力，就是屁也好。"翁格格的话听起来像是自嘲，可她面相和口气又是严肃的。

"我去吃饭了，饿死了，前墙贴后墙了。"胡俊也觉得话糙了，不好意思了，故意岔开话题，搁下笔，去洗手了，在哗哗的水流声中，大声说，"想吃火锅了。"

老鲁没去附和胡俊。知道胡俊想拉上他，顺道请上翁格格，算是为新人接风。老鲁不上这个当的。老鲁的坏心情（因为陈大快

自画像

的辞职）渐渐消退了，他开始好奇这个翁格格了，她固执地要留下来，几个意思？他偷偷瞥她一眼，她身上一些细微的夺目之处触动了他，她黑色紧身小 T 恤的胸前图案是一只色彩艳丽的老鹰，老鹰的羽毛不是这么花哨，却故意画得如此花哨，还给老鹰戴上一顶红帽子，几个意思？可爱的是，这个老鹰的画风，是在模仿毕加索晚期的画法，身体都是错位的，有一只鹰眼，掉到了胸部，和另一只眼分离又形成某种照应。束起来的长发（有几缕发梢染成了酒红色）落在后背上，挺爽气。有的人，乍一看好看，却经不住细看；有的人乍一看一般，却越看越漂亮。她另属一档，乍一看好看，细看还是好看。她的皮肤是小麦色的。通常人们并不欣赏这种皮肤，在她却有一种和五官天然匹配的感觉，还有微微牵起的嘴角，总是在耍点小脾气的样子，让他觉得仿佛一直欠了她什么。而她手机里藏着的那几幅画，妈妈的肖像，故乡的老屋，再次触动了老鲁的心，于是，他对她说："好吧，明天过来，还画《自画像》。试用期半个月。"

"一个月不行吗？"她总是抓住任何一个可以讨价还价的机会。

"那就一个月。"这回他很爽快了。

翁格格很感激地一连说了几个谢谢，把眼泪都说得在眼里打闪闪了。

5

老鲁就是这么一个人，心里不能有事，一有事就会反复琢磨。

留下翁格格，他不知道这个决定是冒失的还是错误的。老鲁心里不太踏实，惶惶的，惴惴的。他对这个叫翁格格的女孩一点也不了解。她不要工钱，又不是完全不能画。她这样做的目的是什么呢？回顾一下在已经过去的整个下午里，他没有和她说什么，她也不主动说什么。倒是胡俊，有一搭没一搭地和她说了几句，无非是问她住在哪里、此前在哪里工作、画了多久之类的闲篇。他们的对话，老鲁当然也听到了，知道她住在马各庄，是一幢普通的平房。他没听错，马各庄，平房，说明是在乡下，说明她的经济状况并不怎么样。但是她曾经做过什么职业，毕业于哪所学校，画过什么作品，她倒是含糊其词，语焉不详。老鲁也是好奇心强的人，因为当时已经不打算留她了，也就没有参与他们的说话。倒是胡俊，会多事地问一句老鲁这个，老鲁那个，似乎在告诉她，这个不想要你的人姓鲁。

此时的老鲁，软塌塌地走在画家村的村街上。黄昏已经来临，画家村覆盖着一层暗紫色的迷人色彩。长长短短、宽宽窄窄的街道上，观光的人还不见减少，大多是时尚的年轻人。衣着和长相都很土气的、农民工造型的中年男人老鲁，走在他们中间，显得格外另类，但是他旧 T 恤和牛仔裤上沾染的油画颜料还是或多或少地暴露了他的身份。

他要去找两个人，两个都是画凡·高的高手。当然，他也知道画家村画凡·高的人很多，几乎每家画廊或艺术工作室里都挂有凡·高的画。但他知道除了陈大快，只有两个人是高手中的高手，其中之一就是白色鸟。他已经好久没见过白色鸟了。其实，好久也不算久，不过一年左右的时间而已。但由于一年里一次也没有联系过，就觉得好久了。他找白色鸟，本可以打电话的。一年不见，突然打电话就谈事，显得太功利了，也太唐突了，就找一个熟人，跟他打听白色鸟的下落。熟人告诉他，白色鸟自己搞了一个画廊。老鲁不禁感叹，白色鸟在他的画室画了几年之后，翅膀确实硬了，居然自己搞画廊了。又据那个熟人说，白色鸟除了自己画，主要代理画家村各个知名画室所临摹的世界名画。老鲁回忆一下，觉得白色鸟在他画室所表现的，已经有了独当一面的才能了，一年时间自己搞个画廊，在画家村这个地方，并不奇怪。

白色鸟的画廊在前街上。前街叫徐悲鸿路。但大家都叫前街。前街是画家村的主街道，路宽，店铺气派。

老鲁去前街，要穿过一个大车间。车间贯通的走廊两侧，也分布着一家家店铺，借助车间内的各种支架、管道隔成的店，本身就具有独创性，加上花色不一的装修，使这些店铺的个性特别显著。这个工厂原来是个保密企业，是用数字代替的，20世纪50年代初由苏联援助，民主德国负责设计和建造，所以这个大车间的外形和内部构造颇有欧式建筑的风格。如今被艺术家们稍做改造，就更有了异域的风采。

虽然在同一个"村上"，老鲁也不是每家店铺、画廊都了解的。画家村的大小画廊及画室、工作室有千余家，村内聚集的油画从业人员据说有七八千人，还不算周边社区从事相关行业的一两万人。这些企业和画廊，以油画及相关产品的生产、交易为主，也从事国画、书法、篆刻、刺绣、铜雕、木雕、陶艺、泥塑、剪纸等中国传统文化产品，以及工艺品、抽象艺术等其他艺术品的生产和交易。画家村的大小街道上，还分布着书店、酒吧、茶社、咖啡厅、展示厅、出版公司和全国各地的特色餐饮，有了这些元素的聚合，画家村形成了具有国际化色彩的"SOHO 式艺术聚落"和"LOFT 生活方式"的艺术区域。这个区域，展示了私人理念与社会经济结构之间的新型关系——在乌托邦与现实、先锋意识和传统情调、实验色彩与社会责任、记忆与未来、精英与大众之间形成了一种互补和平衡。但这些元素似乎影响不到老鲁。老鲁还保持着十八岁那年进村时的思维和做派，勤劳，刻苦，认真，凭着本事挣钱，养活自己，还要养活住在贵州十万大山一个小山坳里的七十岁的老娘，二十多年初心不改，挣钱，挣钱，挣钱。不仅目标没有改变，外形上也巩固了自己的长相，同时也越发的邋遢和不修边幅了。

老鲁在路过一家叫"蒙玛特的蔬菜园"的画廊时放慢了脚步，显然这也是一家以凡·高为主题的画廊，高大而敞亮的橱窗里，陈列着凡·高的几幅著名的油画，还有一些稀见的、无人关注的作品，比如《一双鞋子》《高更的椅子》《维纳斯的身体》，另有几幅他叫不上名字。老实说，这些仿制品并不比他的水平高明，特别是《自画像》和《向日葵》，由于装饰了豪华的画框，加上摆放的场合和专门的灯色，才显得特别的精致而高贵。老鲁在《自画像》前踟蹰了一会儿，觉得这种作品太一般，甚至有些地方不到位，他的荷兰客户一定不会要，弄不好要退货。就在他欣赏橱窗里的画作时，从橱窗玻璃里，他看到两个熟悉的人影从他身后依傍着经过了，再细细一看，这不是陈大快和白色鸟吗？

老鲁没有想到陈大快和白色鸟又和好了。当初是白色鸟嫌弃陈大快的。是什么原因让白色鸟又回心转意了呢？不要说现在了，就是当初，白色鸟也是全方位高过陈大快一头的。陈大快在男人当中，算不上英俊，也算不上帅气（当然比胡俊要强多了），身上毛病不少。白色鸟就不一样了，五官端正，亭亭玉立，皮肤白皙细腻，本来是可以靠脸吃饭的，没想到才华也很优秀。他不止一次地听白色鸟抱怨陈大快，骂陈大快。胡俊也挑拨白色鸟，他那么人渣，休了他。后来白色鸟离开画廊，陈大快果然就被白色鸟踢出家门了。或许是出于人道吧，也或许是旧情未断，白色鸟在离开时，介绍了陈大快来画室。看来白色鸟是个现实主义者，加上她年龄也快四十岁了，画廊也需要帮手，时过境迁，思想便更现实了，和陈大快恢复旧情、相互取暖也是情理之中的事。陈大快和白色鸟的琴瑟和鸣，提醒了老鲁，白色鸟不会再回来了，不会再辛苦地画凡·高了，不会再回到他这种低档路线了。她的事业正如日中天呢。但，老鲁不甘心，决定去白色鸟的画廊看看。他只听说她的画廊很气派，高大上。怎么个高大上，他要眼见为实。

确实如熟人所讲的那样，白色鸟的画廊就叫白色鸟，和村里的不少画廊一样，也是以经营世界著名画家的名画为主。老鲁只在门口站站，没有进去。进去干什么呢？说什么好？既然断定白色鸟已经不是他要找的人了，何苦自找不痛快？

老鲁转身离开了。

他在转身离开的同时，也放弃了寻找另一个画师的想法。

此时，画家村里华灯初上，人流更多了，一些露天酒吧更是聚集了很多年轻人，甚至还有一个小型乐队在演唱流传已久的经典老歌。他驻足听了一首《江河水》，听得他热泪盈眶想念家乡了。老鲁不想再受更多的刺激，准备去吃碗面条，回画室。对，回画室而不是回家。他在八里庄买了一套两居室的商品房，只是隔三岔五才回。他宁愿住在画室里，节省路上往返的时间用来画画，也不愿意回去睡舒适的大床。以前他就偶尔和陈大快、胡俊在画室打地铺，后来他把一块画板支起来，当成了床。

回到画室，胡俊和翁格格已经在画画了。

"吃饭啦？"他问翁格格。

"吃了，胡老师请我吃了煎包。"

"没吃火锅？"老鲁记得胡俊叫唤着要吃火锅的。

"吃火锅耽误时间。"翁格格说，"我想画画。"

她还是在那幅《自画像》上修修补补。

"这张很好了，再重新起头另画一张吧。"老鲁说。老鲁的意思，既然跟着胡俊回来加班了，就像加班的样子，以提高效率为主，别在一张画上磨叽了，磨叽再久，也是一张画而已。

"不行，还差点意思。"翁格格看来也是挺固执的，"胡老师也让我重新画一幅。我肯定要独立画几幅的，但这一幅还有不少问题。原来的老师画得不好，太匠了，和我的画法不一样，我得尽量把原来的痕迹盖住。"

她的话吓了老鲁一跳，她居然说陈大快画得不好。

"哪里不好？"

"和文森特·凡·高的原作差距太大了——不过我也没见过凡·高的原作，我觉得凡·高不会这样画的。"

翁格格在偶尔的时候，会叫凡·高的全名，文森特·凡·高。老鲁觉得这样也很好，显得郑重其事，显得比别人要多懂一些。老鲁想了想。老鲁也没看过凡·高的原作。他看到的都是印刷品。所以他也不知道她说的差距在哪里。他更看不出她的画法和陈大快的哪里不一样。但他也不想改变她的想法，不再强行让她再画一张了，毕竟人家刚来，又处在试用期间，由着她吧，她说肯定要独立画几幅的。

6

老鲁到底还是没有找到合适的画师。

翁格格在画室已经实习一个多星期了。翁格格的表现，比老鲁预想的要好。好，不是因为她画画的速度。她画画的速度太慢了，简直让他忍受不了，平均两天半画一幅《自画像》。如果指望她完成荷兰方面的任务，这要多久才能完成？一周了，第三幅还在打磨中。"打磨"这个词，也是翁格格说的——胡俊觉得她的第三幅《自画像》已经完成了，夸了她一句，她就说："不行，还得打磨打磨。"老鲁最讨厌的就是打磨了。什么叫打磨，就是磨洋工嘛。除却"打磨"，老鲁对她的绘画水平还是有好感的。如果不掺杂个人情绪，她临摹的《自画像》，比任何人的卖相都好。"卖相"，是老鲁的专用词。他猜想，她有可能像他不喜欢"打磨"一样地不喜欢"卖相"这个词。但，不管怎么说，老鲁对她心存希望了，觉得要不了多久，她就是另一个白色鸟了，就能独当一面，给他带来可观的效益了。虽然，也许，翅膀硬了会自己飞，会另攀高枝，会自立门户。毕竟在飞走之前，能为他所用啊，能为他赚来大把的钞票啊。

但是，荷兰方面的吴小姐的电话又打来了，催问他能按时交货吗。老鲁算了下日期，满打满算还有一周的时间，《星夜》没有问题，他明日就可完成，《咖啡馆》也没有问题，胡俊后天就可以告竣。他和胡俊可以腾出手来用四五天时间突击画出《向日葵》了。而《自画像》和《丰收》怎么也赶不出来了。荷兰方面最在乎的可能就是《自画像》。如果他们合力赶制《自画像》，《向日葵》和《丰收》同样赶不出来。怎么办？老鲁立即想到了一个救急的办法，想到了街边的那个小摊。那天，就是他去找白色鸟的晚上，在回画室的途中，他看到一个供艺术展示的小广场的边上，有一个给游客画肖像和漫画像的小摊，一幅漫画或肖像要价四十元。在标价的小黑板上，还贴有一幅《自画像》，这是摊主做广告用的，表明自己敢给顾客画漫画和肖像，是有底气的。最让老鲁吃惊的是，在小黑板边一个长条形木质旧茶几上，摆着几摞画，其中一摞，就是凡·高的作品。他随手翻了翻，凡·高各个时期的代表作几乎都有，有的一幅两幅，有的五六幅，那几幅尽人皆知的名画就更多了，仅《自画像》就有四五十张，虽然颜色不一，水平参差不齐，画工偏于稚嫩，可能是临摹者不同时期的作品，也可能是艺校学生们的作业。如果买回来，润色一下，可不可以呢？

老鲁没有把自己的想法告诉胡俊和翁格格，悄悄出门了，很快就来到了那个小广场上的艺术展示区，找到了那个画摊。

"这油画卖吗？"

"大叔，您说话真是好玩耶，不卖我摆着看的呀？卖！"年轻人只抬一下头，看这个大叔土里土气的，不像是他等待的顾客，便继续玩手机了。

大叔的称呼，让老鲁心里不爽，虽然四十岁了，对眼前这个年轻人来说，确实是大叔辈了，可他内心里一直没觉得自己是"大叔"辈的，一直以为自己还是个青年，还有很多未来和很多钱要赚的大青年，怎么在他眼里就成了大叔？

"多少钱一张？"老鲁要买他的画，不想把心里的不爽流露出来，继续和颜悦色地说。

"十块，随便挑。"

这么便宜？！老鲁心里扑通扑通地跳了起来。这个价格有点离谱。十块钱，连画布和颜料的成本都不够啊。随便在野地里薅几把草，在画家村的街头一摆，也不止十块钱啊？

"买两幅赠送一幅。"年轻人又说，继续玩手机。

哈，这简直就是白送了。老鲁心里暗喜，一张一张地翻看，心里算着，买两幅赠一幅，就是二十块钱三幅呗，二百块钱三十幅呗，相当于捡来的。老鲁挑了九十幅，其中有二十八幅是《自画像》，余下的都是《向日葵》和《丰收》。此外，还有两幅，一幅是《有一个收割者的麦田》，另一幅是《鸢尾花》。前者老鲁也画过，难度比较大，那黄色的、被太阳烤焦了的麦子是一笔一笔点擦上去的，要是图省事地涂抹，就坏了。这一幅就有涂抹的痕迹，但也还有点看相。他多买这两幅和荷兰方面所要之画不相干的作品，无非想迷惑一下摊主，自己不过是喜欢罢了，不是要贩卖的。

"收款。六十幅。"老鲁打开手机，准备扫小黑板上的二维码。

"这么多？"年轻人终于从手机上抬起头来，看着那一大沓，惊讶地问，"多少幅？"

"六十啊，再加上赠送的三十幅，共九十幅，六百块钱，对吧？"

"对是对，可我不想卖给你了。"年轻人看到他身上斑斑点点的油彩颜料了，猜到他是干什么的了。

"为什么？我正在装修房子，买回去好吊天花板……价是你开的，说话不当话啊？"

"装修房子？"

"是。"

"你以为我不认识你？"

老鲁想了想，确定不认识这个年轻人，口气硬硬地说："管你认识不认识，你出价我出钱，就该成交。"

年轻人没讹到他，便精明地说："我是说买两幅赠一幅，没说买六十幅赠三十幅！你把好的都挑了去，剩下的我卖给谁？再说了，装修房子怎么会只买这三种？嘿嘿，要不这样吧，也难得遇到你这样的大买家，你要真想照顾我的生意呢，请坐下，我给你画一幅漫画可以吧？半天没有生意了，就算对我的奖励，补个小红包呗。来来来，您老人家坐好。"

格局不大嘛，不好意思坐地起价，就出了这么个招数。老鲁放松了，说："我正想画一张漫画呢，也看中你的手艺了，可我有事啊——多给你四十块钱吧……不，五十得了。"

小伙子笑了笑，成交了。

7

老鲁得意地抱着一大卷画回到了画室，想把刚才的奇遇讲给胡俊和翁格格听。可翁格格不在了，就问："小翁呢？"

"下班了。"胡俊说。

老鲁看看时间，刚六点，说明她是提前下班的。提前下班，不是翁格格的风格。这几天，她每天都是多待一小时到两小时的，到七点后才回家。虽然晚上七点后不是老鲁规定的下班时间，但他也没有规定六点下班啊。六点下班不过是通常的下班时间。他这是私人画室，按劳取酬，多干多得，少干少得，不干不得。作为学徒，可能不受时间的限制，但提前回家至少要讲一声吧？

"我看这个小翁不咋地嘛，屁都不懂。"胡俊话风突然变了，"太磨洋工了，你看没看到？太磨洋工了，咱画室要的是画工，不是大师，还把自己当成人物了，转起来了。凡·高是谁谁不知道啊？一口一个文森特，文森特，文森特的风格，文森特的艺术追求，文森特的交谊，谁不知道文森特·凡·高？说这些有屁用？跟咱们有屁关系？"

"前两天你不是还夸她有前途吗？"老鲁说完，突然意识到了什么，一准是他们闹了不愉快了。胡俊是个粗人，什么都表现在脸上，也表现在嘴上。开始也是他想留她的，"放屁还添风"就是他说的，后来还请人家吃饭，还不止一次地说她用笔正，用色正，有底子。这才几天啊，话锋就转了。文森特·凡·高翁格格又不是第一次说了，有那么反感吗？说人家"屁都不懂"。说了句文森特，不至于冒犯你吧？一准是你冒犯人家小姑娘了。

"我那是夸她？夸她什么啦？我才不会夸她。"胡俊说，"你看我是夸人的人？她哪里值得我夸？我是说她不懂装懂，还干不出活来。她干不出活来，不是影响我干活吗？"

"影响你了？"

"影响我了。"

"你干你的，她画她的。"老鲁息事宁人地说，"互不相干嘛。"

"不一样——我当然干我的活了。可该她画的画不出来，将来还不是我来拼命顶？干一幅拿一幅钱，又不多拿，拼出毛病来，损失是谁的？"

胡俊这么说就把话说死了，而且和陈大快是一个套路，说来说去，还是嫌钱少了。老鲁不搭理他了。老鲁走到自己的桌前，把刚抱回来的一大卷画小心地打开，找几幅相对好些的，摁到墙上，远看看，近看看，心里很纠结，一会儿觉得上当了，六百块钱白花了，不，六百五十块钱白花了，真的是一堆废品了；一会儿又觉得，改改或许能改好。他想叫胡俊过来看看，出个主意，主要是看能不能改，怎么改，出点钱给他可以的。还没等开口，就听到身后响起脚步声，并丢下一句："吃饭去了。"

老鲁听出胡俊的话里有情绪，等他吃完饭回来再说吧。

可胡俊前脚刚走，翁格格就进来了。

"啊？还以为你回家了。"老鲁说。

"没有啊，刚才出去吃了点东西，准备晚上加个小班，"翁格格笑吟吟地说，"这个点正是下班高峰期，公交车排队能排死人，不赶这热闹的。"

"胡老师刚走——也吃饭去了，你们没一起？"老鲁是个有事藏不住的人，他想知道胡俊为什么突然反感翁格格。

"我……自己吃点。"翁格格显然不想说，她脸上有些细微的变化，不是太自然，又赶快打岔道，"鲁老师，你在看什么？《自画像》？这么多？谁画的？"

"看看，怎么样？"老鲁听她转移话题，也不想探究了。

翁格格走过来，欣赏墙上的画。

老鲁闻到她身上麻辣烫的味道了："吃麻辣烫啦？"

"是啊。"翁格格不好意思了，嗅嗅鼻子，"味很大吧？"

"还行。我也爱吃的。"

"哇，太好啦，哪天我请你吃。"

"不让你请。你还没挣到钱。我请你。不过麻辣烫不挡饿的。"老鲁看她眼睛一直离不开墙上的三幅《自画像》，说，"提提意见。"

翁格格脸上的笑意渐渐收拢了，进而消退了，严肃了。她看了一会儿，说："鲁老师别见怪啊，说真话，我喜欢你的画室，却不怎么欣赏你们的工作——我的话并不矛盾，画室有一股特别的气味，神秘、莫测、迷人而又艺术，会让人产生幻觉，也会让人联想很多，是我最喜欢的了。但是画室一直在画文森特·凡·高的作品，而且是一种低质量的临摹，却让我有点、十分、特别地失望。凡·高不是那么好画的。凡·高一生都沉溺在对艺术的追求中，他有着巨大的、无法平息的、怪异的激情，有着独一无二的执着，非常人能够理解的固执。'我是个狂人！'这是凡·高向世界发布的决不妥协的宣誓，他的内心有一股强大的力量，有一团持久喷薄、熊熊燃烧、无法熄灭的火焰。不论是在津德尔特的河滩上捉夜虫、搜集画册、传播思想，还是挑灯夜读，孜孜不倦地沉湎于莎士比亚和巴尔扎克等大师的世界中，都让人倍生崇敬。而且，他不仅是画画，他做任何事情都是全身心地投入。所以说，不了解凡·高，不走进凡·高的内心，不了解他所处的世界和当时的环境，画出来的凡·高，连皮毛都不是，就算是高级的模仿，很像，太像，十分像，也不过是像而已，缺少画意，缺少生命，缺少历史的沉淀，也没有传承，充其量不过是一幅复制品，一幅纪念品，仅此而已。"

"你把这话说给胡老师听过？"老鲁像是找到胡俊反感翁格格的原因了。

"大致表达过。"

老鲁明白了。老鲁画了二十多年，当老板也快十年了，第一次听人这样评价凡·高。他无法反驳她。他觉得她句句都在理。但他不懂，他不知说什么好。而翁格格平静的、直率的表达，有点感染了他，觉得这个小姑娘了不得，能说，会说，敢说。但他心里还是油然升起和胡俊类似的念头，一种不以为然、不屑一顾的念头，觉得她真的是在卖弄，是在欺负他没读过几本书。他便直截了当地说："我不管文森特·凡·高做过什么，有多了不起，我画他，画他的画，在荷兰，在法国，在意大利，在比利时，都卖得不错。实话实说吧，这一堆《自画像》，还有《丰收》和《向日葵》，是我刚刚收来的，有好有坏，需要修改。改出来了就是钱。你懂那么多，就你来改，抓紧时间改，要改得像真的一样。"

"真的一样？我做不到。"翁格格看着老鲁，嘴角牵起一丝笑意，不是瞧不起或鄙视的笑意，是内心的真话，"我们都没见过凡·高的真迹，再怎么改也不可能像真的。"

"见过画册啊，改得像画册上一样就行。"

"画册本身就经过无数次的翻拍和印刷，很失真。再说了，就是文森特自己，他画那么多自画像，有两幅是一样的吗？我不是不想修改啊鲁老师，从我自己的角度考虑，我宁愿临摹，也不愿意修改这些画。你别为难我了鲁老师……嘻嘻，我请你吃麻辣烫吧。"

老鲁想生气又想笑。生气，是她不听他的安排；想笑，是她还是小姑娘的做派，带有点撒娇和卖乖的样子，而且还是有点笨拙的撒娇和卖乖。老鲁便说："好吧，你不干，只能让老胡来干了，你还是继续临你的吧。对了，老胡神神道道的……你是不是得罪了他？还是他得罪了你？"

"没有啊！鲁老师这话从何说起？他人挺好的呀，虽然长相尴尬了些……不是不是，我不是要打击他的长相，我是说，他这人挺有意思的……我不是八婆啊……他讲了你。"

"哦？"

"嘻，也不算什么事，就是说你小气——当老板的，谁不小气？不小气怎么赚钱？我就说，那是生意，跟小气无关，嘻，他就生我的气了，说我屁都不懂。哈哈，我不怪他。"

老鲁也哈哈乐了。既然胡俊和翁格格之间没发生别的事，他就放心了，说："随他怎么说吧，干活。"

"鲁老师……我争取今晚把这一幅画完啊。"翁格格欲言又止地犹豫了片刻，说，"反正我不改那堆画。"

"交给老胡和我了。"

老鲁和翁格格工作没多会儿，胡俊回来了。

胡俊带着一身酒味回来的，头上还磕破了一块皮，露出鲜艳的血痕，像谁用画笔潦草地擦了一下。胡俊歪歪拽拽、磕磕碰碰，先是撞了一下门框，又撞了一下墙壁，发出砰砰的响声，听着都疼。该死的墙显然碍他的事了，他两手撑住墙壁，向后退一步，退两步，又向前蹿出一大步，刹住车，使劲睁睁眼，可眼睛并没有睁开，便一头扑向那块瑜伽垫了。那块卷起来的瑜伽垫被他扑了开来，他一头扎上去，半截身子躺在地上，嘴里哼哼唧唧，又一连放了几个屁，瞬间打起了呼噜。

翁格格看看老鲁，说："醉啦？"

"醉了。"

"怎么办？"

"别管他，睡一觉就好了。"老鲁拿一瓶矿泉水，放在他头边，又把他的腿挪到瑜伽垫子上，像是对胡俊也像是对翁格格说，"好嘛，这酒喝的……醒酒喝口水，舒服。"

屋里弥漫着浓烈的酒臭味和屁臭味，连老鲁都难以容忍了，他怕翁格格更是受不了，就难得体贴地说："回家吧，今晚别加班了。"

"你呢？要照顾他？"

"不用照顾，让他睡。"

"你们男人都经常醉酒吗？老师你也喝成过这样？"

"我不喝酒。"

"稀罕人。"翁格格一笑道，"我能请鲁老师喝一杯吗？"

"你喝酒？"

"如果鲁老师肯给面子，也能喝点。"翁格格进一步说道，"刚才，关于文森特·凡·高的话意犹未尽呢，何不再交流交流？我发现了一家叫罗马假日的咖啡店，应该有点特色的。"

老鲁觉得是时候和翁格格聊聊了，她来了一个多星期了，还没有认真谈过话。他只是从翁格格和胡俊的聊天中，对她的情况略知一点。他想知道她更多的事，想知道她经过一段时间的练手，画艺精进、老到了之后，会不会留下来做一个职业画工，这是老鲁迫切想知道的。老鲁一听说要继续交流，怕她反悔似的，赶紧说："好呀，我知道罗马假日的，这家咖啡馆不错，简餐也挺好，牛排特别地道。走，我请你！"

"好呀，听老板的！"翁格格高兴了。

这些天来，翁格格难得露出如此真实的笑容，走路也轻快了很多，今天的装扮也是十足的小清新，裙子还是那条砖红色的棉麻大肥裙（应该是她今夏的主打了），修身小T恤换了件白色的，也是带夸张图案的，鞋子是平底的尖头小皮鞋。这是对身高非常自信的女孩才敢穿的平底小皮鞋。他们穿过画家村的几条宽宽窄窄的小街，穿过明明暗暗的灯色，来到位于米格尔街拐角处的一家独立的欧式建筑里。

8

咖啡馆的环境确实不错，有点网红店的意思。靠窗的好位置都坐着时尚的年轻人，两两成双喁喁小谈的，也有单独一个人在笔记本电脑上忙事的。老鲁和翁格格选一个大厅里四面不靠窗的位置坐下来。老鲁拿过菜单，问翁格格要吃什么。翁格格说一杯咖啡，够了。老鲁知道她吃过麻辣烫了。但麻辣烫不挡饿的，就点了几样好吃的，都被翁格格否定了，套餐不要，煎牛排不要，法国鹅肝也不吃。她只要一杯咖啡。一杯咖啡怎么行呢？老鲁不想给自己省钱。他想在翁格格面前改变小气的名头。但翁格格坚持一杯咖啡足够了，还说吃什么不重要，重要的是想和鲁老师聊聊。被请的人什么都不吃，老鲁仿佛被歧视一样，怏怏不乐地要了一份意大利面，自己吃。待面上来了，老鲁要分点给她，她居然接受了，用筷子挑了一点点，感觉仿佛是在给老鲁面子了。老鲁又觉得，她也不是太装。

"不是要喝酒吗？给你要一杯红酒？"老鲁说。

"开玩笑的，我哪能喝酒啊。"

"那随你啦。"

老鲁狼吞虎咽地吃了意大利面，便东南西北地和翁格格聊了起来。老鲁在画家村混了这么多年，对画家村的变迁了如指掌，对发生在画家村的趣事逸闻也积累了很多，讲起来没个完。翁格格认真地听，或胳膊支在咖啡桌上，或两手托着下巴，或靠在椅背上，偶尔响应地哼一声，或一笑，或颔首。老鲁说着说着，突然意识到她只是一个听众了，便收了话题，让她再谈谈凡·高。她不说话，或者是在思考该怎么说。但终究没有说。老鲁又想起初次见到翁格格时的那天早上，便笑着说："那天你那么早地来画家村，是找工作的吗？"

"哪天？噢——晓得了，那天呀，嘻，那天还吃了你一套煎饼果子呢。"翁格格快乐地说，"正想问你啊，你是不是把我当成流浪汉啦？不，应该是流浪女，是不是？"

"没有……那天光线不对，你站在背阴里，一动不动，背景的墙上全是涂鸦，我的眼睛被太阳晃花了，你就成了涂鸦的一部分了，就像嵌在墙上一样，吓着我了……也不是，不光是吓着，怎么说呢，反正吧，头天晚上，我接到荷兰方面的一个电话，然后又收到一笔可观的订金，感觉很开心，我就请画室的画工吃早餐。那天见谁都想请。还记得那只猫吗？都想请它吃一顿大餐……那天是不是冒犯了你？"

"觉得挺怪的……谈不上冒犯，不过你成功地引起了我的注意。我没有吃你恩赐的煎饼果子——那天我吃过早饭来的，是骑着扫码单车来的，来太早了，正犹豫不决不知要干什么时，就发现了你。对，是发现。后来就跟踪了你。你不知道吧？"

"不知道。哈，怪不得你找到了画室。"老鲁奇怪地问，"你在那里干什么？"

"你没觉得那天早上的太阳很厉害吗？怕太阳晒啊，走在阴凉里，有什么不对吗？女人不都是怕晒的嘛。"翁格格表情平静，声音清幽而流畅，"有没有注意我刚才用了一个'发现'的词？其实，那天我发现了一个巨大的秘密，你，摊煎饼的女人，还有煎饼摊，还有那热热烈烈的早晨的阳光，是一幅很高级的构图，像极了文森特·凡·高的画，不是具体的哪一幅，像他画里的某个场景，或者说，是凡·高经常要表现的东西，写实的，夸张的，热烈的，独特的，无法平息的，很生活，很扭曲，很真实，又很艺术，总之，就是凡·高的那个味道。我就看痴了，同时也被你发现了。"

"你是说，我们互相发现？你当时呆呆的样子，是在欣赏一幅画，一幅凡·高的画？"

"没错，可以这么说。嘻嘻，你看人准的，呆呆的样子，就是我，我有时很痴的。"

"可是……怎么会是很扭曲的？还无法平息，什么意思？"

"这个嘛……"翁格格想了想，像在思考着怎么表达，最终，轻摇一下头，从她的包里拿出一个速写本，翻了几页，放到了老鲁的面前。

老鲁惊呆了，速写本上果然有一个煎饼摊，一个女人扎着围裙在摊煎饼。在煎饼摊的对面，一个男人在刷手机。这个构图紧凑，摊煎饼的女人和煎饼摊是一个整体，刷手机者游离于那个整体，但又有某种联系。一只猫从刷手机者的脚前走过。背景是一排绿化树，树丛中是忽隐忽现的高低不等的建筑。一枚太阳从楼缝中升起。这幅速写的不同凡响之处是，构成这些画面的笔调，不像是一幅规矩的速写，是铅笔和墨水笔的混合，是物体、人体的变异和夸张，是抑制不住的激情和生命力，但又不失为真实场景的重现。

"你画的？"老实说，单凭老鲁的欣赏能力，他只觉得这是一幅非常高明的速写，但他说不出这幅速写高明在哪里，也无法和凡·高的画相联系。他没画过速写，也没看别人画过。他只在书上看到过。他画艺的提高，不需要速写来铺垫。他的绘画功底都是一点点积累起来的，是没日没夜临摹数万张世界名画磨砺出来的。他所惊讶的，是没想到自己成了别人的速写对象，成了别人的画中人物，而且，特别神似。

"当然是我画的啦。"翁格格说。

"可是，这和我在书上见到的速写不一样啊。"

"为什么要一样呢？你觉得谁的画和凡·高的画一样？一样的叫临摹，叫模仿。凡·高有一个朋友，用多年的时间，试图驯服他脱缰的画笔，改变他放荡不羁的画风，而凡·高最终还是文森特·凡·高，这样的凡·高才被后人如此大规模地模仿。先不评价这幅速写，其实我也只是学点皮毛，但你会不会联想到《黄屋子》？联想到《公园里的夫妇和蓝枞树》，还有《吃土豆的人》《塔拉斯孔的驿车》《驴车》《阿尔勒朗格鲁瓦桥边洗衣服的女人》。这些画中的人物和静物，人物和静物的关系，和你买饼时的情态是一样的，像是游离，又像有照应。如果运用凡·高的笔法上彩上色，真的就能以假乱真了。"

"那会不会有人说是造假？"

"当然不是。不署上文森特·凡·高的名字，就是创作。"翁格格微微一笑道，"要说造假，你搞的那么多《自画像》《向日葵》《星夜》《丰收》《咖啡馆》，才是造假呢。用学到的技法，画自己的作品，不叫造假，叫创作。"

"可是，不画《自画像》《咖啡馆》这些，挣不到钱啊！"

"从挣钱的角度来讲，当然无可厚非。"翁格格脸上的笑收敛了，"但做自己，画自己的东西，会有自己的面目，是自己的作品，可以建立自己的体系，自己的王国。"

"你的理想？"

"是的。"

"野心不小！"

翁格格自信地说："鲁老师，你是在夸我吗？谢谢你了，我将来是要成为我自己的。我喜欢文森特·凡·高，但我决不永远临摹凡·高啊、高更啊、米勒啊，我要画自己的东西，让别人来模仿我。我就是我，我要成为我自己。我希望，鲁老师也能成为你自己。"

老鲁接不下去了。他不觉得她的话哪儿不对。但他也不赞成她的话。她是在暗笑他一直在临摹别人，没有自己的创作？她不知道那是在挣钱？不过他也承认她心气很高，果然是个不凡的女孩。看来她不会留在自己的画室的，她不会成为自己想要的那种画工的。与其耽误自己挣钱，还不如让她早点离开，至多一个月期满后，就让她走。

老鲁想结束这次小聚了。

但他看到翁格格目光偏向了左侧。她的目光是专注的，透着一种欣赏和兴奋。老鲁也悄悄看过去，一个和他年龄相仿的男人，坐在靠窗的桌前，正在打瞌睡，桌子上是一只带托盘的咖啡杯。老鲁认出来了，这是陈大快啊。陈大快怎么在那儿？翁格格认识他？老鲁记得她那天到他画室时，陈大快已经辞职离开了啊。她是接手陈大快那幅没有完成的《自画像》的。他们应该不认识。但是，陈大快什么时候坐在这里的呢？什么时候睡着的呢？陈大快看到他和她了吗？怎么不打声招呼？

"认识他？"老鲁问。

"不认识——这是一幅很好的构图，你看他，睡得多香啊，口水都流下来了，坐姿太有画面感了。我要把他画下来。"翁格格拿过速写本，从包里抓出几支铅笔。

老鲁看陈大快的坐姿确实太骚了，身体斜靠在椅子和窗户形成的直角里，赤裸的右脚垫在左边的屁股下，左腿撇开很远，一只鞋子横在椅子下边，而左脚上的鞋子挑在脚尖上，摇摇欲坠。这有什么好画的？老鲁想，挺丑态啊。

"鲁老师，你帮我拍张照片吧，拍我工作时的照片。"翁格格悄声说，她眼神始终没有离开陈大快，手上的笔在不停地勾画。

老鲁便用手机，一连拍了几张。

"发我啊。"她笔还是没停，眼神依然专注。

老鲁应一声，看看照片，还行。就把照片发给她几张。老鲁看她如此投入的样子，既不能打扰她，又不能一个人离开，干什么呢？就再次欣赏刚拍的照片了。不知是拍摄技术好，还是她本来就好看，老鲁觉得照片上的她，脸上线条很柔和，神情平静而专注，给人很舒服的感觉，再加上四周的灯色很温润，有一种淡淡的光泽，她在那样的光泽中，透出一股神奇的感染力。老鲁再看她本人，意念中，在她四周镶上了一副华丽的画框，居然和照片中的她重叠了。哈，她在画别人，她画画时的样子，又何尝不是一幅画？时间在悄悄地流逝，四周萦绕、回荡着咖啡甜腻的香味。她的存在，她专注的工作，让对面的老鲁不敢乱动，连呼吸都屏住了，怕不小心惊扰了她。她那么爱速写，那么爱画。老鲁再一次想起她手机里存着的画，想起她妈妈的肖像、老屋的速写。老鲁害怕自己的思绪也顺着时光回去——事实上他脑海里已经现出七十多岁老母亲的影像来了。他赶紧举起手机又拍了几张。

9

没想到老鲁栽了个大跟头。

老鲁寄到荷兰的这批画，有三分之二不合格，被退回来了。老鲁一下子傻了眼。他还从未遇到过这样的事。这是第一次被退画。而且，因为涉嫌欺诈，对方还威胁要罚款。

老鲁不淡定了，立即给荷兰方面打电话，承认因为时间紧，一部分画没有画好，他一定会弥补这个过失的。荷兰方面也并非要把他一棍子打死，对他改造的那批画，吴小姐只是一带而过，让他不能这样投机取巧了。并且暗示他，HD 画廊的老板可是懂画的，一丝一毫的误差都能看出来，何况这么大的偷工减料呢。吴小姐也传达了 HD 老板的意思，这批画，合作还继续，在时间上不再要求了，因为没有按合同规定的时间交画，违约的款还是要罚的。但是，考虑到以前的愉快合作，如果能确保把所缺的画补上，还可以拿到该拿的款项。就是说，罚款归罚款，画钱人家也一分不少给，而且时间上还没有要求。这简直是再好不过的结果了。

即便如此，老鲁还是遇到大困难了——手下无人了。早在不久前，翁格格一个月实习期满后，他没有再留她。虽然翁格格流露出不想离开的意思，但他还是狠心地叫她走了。而就在昨天，胡俊毫无预兆地就辞职不干了。一个多月前还欣欣向荣的先圣画廊，一下子变成他一个光杆司令了。这就是所说的屋漏偏逢连阴雨吗？他看着荷兰方面退回的一大包画，犯愁了。三分之二的不合格里，也有一部分是胡俊画的《咖啡店》和《自画像》。当时没有注意，现在看，胡俊的画，确实比以前退步了不少。不，不是退步，是没有认真，过于马虎和草率，可能太过追求速度了；也可能，他早有要走的打算，才应付差事的。现在，老鲁所面临的，就连胡俊这样的画家都流失了。如果不采取措施，不仅完成荷兰方面的画有困难，还涉及他画室的前途。那么，问题来了，胡俊为什么要辞职？陈大快的辞职，有可能是因为没有涨工资，胡俊是因为同样的原因？他决定给胡俊打个电话，再劝劝他，承诺给他加工资。他拿出手机，拨通了胡俊的手机。铃声一直响到自动停止——胡俊不接。看来，胡俊是不想再和他啰唆了。胡俊是一走了之了，可给他造成的影响，不仅是任务没有完成，不仅是罚款，关键是，他的信誉，大打折扣了，就算荷兰方面很宽容，谁的心里没有一杆秤啊？所以，当务之急，是要画出一批更为优质的画，最大限度地挽回不利影响。

老鲁想到了陈大快。陈大快看来工作不太紧张，他能够一个人在晚上泡咖啡馆，而且悠闲地睡着了，说明他有时间。要是请他帮帮忙，哪怕多开点费用，也行啊。不知道陈大快肯不肯给面子啊。此事不能打电话，要诚意满满地当面谈。

白色鸟画廊高大而敞亮，人一进去，就被周围的名画包围了。那个一直保持端庄微笑的接待小姐礼貌地问他找谁。他说白老板。他没说陈大快。他怕接待小姐不知道陈大快是谁。

白色鸟一看是老鲁，惊讶地说："鲁老板？稀客啊！怎么有心情来我这儿？"

"你这是好地方，高级，上档次，来学习啊！"

"这一夸，我会飘起来的。是不是找大快的？"

"你看，连撒谎的机会都不给我了——我就不能来看看你，欣赏欣赏你的画廊？算了算了，就是来找陈大快的，这家伙在你这儿混得得心应手吧？你们是不是……啊？"老鲁把两个大拇指碰了碰。

"不会不会，就是互相利用哈哈哈……他在干活呢，画米勒的《晚祷》，一个大老板订制的，出这个价。"她竖起四根手指，"来画室看看他？"

"四千？"老鲁觉得挺高了。

"老鲁，格局能不能大点？四千，过家家啊？四万！"

老鲁心头被震裂一下，一张《晚祷》要四万，难怪陈大快要跳槽了，提成不会少啊，百分之二十还有八千的收入。老鲁断了要请他帮忙的念头了，结结巴巴地说："他忙……忙，忙就算了。我随便看看。"

白色鸟也陪着他。白色鸟一袭白衣长裙，黑色细高跟皮鞋，气质高贵而优雅，早不是在老鲁画室画一幅几十块钱的画工了，她陪着老鲁参观，也是给足了老鲁面子。老鲁心里不由得又自卑起来，觉得从他那里离开的人，都越混越好了。

"不会是来挖人的吧？"白色鸟警惕地笑问道。

"陈大快啊？他就是求我，我也不要他的——人往高处走嘛，他在你这儿合适。"

"这话我爱听——调教好了，这人还是很能画的。"白色鸟看老鲁盯着一幅画，便自夸道，"这是莫奈的画，大快的手笔，你看看这些睡莲，一朵一朵的，鲜活水灵，都能摘下来了。一天画十幅和十天画一幅还是不一样的。你看这边，也是莫奈的，《稻草垛》系列，六幅，同一内容，高明之处是，在每幅中运用不同的光，表现一天中的不同时辰，从早晨，到黄昏——这系列作品已经被订走了，十八万。"

其实，老鲁虽然在看画，他的心早不在画上了，没有注意那些睡莲，更没有发现《稻草垛》不同的光色变化，他在想，他发往欧洲的那些画，他们卖多少钱一幅呢？他还想，胡俊辞职后也干这个工作吗？被高档画廊聘请啦？老鲁心里产生了危机。更让老鲁无地自容的是，白色鸟说话的口气，她说一幅四万，说一个系列十八万，说《稻草垛》光色的变化，说睡莲鲜活得可以摘下来，仿佛不是炫耀，而是在奚落他。

"接待室喝茶去？"白色鸟客气地邀请道。

"不了不了。"老鲁仿佛才醒过神来，杂乱无章地说，"有点事……从你门口经过，就来看看了。挺好挺好。我也忙。得啦。走了。留步。"

"真没事吧？"白色鸟送他到门口。

"没事。"

"老胡也好久没见了。"白色鸟说。

"他不干了。"

"啊？胡俊不干啦？……你要改行？"

"谁说我要改行？"老鲁一句也不想再说了，匆匆离开。

10

老鲁无心画画了，决定去看看翁格格。

既然画工一时两刻找不到，街上的烂画又不能滥竽充数，工作也不能停下啊。画一幅赚一幅。抱着这样的心理，他从白色鸟画廊回来就开工了。在退回的画中，包括全部的《自画像》，其中就有陈大快画的、翁格格改的那一幅和翁格格画的几幅。老鲁觉得，他从市场小摊上买来的那些被退也就算了，陈大快和翁格格的不是挺好的吗？他有点不得其解，进而又想，自己的水平和陈大快应该不差上下，难道就不会被再退？老鲁越画手越软，越画越没有信心，就想起了翁格格。翁格格在干什么？眨眼又一个星期了。何不给翁格格打个电话？如果她愿意，还可以再回来嘛。放屁也添风。胡俊的话没错，至少，多个人气。

"喂，小翁你好，我是……"

"鲁老师，听出是你啊……你好鲁老师……怎么？出事啦？"

这都什么人啊？老鲁立即想到白色鸟，白色鸟看出了他要"改行"；打个电话，又被说"出事"了，哪来的根据啊？不过他虽然没有改行，如果任这样的局面发展下去，改行是迟早的事。翁格格说"出事"，可不就出事啦？画被退回，画师无缘无故地辞职，都被说中了。但老鲁还是故作轻松地调侃道："出什么事啊？哪有那么多事出啊，你才出事了——要有人请你吃饭了。"

"谁？"

"我呀。"

"哈哈，鲁老师，想不到你也幽默啊。"翁格格说，"现在才几点啊？晚上吃吗？我迟点去可以吧？我在画东西呢。"

"画啥呢？"

"画……就是一幅画……不想告诉你。"翁格格的声音犹犹豫豫的。

"能看看吗？"

"你到马各庄啦？"

"我知道马各庄怎么走。"老鲁有一天在画家村村口的公交站点，无意间看到一辆驶过的公交车，终点站就是马各庄，他默记了一下，还真的起了作用。"369坐到底，是吧？我还没到，不过快了。马各庄有好吃的馆子吗？"

"有啊，好吃的可多啦。你来马各庄，该我请你。"

"谁请都行，要紧的是我要看看你画什么。"老鲁敏感地觉得她吞吞吐吐的话里，一定藏着什么。

"要到我家啊？好紧张啊……好吧，差两站时告诉我，去接你。"

通完电话，老鲁看着墙上挂的几幅流水作业的《自画像》，越看越没劲，越看越味同嚼蜡，去看看熟人，换换心情，未尝不是很好的选择。他看看自己的穿着，觉得这样脏兮兮地去见一女孩，似乎不礼貌。但回家换衣服又耽误时间。再说了，家里也未见得有合意的衣服。他便拐进画家村的一条小街，去一家卖纪念品和特色服装的店里，挑了一件T恤。这T恤不便宜，麻的，带有一点文化衫的意思，宽松，黑色，上面印一行小绿字：你才是画家了。他又挑了一双个性十足的休闲皮鞋，什么牌子他也不讲究了。

穿上新T恤和新皮鞋，出门后，把试衣服时换下的旧T恤和旧旅游鞋扔到了垃圾桶里。

公交车停停靠靠十几站，就到了郊外，路也不比城里平坦了，路边是一片片苗圃和绿化带，路上车少，红绿灯间隙长，车行速度很快。他感觉这段路不近。想起那天翁格格说骑扫码单车去的画家村，不禁想，这要骑多久啊？两个小时？为了锻炼还是为了省钱？他没有等到差两站时给她发微信，而是还有三站时，告诉了她——这是让她提前准备的意思。

马各庄真的是一个村庄。这和画家村的概念完全不一样。画家村是市中心一个废弃的工厂改造的。马各庄再怎么改造，也是一个村庄。都是盛夏了，马各庄还没有一点生气，一色的红砖红瓦的平房都是灰头土脸的，每户人家的墙上，都写着大大的"拆"字。

隔着老远，老鲁就看到翁格格了。

翁格格打着一把伞，正翘首望着公交车呢。

他们行走在马各庄的村街上。翁格格主人一样地介绍着马各庄的历史，并且非常遗憾地告诉老鲁，她也住不了多久了，今年冬天，马各庄就要整体搬迁了。老鲁对此并不奇怪。老鲁奇怪的是，她怎么会住在这么一个面临拆迁的大村子里。老鲁想起那天在咖啡店里，他在翻看她速写本时，看到几幅速写的建筑——水塔、烟囱、铁匠铺、豆腐坊、院墙带门楼的四合院，这些建筑上都有一个"拆"字。看来她把这里当作她创作的基地了。

拐进一条小巷，走到第二排第一户院子时，翁格格说："到了。"

这是一户典型的北方庭院，有两间东厢，是厨房。正房是三间，当间两边各有一个房间，东房的门紧闭着，西房的门敞开着。当间除了一个方桌子和几把椅凳、几堆绘画工具，简直就是一个杂物堆，夹杂着皮箱、衣架、椅凳和靠在各种物体上的画。墙上也挂着画。从西房敞开的门望进去，有旧家具和床。床上是零乱的，散落着枕头、靠垫和布猫猫，还有笔记本电脑，深蓝色的床单拖下来。梳妆台上放着大大小小的瓶瓶罐罐。屋里弥漫着油画颜料和陌生女孩的气息。"乱死了。"翁格格说，便带着老鲁简单参观了院子、厨房，介绍了院子里的几棵树，最后回到当间，笑嘻嘻地说："欢迎鲁老师来我的小狗窝……指导。"

"挺好挺好，"老鲁再次伸头向西房看看，评价道，"乱而有序。"

"哈哈，还是鲁老师会说话。鲁老师，我没有茶，给你泡一杯咖啡啊。"

"不喝了。"老鲁看到了方桌上的烧水壶和咖啡杯，"挺宽敞的，就你一个人住？"

翁格格看一眼东房，嗫嚅道："……不是，室友上的是夜班……她正在屋里睡觉。"

"哦，那咱们说话小点声。"

"没事。我们一会儿去吃饭……你看看我的新画。"翁格格站到其中的一幅画前，"本想把这幅画带到你的画室请你指点的，正好你来了——是不是很熟悉啊。我给它起了个名字，叫《煎饼摊前的男人》，或者叫《早餐》。"

画面确实很熟悉，就是那天他买早点时的情景再现。如果说，那天在咖啡馆初看到这幅速写时，他震惊了。那么，现在他不再是震惊，而是感叹，感叹她能把生活如此的还原，能让生活变成一幅有质感的画。为了传达摊煎饼的女人粗犷的特征和细心的操作，她用了强烈对比的饱和色彩的厚重笔触，红色的围裙衬托着暗灰色的煎饼摊，地下则是明亮的橙色砖块，摊煎饼的女人的面部神情，在晨光照耀下显得祥和而温馨。等待早餐的男人看不清他的面目和表情，但通过刷手机的手指划动的动作和身体的朝向，能看出这是一个心不在焉的男人。事实上，老鲁当时关注的真不是手机内容，也不是煎饼摊，而是躲在墙根阴凉里的翁格格——居然在画上得到了体现——只露出一缕酒红色的发梢。老鲁心中的秘密像是被窥探了。

"不好不好，"老鲁说，"煎饼摊前的男人显然不是主角，叫
《早餐》也太普通了，还不如叫《摊煎饼的女人》。"

"暂时可以这样叫，但我还有一个名字，先保密。"翁格格诡
秘地一笑。

"哈，这有啥好保密的。"

"要保密。鲁老师，我准备再画这一幅。"翁格格打开手机，
让老鲁看。

老鲁看是自己给她拍的照片，就是她在咖啡馆给陈大快画速写
时的照片，这是一张特点非常明显的照片。老鲁也喜欢，他由衷地
说："这张照片好。"

"谢谢。你拍的。名字我都想好了，叫《画速写的自画像》。
将来我也能像文森特·凡·高那样出名的。哈哈，吹牛了。走，
请你到我们村里的高档饭店吃一碗炸酱面，纯北京乡村风味的炸
酱面。"

老鲁的手机就是在吃炸酱面时响起的。

这是荷兰方面打来的电话。打电话的，还是荷兰代理商的中国
籍店员吴小姐。吴小姐告诉老鲁，老板也分析了这批画作失败的原
因。事实上，从上一批画中，老板已经觉察到整体艺术水准下滑的
趋势了。这次退画也是万不得已，是对艺术的负责。老板还是器重
他的。为了他能够画好，能够继续亲密合作，特邀请他去荷兰国家
博物馆、凡·高博物馆和凡·高故居访问，参观凡·高的真迹。吴
小姐还告诉他，到了荷兰，可以住一周，也可以住两周，甚至更长
的时间。在荷兰的吃住行都由荷兰方面解决，他只负担往返机票就

可以了。

接电话的过程中，老鲁本想避开翁格格的。但乡村小馆子太小，门外也就是两步宽的小巷，店里店外很难真正的回避。再说了，也不是什么秘密的谈话，他就和吴小姐交流了。主要是谢谢对方。又告诉对方，他没有要去荷兰的打算。能参观凡·高博物馆和凡·高故居当然好了，他也是有兴趣欣赏凡·高的真迹的，待时机成熟时，一定去。说到被退回的画时，他表态说会认真对待，请对方告诉 HD 的老板，让他放心。

老鲁没有注意到，翁格格听了他拒绝去荷兰参观访问时，急得就差抢过他的手机答应对方了。所以，当老鲁一结束通话，翁格格马上就说："鲁老师，多好的机会啊，参观凡·高博物馆和凡·高故居，欣赏凡·高的真迹，可是我做梦都想的事啊，你怎么能不去呢？你不去把机会让给我啊。"

"忙死了，哪有时间，往返的机票要花多少钱？你可能听到了，上次那批画，三分之二被退回来了，损失太大了，我得抓紧画啊——这个胡俊也太不讲道义了，在这个节骨眼上辞职，这不是坑我吗？你呢，瞧不起我们画室，也不愿意为我干活——我是看你不愿意才让你走的。其实我应该挽留你。我这次来，就是想请你再回画室的。"

"我不是不愿意，也没有瞧不起的意思，我没法像胡老师和你那样画，我每一笔都要琢磨琢磨的，不琢磨透了，哪敢下笔啊。再说了，没看过真迹，模仿的都是印刷体，怎么画也画不出文森特·凡·高的神韵来。"翁格格看来是真急了，她筷子都放下了，两手撑住桌面，神情焦虑地说，"鲁老师，要想提高绘画水平，要想先圣画廊稳定发展，要想先圣画廊脱颖而出，荷兰方面的邀请，一定要认真考虑啊，去和不去，看和不看，肯定不一样的。再说了，哪有这样的好事啊，只要掏往返机票就行了。去，一定要去！鲁老师，一定要去啊！"

老鲁继续不疾不徐地说："我最不爱出门了，连老家都不想回。"

"不一样。这不是一般的旅游，这是学习，是提高，是为了自己的前途，是每一个画家都梦想的事。鲁老师，要不你把名额让给我，不，就说我是咱们画廊的代表，你派去的全权代表。我有护照。机票钱我来花。"

"这样能行？"

"行！鲁老师，你要能促成我去荷兰参观访问，我一定要为你的画廊做贡献。我的画，你在我家看到的那些，都捐给你——别说我画的不值钱啊，那可都是我的心血！"

"哈，还真画了不少。"

"当然。"

"值钱不值钱先不说，可我卖给谁？"老鲁很现实地说。

翁格格脸也红了，可能她也为太高估自己而不好意思了。但话既然说了，再辩解也就没意思了，干脆道："鲁老师，我要是你，绝不再画别人的东西了。别人的东西再好，也是别人的，你一定要打造自己的特色画廊，全卖自己的作品，也许会有暂时的困难，但这绝对是一条正确的道路。鲁老师，你一定能做到的。"

11

事情真是太出人意料了，去荷兰的，不是翁格格一个人，也不是老鲁一个人，而是老鲁和翁格格两个人。

老鲁架不住翁格格的三寸不烂之舌——翁格格真是执着啊，真是拼啊，真是能说啊，她抓住自己的死理硬是不松口，一定要作为老鲁画室的代表去荷兰。老鲁可能觉得不为她争取一下，炸酱面不但吃不成（已经冷了），恐怕人也离不开马各庄了，便打电话给荷兰方面，向吴小姐说明了他的意图，也就是翁格格的意图。这吴小姐看来很当画廊老板的家，不但同意他的方案，还力劝他也同行，说真是难得的好机会，既然代表都能来，你为什么不能来？而且有两人做伴就不觉得旅行孤单了。吴小姐可能也是懂画的，她的一部分观点和翁格格如出一辙，即看凡·高的真迹和看印刷品绝对是不一样的两种体验，再感受一下凡·高长期生活和艺术风格形成的地方，对自己是一个很好的提高。为了未来，为了钱，这次荷兰之行绝对值得。吴小姐的劝说，加上翁格格不停地怂恿，居然就在马各庄一农家小餐馆里定了下来。

旅行签证很简单，加上老鲁也有护照，两人很快便办好了手续。待确定的行程一到，便从首都机场直飞荷兰了。

十四五个小时的长途飞行是寂寞难耐的。他们早已料到了这种寂寞难耐，便各自带了一本书。老鲁平时不看书，带什么书呢？想了很久，才决定带一本《聊斋志异》，不是全本，是上册，而且不是《白话聊斋》，是竖排繁体字文言文。老鲁小时候听母亲讲过不少鬼怪狐狸精的故事，长大了才知道这些鬼妖故事大都来自《聊斋》。利用这次机会，重温一下小时候听过的故事，也是对母亲的惦记吧。翁格格则做了充分的准备，她专门去画家村的艺术书店，买了一本比砖头还厚的《凡·高传》，是美国人史蒂文·奈菲和怀特·史密斯合著的，在飞机升空平稳飞行后，她就捧起了书，专注于凡·高的世界了。老鲁也开始读书，读几行，读不进去，思想老是开小差，想着这次荷兰之行的意义，想着会有什么样的结果。和一个基本上不了解的女孩出远门，而且是异国他乡，究竟合不合适。他想着想着，想不出结果，懒得再想了。想什么都是无用的，做好自己吧，做好自己就好了。通过这几天办签证的频繁接触，老鲁对翁格格有了大致的判断。她是学西画的大学生。翁格格是她的真名。今年刚刚毕业。她有自己的绘画理念和追求。她沉湎于自己的世界中。她并不想对他有太深的了解。她不问他绘画之外的任何事，没问过他家庭，没问过他婚姻，没问过他的经济状况。所以，她死死地揪住他一起出行，确实仅仅是为了艺术，为了凡·高，或许还有一点点对异域风光的好奇。那他也要知趣地把控好自己的情绪和作为了。他老大不小的年纪了。他现在的状态，完全背离他当初离开十万大山里那个偏僻小山村时的初衷了。那时候，他目标明确，到大城市来，打工，赚钱，回家起楼，娶媳妇。没想到没过几年，他就打消了这样的想法——楼是起了，媳妇却一直没娶回家。或者说，回家娶媳妇的想法早已改变了。起了两层小楼，也只是让母亲住得更舒适一些。即便是有朝一日娶了媳妇，他也要在城里安家了。但媳妇也不是那么好娶的，十年前他谈过一次恋爱，失败了。女的是他的徒弟。那是他信心满满地从别人的画室出来单干后收的第一个徒弟。他对女徒弟第一印象非常好。女徒弟对他也好。二人相处融洽，两情相悦，没多久就开始谈婚论嫁了。让他没想到的是，女方提出要出国留学，学费由他承担，等学成回来就结婚。他心里就开始动摇，并对女方的动机产生了怀疑。但又不甘心，提出先结婚，后送她出国留学。女方又不同意了。如此相持了不到一个月，女方得到另一个男人的经济援助而成功出国了，他们的爱情也就自然夭折了。此事对他打击很大，造成的影响很深远，他轻易就不再谈女朋友了，连交友也开始谨慎起来。所以对于翁格格，他从一开始就警惕——不是要警惕翁格格，而是要警惕自己不要有非分之想。他们之间也确实安之若素，不要说碰撞出什么火花或有什么暗示的话了，就连和工作无关的话，也很少涉及。同时他也感觉到翁格格对他也是心存戒备的。就说那天在马各庄她家吧，她说有一个上夜班的室友正在补觉。事实证明，是她虚构出来的，是她放的一枚烟幕弹——那间屋里并没有人补觉，否则她不会在他压低声音说话时，还保持正常的声调，甚至多次抬高嗓门。更重要的是，他们在出门吃饭时，她把门锁上了，是一把"U"形锁，从外面锁上的。屋里真要有人睡觉，她会从外面锁上门？里面的人根本无法开锁出来呀。另外，约定同行荷兰后，她在最初的兴奋之后，也只顾准备自己的行囊了，对他的出行准备漠不关心。现在，飞机上，她看书是专注的，偶尔会放下书，和他说句什么，不是关于外面好看的云层，就是夜空中闪亮的星星，最多再猜测一下飞机到达哪个国家的上空了。他能感觉到，她和他说话，明显带有恩赐的意思：

瞧，我要不和你说说话打打岔，你会很孤独的。同时他也感觉到，她的话，是不需要接茬的，如果他不识时务地顺着她的话继续聊下去，从她的语气里能感觉到一种克制的厌倦或无奈的应付。

整个飞行中，他除了睡觉，其他时间都在看电影。

终于到达阿姆斯特丹了。

吴小姐开车在机场出口处接到了他们。由于已经是荷兰的晚上十点多钟，吴小姐告诉他们，没有再安排其他活动。他们就被直接接到了酒店。吴小姐是天津人，艺术学硕士，三十多岁的样子，瘦高挑儿，白净脸，办事非常干练。由于老鲁跟她打交道已经有几年了，有过频繁的通话，虽然是第一次见面，也并没有陌生感。吴小姐一边开车一边和老鲁说话，介绍接下来七天的安排。老鲁听了也没有记住，无非是接风酒会，参观画廊，参观博物馆，参观凡·高故居，然后还是参观，参观，最后是送行酒会。

在酒店大厅办理入住手续的时候，吴小姐才说："老板只安排一个房间——你们……"

吴小姐停顿下来，试探地看了看老鲁和翁格格。

老鲁心里"咯噔"一声。他没有看翁格格。他不知道翁格格怎么想。

吴小姐从老鲁和翁格格细微的表情变化上可能看出点什么了，接着说："如果要再开一间房，费用得自己付，也不贵，一百八十欧元。"

老鲁瞬间把欧元换算成人民币，咬牙刚想说再开一间，翁格格抢着说："挺好呀，干吗再开一间？挺好挺好。"

老鲁就不说话了，既然你不介意，那就省一百八十欧元。

吴小姐把他们送进房间，道声晚安就离开了。

房间不小，相当于中国五星级宾馆的一个标准间。房间正中是一张铺着洁白的床单的大床，一张桌子，两把椅子，橱柜什么一应俱全，窗户下还有一个长沙发。卫生间比国内宾馆的卫生间要大。床头上方的两侧，分别挂着两幅油画，一幅是凡·高的《有乌鸦的麦田》，另一幅是凡·高的《自画像》。老鲁一眼认出来，这两幅油画都出自他的手笔。老鲁对房间瞬间就有了亲近感。

吴小姐一离开，翁格格就"扑哧"笑了，她盯着老鲁看，眼睛狡黠地闪烁着，一反平日的态度，调皮地说："放心鲁老师，我不会欺负你的——这沙发正好让我睡。"

老鲁不自觉就被带进她的话语节奏里："那不成，你睡大床，我睡沙发。"

"鲁老师，这次你得听我的，我个头比你小，睡沙发正合适。"翁格格打开箱子，开始往外拿东西，很快，沙发上就堆满了她花花绿绿的物品，"累死了。我先去洗个澡啊。"

两人都洗过澡之后，各自穿着睡衣躺下了，却都睡不着。一男一女同居一室，对于老鲁和翁格格来说，都是头一回。老鲁还是避免不了尴尬，想着更尴尬的应该是翁格格吧，便不再说话，准备好好睡一觉，听吴小姐的口气，明天的活动很重要。

"几点啦？北京时间。"翁格格说，语调很中性。

"不知道。不管它了，肯定是大白天。"老鲁眨巴着眼，精气神十足。他估计翁格格时差也不会这么快就倒过来，一看，果然，她穿着略显宽大的两件套的格子睡衣，一条腿跷在另一条腿上，晃晃悠悠的，虽然捧着《凡·高传》，专心看书的样子，身体语言也挺闲情逸致的。老鲁觉得她的悠闲，实际是一种坦荡，一种暗示，也是对他的提醒，在接下来连续几天的两人世界里，互相要保持相应的距离，但也不能很拘谨。老鲁也用很中性的语调说，"还看书啊？"

"睡不着，"翁格格把书搁在胸前，"说说话嘛鲁老师。"

"说呀。"

"你说 HD 画廊有多大的规模？"

他其实也没有概念，随便应付道："不会小吧，能雇得起中国的员工，一次还要那么多画，肯定规模很大。"

"我也这样想，看看人家大画廊是怎么运作的，回去得好好学学。对了鲁老师，有一件事没和你商量——我也是想趁这个机会表现一下——我把那幅画带来了，就是《摊煎饼的女人》那幅，记得我说要改名字吗？改叫《画面之外》了，我的意思是，画面之外，还有更好的风景，更迷人的风景，你说是不是？我用三个意象来表达，一是用煎饼摊前那个男人的脚尖的朝向；二是被风吹进画面一角的一缕女人的头发；三是煎饼摊的鏊子上，除了正在做的一张煎饼，边上还摞着叠好的一张——那是给画面之外的人准备的。我想把这幅画捐给你的客户，就是 HD 的老板，你说这会不会冒失呢？"

"不冒失。这是好事，算是送给他们的见面礼。你做得好，周到。"老鲁嘴上这样说，心里却有些戚戚的，觉得他当时的那点小心思叫她看了去，难道不是吗？脚尖的朝向正是她所站的位置，而从飘进画面的长发上可以看出这是个女人。明显是在说，这个等早点的男人心不在焉，是个好色之徒。《画面之外》也不够准确，何不叫《食色》呢？老鲁觉得这个翁格格不得了，心思缜密，洞察一切，自己可要小心应对，不可造次，要做个绅士，收敛内心的贪婪，因为有些事情的分寸只在毫厘之间，"恶心"和"开心"瞬间可以切换。

12

然而，让老鲁和翁格格非常失望的是，HD 并不是一家画廊，而是一家纪念品商店。

当老鲁和翁格格被吴小姐接到 HD 时，当他们看到在一条古老的大街上，HD 不过是比周围的几家纪念品商店略大一点的店铺时，面面相觑，都不相信眼前的景象了。在老鲁和翁格格的想象中，HD 应该有一个很大的、华丽而整洁的展厅，展厅里展示的，是来自世界各地的艺术珍品，而不是以售卖各种有关凡·高绘画的仿品和纪念品为主的老房子。翁格格还小声地问吴小姐这是 HD 画廊？吴小姐非常肯定地说这就是 HD，也是画廊。

HD 的老板是个矮胖子，叫里杰·巴斯腾，他西装革履，笑容可掬，带着他三四个人的接待团队非常得体地领着中国客人参观了他的"画廊"。"画廊"是敞开式的，进门是一个不大的厅，在厅的四周，摆放着大量的画，尺幅都不大，几乎全是名画的仿制品，凡·高的居多。在一面稍大的墙上，集中挂着七八幅凡·高的《自画像》《向日葵》《吃土豆的人》《坐着的轻步兵》《在圣玛丽海边的渔船》等名画，一看就是老鲁提供的。巴斯腾在这面墙下站定，举起右手，对老鲁和翁格格说了一通，吴小姐翻译说，来自鲁先生画廊的作品，一直受到高规格的礼遇。在本部是如此，在几个分部也是如此。老鲁也只能跟着吴小姐的笑容而笑笑，表示感谢，却心情复杂。巴斯腾和几个分部的经理又带他们继续参观。在一排柜台的上方和柜台里侧的彩色绳索上，一排排用夹子夹着的仿制品，全部出自老鲁的画室。绕出柜台，有一扇门。巴斯腾在推门进去时，卖了个小小的关子，说接下来是最惊喜的时刻。推门而入，真是别有洞天，这是一个面积和外面基本等同的区域，几乎没有别的摆设。窗后有一个小院，另有侧门相通。从窗户外出去，小院里有大树和碧绿的草坪，大树下还有一个秋千，是个幽静的场所。巴斯腾抬一下手臂，把老鲁的目光拉回到室内，并介绍说，这是精品陈列厅。老鲁这才理解所谓惊喜时刻，是指墙上所展示的画，没错，墙上的画，比外面的布局要考究得多，有了点老鲁希望的那种画廊的感觉。只是在这么多凡·高的仿品当中，属于老鲁的画只有一幅，也是《自画像》。和另外几幅《自画像》相比，这幅《自画像》不比别人高明在哪里。和自己的《自画像》横向比较，色彩只是更浓艳了一点，特别是凡·高的棕色胡须，格外的出挑，像是受某种微光的映照，以至于把凡·高的耳朵都映成了透明状的棕红色。老鲁对这幅画有印象，大约是前年冬天的作品，他画出后，以为画坏了，没想到被当成精品陈列了。

巴斯腾简单介绍了精品陈列室之后，由吴小姐主持的捐赠仪式开始了。由于早上电话已经联系好，老鲁和翁格格要向画廊赠送一幅创作作品，并把作品先期送到了画廊。所以，不多的来宾都很期待。

在吴小姐的引导下，老鲁和翁格格被请到画前，和巴斯腾一起，把盖在画上的白布共同揭开了。现场响起了热烈的掌声。巴斯腾欣赏后，发表了答谢致辞，并表示，要把这幅来自遥远东方的作品永久陈列。

有了赠画这一插曲，给老鲁带来了意外的安慰。他从巴斯腾的表情和吴小姐翻译的口气中，能够感觉到，巴斯腾是真心喜欢这幅画的。老鲁暗暗敬佩翁格格了，觉得翁格格这次来对了，给他争面子了。就算是他的作品（应该是商品）一直没受到 HD 的重视，一直被当成纪念品批量出售，有了这个小插曲，也不算失败了。

招待午餐是典型的荷兰风格，就在后院的大树下，临时摆上了桌凳，菜也是自制的，简单而有仪式感。老鲁吃了不少，也喝了一些红酒，似乎没有吃饱，似乎也不想再吃了。他期待下午的活动——参观国家博物馆，观赏凡·高的真迹。

凡·高的真迹给他再一次带来巨大的刺激。这是他第一次见到凡·高的真迹，不是一幅，不是两幅，不是三幅，而是很多幅，其中包括他临摹过无数次的数幅名画。在凡·高的一幅幅真迹面前，他感受到一种无法逾越的高度，感受到了距离的遥远。他的各种临摹，连凡·高的万分之一都达不到，至少他觉得凡·高的每一笔油彩，都是凸出来的。凸出来的技法，他也能熟练掌握，但都无法和凡·高相比。那凸出的每一笔，都有棱有角，在不同的角度有不同的透视，而且油彩的亮度和光度，完全不一样，整体的颜色更是不同。在凡·高的真迹面前，他第一次产生放弃的冲动，觉得再这样画下去，就是死路一条。同时，在翁格格接连发出的细微的惊叹声中，他还有一种亵渎神灵的负罪感。他也体会到为什么翁格格不屑于为了金钱而对凡·高无休止地临摹了，也理解了她为什么一定要走自己的路、画自己的画、做一个真正的自己了。

参观第一天，老鲁就动了回家的念头，觉得这次荷兰之行的目的达到了，看到了神，认识了自己，定位了位置，发现了差距。接下来再去别的地方参观，比如凡·高博物馆，凡·高的出生地，凡·高活动频繁的几个城市和乡村，看了也就看了，不会再有新的感慨了，不过是在原有感慨的基础上，加了着重号而已。

某天晚上，回到宾馆，老鲁闷闷不乐，躺在床上，两眼望着天花板，一动不动，心情还沉淀在自己的感慨里，还在盘算着自己的未来。未来在哪里呢？他心目中的目标还没有清晰起来，还在遥远的远方。他看到翁格格倒是挺开心，洗完澡，在她的沙发上翻手机——她拍了太多的照片，虽然凡·高的真迹禁止拍照，她还是兴致很高地拍了别的，建筑、街道、河流、老桥、森林和大树，甚至人造雕像和街头艺术家。她几乎逮到什么拍什么。

"鲁老师，看微信，发了几幅照片给你。"翁格格说。

老鲁拿过手机，看翁格格发来的一大批照片，主要有两个部分，一是和别人的合影，都是他参加活动时的影像，是翁格格的抓拍；二是风光照，有荷兰国家博物馆的入口处，还有 HD 的店门和橱窗。老鲁翻翻照片，想着要不要选几幅发朋友圈。想想，算了，他很少发朋友圈，可以说一年也摸不准发一条两条。如果把这次荷兰之行发朋友圈了，会有很多人看到，画家村的同行们他倒是不用担心，老家的亲戚同学肯定会盯住他不放的，万一要托他带点什么东西，怎么办？答应还是不答应？不是他对老家的亲戚同学薄情寡义，是他完全没有那个心思。再说，万一让老母亲知道，国都出了，那么远的路都能去，责问他怎么不能回一趟老家，就惹大麻烦了。因为他来荷兰之前，给母亲打了个电话，没说出国的事。而母亲倒是问他中秋节回不回来。离中秋节还有一个多月，母亲就巴望他回了。他当然想回了。可回去也是麻烦一大堆，就狠狠心说不回。他能感受到千里之外的母亲那轻轻的叹息声。

翁格格说了句什么。老鲁听到了。但老鲁还在回忆的世界里没有走出来，看她一眼，没有搭话。她也没再说，顿了顿，了然无趣地拿过速写本，照着照片画着什么。老鲁继续看手机，看到高中同学群里有几十条未读短信——有人在群里发了很多照片，是他当年读书的古镇老街的照片。这个镇不大，三面临山，一面临水，只有一条古街道，依傍山势，沿河蜿蜒。街面上，铺着石板，经千年踩踏，光滑如镜。中间一条车辙更是凹下去很深，诉说着陈年的历史和久远的记忆。只有两三米宽的街两边是陈旧的木头房子，有的还很结实，也气派。而大多数房子已经歪歪斜斜破败不堪了。上传照片者在呼吁同学们，要保护古镇，保护古街，因为老街要拆除了。老鲁的记忆被带回到二十多年前的古镇，带回到他当年就学的高中，几十张旧时同学年轻的笑脸开始在眼前依次浮现。

"睡觉！"翁格格放下速写本，突然来这么一句，似乎带着某种情绪，某种不满，命令自己，也暗示老鲁，明天还有活动，别太晚了。

因为灯的控制开关在老鲁的床头，他就执行了她的指令，关了灯。

房间里顿时一片漆黑。

翁格格的口气，让老鲁突然想起她刚才的话。她说什么呢？老鲁想起来了，问他照片好不好。他走神了，没有做出评价。老鲁顺着思维回溯：她是满怀期待地发了几十幅照片给他的。他看了，欣赏了，没有批评，没有表扬，没有讨论，也没有谢谢。她一定觉得自己被轻视了。老鲁想补充一个谢谢，又觉得，相隔时间太长了，这声谢谢要加很多注释的。

13

余下的几次参观，对于老鲁来说，没有什么可欣喜的，也没有什么可激动的，所走所看也不过如此。巴斯腾看样子很忙，陪同、出行都是由吴小姐负责。吴小姐也严格按照事先排定的行程。老鲁发现，这些行程都是以阿姆斯特丹为中心，向外扩展的，早出晚归，有时回来得早一些，有时回来得晚一些。吴小姐既是导游，又是司机，还是翻译，还时不时地给他们一些建议。他们所看的，有中世纪的古堡，有海洋博物馆，有藏在森林里的小镇。他们还听了一场音乐会，看了一个现代艺术展。有一次回来得早了一些，才是当地时间下午四点多钟，吴小姐提议去看一个行为艺术绘画的现场表演，要拐到另一个城市去。翁格格好奇地问什么叫行为艺术绘画。吴小姐告诉她，就是艺术家把颜色打进肛门里，再喷射到画布上，不同的颜色连续喷几次，就是一幅画了。因为作画的过程是在舞台上，是现场表演，就叫行为艺术绘画了。翁格格听说是现场表演，表示要看。说完就看老鲁。老鲁问吴小姐要拐多少路，吴小姐说两个多小时，活动是在晚上七点半，一个小时结束。老鲁想，花这么多时间拐这么多路去看一个从屁眼里喷颜料的疯子，不值得。就说算了，回来会太晚，好好休息，后天回国。翁格格只能遗憾地跟吴小姐笑笑。

回国的最后一个晚上，是送行晚宴——烧烤，也在 HD 后院的草坪上，不像上一次那么正式，人也少了一些，设在别的城市的 HD 分部的几个经理没有来，就巴斯腾、吴小姐和老鲁、翁格格，外加一个烧烤师傅。老鲁有一种莫名的兴奋，可能是即将踏上归国的行程了，他和吴小姐接连干了几杯，表示这次荷兰之行收获很多，并感谢她完美的安排和陪同，还承诺，回国后，抓紧工作，以最好的状态，把欠下的作品画好。吴小姐把他的话翻译给巴斯腾听了。巴斯腾的胖脸上笑出了好几圈深沟，很中国式地敬了老鲁一杯。

回到宾馆已经很晚了。

可能是喝了太多红酒的缘故，老鲁面红耳赤地和翁格格不停地说话。红酒后劲大，他的话也一反常态地越说越多，如影随形地跟着翁格格说，说这次荷兰之行的感想，说回去的打算。翁格格换鞋时他说，翁格格烧水时他说，翁格格照镜子时他说，翁格格去卫生间换衣服时，他差点跟了进去。反反复复说的就是那几个事，画廊，森林，乡间，西餐，烧烤，说各种博物馆，说对吴小姐的好印象，说巴斯腾其实也并不坏，做生意嘛，还能怎么样，这次他应该没少花钱。最后说到凡·高时，老鲁突然不说了，他醉眼迷离地问翁格格："凡·高，凡·高……咱们还画吧？"

"不画……还能干什么？画！"翁格格附和着老鲁已经说了很多的话了，她每一句话都是顺着老鲁的话说的。她知道他喝多了。

"好，那就画……画！对你说小翁，我要画一幅自画像你信不信？关于我的自画像。我这几天都想好了，我的自画像，肯定比凡·高的出名……凡·高画……都是些什么东西！"老鲁终于还是表现出醉态了，他看着床头上方的《自画像》，跳到床上，摘下画，对着画"呸"了一口，恨铁不成钢地说："把凡·高的《自画像》画成这样……啊……羞不羞耻？"

最后这一句，倒不完全是醉酒了。

"鲁老师，鲁老师……"翁格格跟到他跟前，她怕他把画弄坏了，惹出麻烦，赶紧抢过来，继续顺着他的话说："是啊是啊，鲁老师你肯定能画一幅自画像的。凡·高的《自画像》怎么能跟鲁老师比呢。"

"废话……"老鲁瞪着翁格格，"不许说凡·高的坏话。"

"好，不说……鲁老师，早点休息，明天要起早去机场。"

老鲁往床上一坐，不说话了。

翁格格准备把画重新挂上时，看到这幅画的背面被人涂鸦了，而且是几次的涂鸦，其中有不堪入目的裸体春宫图，也有评论，有两条是英文评论，是骂模仿者糟蹋了凡·高，还有一条高度评价了那幅春宫图。

老鲁也看到涂鸦了。老鲁从翁格格手里抢过画，要把它摔了。

翁格格拼命地阻止，老鲁才算住手。

"鲁老师，你去冲个澡，早点休息吧。"翁格格再次劝道。

老鲁愣愣神，这回听话了，去了卫生间。

老鲁打开花洒，任莲蓬头里的水尽情地喷溅，自己却并没有脱衣站在莲蓬头下，而是扶着面池，艰难地站立着，努力想稳住自己。但是，他头越来越沉了，眼睛也迷离起来，所看的物体，都在飘忽浮动，都在旋转，都在上蹿下跳，不停地分离出多个物体，又和自身的影像重叠，再分离，再重叠。他抬头看了看镜子。镜子里有一张既陌生又熟悉的梯形肥脸，短短的粗脖子，肥厚的黑嘴唇，两只眼睛像牛眼一样地外凸，身上的肉在腰间堆积、隆起，成了一个游泳圈。这家伙是谁？真丑啊，敢眨眨眼吗？老鲁感叹着，眼睛一眨，一眨，一眨。镜子里的影像，在他每一次眨眼中，又换成另一副模样了，每一副样子同样的熟悉又陌生。与此同时，他牢牢地抓住面池的一角，把面池，当成房子的把手——他想稳住房间。但房间越来越稳定不住了，某个地方开始翘起来，他身体也不由自主地往后退。他想闭上眼，又怕会跌落进另一个世界里……他害怕了，害怕马上站不住了，强撑着，拉开门，扶着墙壁向外挪动着脚，朝着床狂奔而去。

但他终究没有扑到床上——离床还有一步远时，趴到了地板上。

14

老鲁来到画家村的先圣画廊，已经是从荷兰回来的第四天了。这四天里，他大多数时间都在蒙头大睡，不睡时，也处于迷糊状态中，感觉像生了一场病。

老鲁刚到画室，就接到胡俊的电话了。

"在画廊吗？"

"什么事？"老鲁没好声气地反问道。

"面谈。"胡俊一副神秘的口气。

不知为什么，老鲁并不想见他。

胡俊一副志得意满的样子来到画室，和从前那个画工完全判若两人。

"老鲁你这些天干什么去啦？听说你的画廊好久没开门了，去哪浪啦？还是闷头发大财啦？还有点款没结清，没忘吧？"胡俊笑嘻嘻地说，"不过我不是来跟你要钱的。那点款不要了。我是来给你送钱的。"

"你有那么好心吗？"老鲁看不惯他那副嘴脸，知道他葫芦里也没有好药卖，便警惕地问，"什么事？"

"当然有事。以前都是你帮我，现在到我帮你的时候了——也算不上帮啊，就是正巧有这么个机会——简单说吧，画一百张凡·高的《自画像》，我给你这个价。"胡俊竖起了两根指头，"两百，可比你给我的多得多哦。"

"吃错药了吧？我给你画？你不知道我都忙死啦！"老鲁说。

"嘿嘿嘿，老鲁，你就这点不好，不说真话。你的事我听说了，货都叫人退回来了，都关门歇业十几天了。"

"谁说的？"

"以为画家村大了就没人知道？退货那天有人看到了。"

"你知道个鬼！老子正在忙大事好不好？嗨，告诉你也无妨。"老鲁正色道，"我搞原创了，不会再画别人的东西了，凡·高啊毕加索啊，都滚一边去吧。我要开一间画廊，一间专门展示自己作品的画廊。你小子没想到吧？我赚了很多钱，赚够了，赚腻了，不玩那些低档货了。哈，不过你来接手也正合适。"

"哟，看不出来呀老鲁。"

"你能看多远？"老鲁不屑道。

"搞原创？就你？理想很丰满，现实很骨感哦，不会是中了魔了吧？不，你不会中魔，你没那么幸运……你是中了翁小姐的美人计了——真不画？"

"不画。"

"画画的猪找不到，画画的人，画家村一撸一大把。走了！"

胡俊走后，老鲁呆坐了好久。刚才那番话，并不是他的即兴发挥。他回来几天了，什么也不想干，除了睡觉就是睡觉，倒时差也不至于要倒好几天吧？把荷兰方面的画补齐的承诺，也忘到九霄云外了——不是忘，是想方设法不去想它。没错，胡俊说他是中了美人计。美人计倒是谈不上，但确实和翁格格给他灌输的观点有关，或者说是翁格格的话在发酵，在作祟，在潜移默化地影响他。搞原创画廊，就成了他心里摇摆不定的想法了。叫胡俊一刺激，这个念头再一次清晰起来。

翁格格在干什么呢？老鲁不能不想到翁格格了，一定在家画画了。在回来的航班上，翁格格继续捧着那部《凡·高传》读，还说这次旅程的一个大收获是看了真正的文森特·凡·高，另一个大收获，就是读完了一本她早就想读的书，而且对她启发很大。那么，老鲁的收获又是什么呢？真的要改弦易辙吗？

还是在回程的航班上，还是在他忍受着脑壳疼痛的时候，就涌出一套完整的计划了。

说干就干！老鲁下决心了。

老鲁开始整理画室。说是整理，其实就是清理，除了能用的东西，画布、颜料、调色板、大大小小的画笔等必须留下外，其他东西全部当成垃圾扔了。

几个小时后，画室里干净多了。他面对四壁光秃秃的墙，想象中，如果挂上的，都是他自己的原创作品，那是一种什么样的感觉呢？他心里有一股热流在翻滚，有一种情绪在涌动，那是一种创作的冲动。

老鲁在手机里找了一张照片。这是翁格格拍的照片，是他的一张侧脸，在 HD 后院参加晚宴时拍的，光影非常美，背后的物体都虚拟了，只有那个挂在老树上的秋千，还能辨清。而秋千上，停着的一枚泛着金色的树叶，和他的神情一样的静。好，就画这张。

这是老鲁的第一次原创。老实说，他手还是生，感觉像不会用笔似的。虽然，他事先用铅笔描出了轮廓，在运用色彩方面，还是不自觉地采用了凡·高《自画像》的技法。只是他没有完全写实。

他想起从荷兰回程的前一天晚上，就是醉酒的晚上，他在卫生间镜子里看到的那副脸。不错，那副脸更能代表自己。那才是真实的自画像，猥琐，油腻，贪图小便宜，安于现状，胸无大志。对，就是这样，这就是画家村大部分画工的真实行状。他要把这幅画挂在墙上，常看看。

15

在一周多的时间里，老鲁画了三幅画，一幅自己的《自画像》（五官都做了夸张处理，只是神似），一幅翁格格在咖啡店里画陈大快时的照片（这幅是完全写实）。在马各庄翁格格家参观她的画时，翁格格说她也要画这一幅的，名字都起好了，叫《画速写的自画像》。她画了吗？是什么风格呢？他很希望能看到翁格格的这幅画，两幅出自不同画家的同一个内容的画，放在一起，会是什么样的感觉？是高下立判呢？还是相互辉映？他给这幅画起名叫《少女》——把翁格格画得更年轻了，脸上还有婴儿红，嘴唇更饱满，眼神更纯净。第三幅他最满意，命名为《老街》。他从高中同学群里挑了一张照片，一张最能体现出老街风采的照片，以这张照片为基础，又参考了多幅照片精画而成。这幅画，他采用的是高更的技法，也掺了一些凡·高的笔致，为了更准确地画出老街的沧桑和古老，他在吸收古人、名人的基础上，煞费苦心地尝试了多种表现形式——关于理论上的绘画技法，老鲁一句也说不出来，让他实际操作，他都能完美地呈现。在这三幅画的创作过程中，他像行走到多岔路口迷路的旅人，这里走走，那里走走，走通了（满意了）就继续向前走，走不通了，再换一个方向走，总有一条路是通的。他也考虑过"风格"问题。不同的题材要有不同的表现手法，他知道这么个意思，所以，他的每一幅画都琢磨、尝试了好几次，终究找到了适合"这一幅"的技法，完美地表达了他想要的主题。

就是从这三幅画开始，他找到了创作的灵感，或者是方向——多种风格的综合，加上自己的想象，使之成为最拿手的画风。

这天，老鲁在欣赏三幅原创作品时，想打电话给翁格格，邀请她来画室做客。这是老鲁第 N 次想打电话了。老鲁的思路，或者说转向，是受她的影响，或者就是按照她的思路办的。但是老鲁那点可怜的自尊心不想被一个女大学生看破。

真是奇怪，老鲁想给翁格格打电话，翁格格的电话就打来了。

"鲁老师好，好久没见啦！你在画室吧？"她说话还是那么干脆利落。

"在的。"

"我去玩玩啊？"

"怎么没事啦？"

"鲁老师不欢迎？"

"欢迎欢迎，随时过来。"

"好呀，一会儿就到了。"

翁格格会来，老鲁想到过。但她真要来了，老鲁还真紧张了，犹疑了，不安。他看着墙上的这幅《少女》，不知道她看到这幅画会怎么想，会怎么解读。

　　随她怎么想了，随她怎么解读了。她要是喜欢多想那是她的事。她画煎饼摊前的他，想过他会怎么解读吗？

　　翁格格一到，画室全新的布置吓到了她，惊得她下巴都掉了，半天才回过神来，露出一脸灿烂的笑。翁格格穿一件短袖的白衬衫，还是那条宽松的砖红色棉麻大裙子，和照片上的她穿的是同一款。她把两手叠加着，背在屁股上，像一个巡视的大员，在画室里逡巡了一圈，又逡巡了一圈，逡巡了好几圈。其实，墙壁上只有三幅画，每幅画她都看了好几遍，但她还在继续看。一旁的老鲁心里发毛，并且犯嘀咕，什么毛病？

　　"这《自画像》是你吗？怎么觉得不像？"翁格格说。

　　"像。"老鲁肯定地说。

　　"不像。"她也肯定地说。

　　"以后会像的。"

　　"什么意思？"

　　"就是这意思。"

　　翁格格想了想，没想明白，便转移话题说："鲁老师，我的画，能挂吗？和你的画挂在一起，沾沾你的仙气。"

　　"好呀，欢迎。"

　　"太好了鲁老师，我这就回家拿。"

　　个把小时后，翁格格就回来了，是打出租车来的，带来了几幅装了框的画，还有一卷没装框的。

　　老鲁就和翁格格一起往墙上挂画了。老鲁踩在方凳上时，手机响了起来。

"我帮你拿。"翁格格把他正在充电的手机拿了过来。

老鲁接过翁格格递来的手机，看显示是"姐姐"打来的，心立即悬了起来。这些年，他最怕姐姐来电话了。每次姐姐来电话，他都担心家里会发生什么事，其实就是担心母亲会发生什么意外。

"姐，有事啊？……我挺好啊……这个嘛，昨天不是发照片给你啦……这有什么不相信的……真的假不了，假的真不了……好吧好吧，中秋节回不回家？还没定呢……好好好，一定回，这下行了吧？好，一起回……对啦，同学群里说，镇上的老街要拆啦？……哦，你不知道啊，好吧，这次回去，要去老街写生的……就是画画……好，再见！"

"真是姐姐？"翁格格看他先是紧张，后是放松的表情和说话节奏，已经知道是他的真姐姐了，但她还是调皮地问。

"这还有假。"

"要回老家？"

"是啊。"

"你说的老街，是不是这个？"翁格格指着墙上的《老街》。

"是啊，小时候最喜欢老街了，老妈每次带我赶场，都会给我买好吃的。"老鲁有点伤感了，"我妈都七十多岁了，好几年没看到她了。这次要回家陪她过中秋节，然后，要好好画画老街，准备画一个系列，不同光线下的老街，我的老街。"

"一起的那个人是谁？"翁格格盯住老鲁的眼睛。

"啥？"

"和你一起回老家的人。"

"没有谁。先稳住她们……"老鲁表情不自然了，转过身整理墙上的画。昨天，他姐姐打来电话，问他女朋友的事，数落他都人到中年了，自己不着急，就一点也不为妈着想吗？他被问急了，随口说有女朋友了。姐姐问他要照片，他就应付地把翁格格的照片发给了姐姐。

看老鲁不想说，翁格格也不再问。她眼睛盯着墙上的《老街》，那《老街》变成了一条真实的老街，雨雾蒙蒙湿的街道上，走来一个少年，那是二十多年前的老鲁吗？翁格格的眼睛湿润了，她怯怯地小声道："鲁老师，你这次回家过中秋节，不租个女朋友吗？现在不是都时髦租女朋友嘛……我要价不高的，报销车费就行。"

老鲁的腿晃了一下。被他踩着的凳子也晃动了一下。墙上的画滑落到他怀里，那是翁格格创作的写实体《画速写的自画像》。

2020 年 7 月 15 日 21 时 50 分初稿完成于北京像素荷边小筑

2020 年 9 月 22 日下午改于北京像素荷边小筑

贪吃小柜

1

"九田家"是一个招牌。

九田家的门口，突然出现一枚小帅哥。何园园心里一爽。没错，何园园是先注意到这个浓眉大眼的小帅哥，才想想这家店铺是做什么生意的。是啊，做什么生意的呢？卖茶叶的？不是。卖粮食的？也不是。何园园朝马路边站站。她看清了，原来是一家书店，门里的两侧都是书架，书架上塞满了书。这枚小哥好像昨天也在门口闪了几闪，出出进进了几次，她没有上心，前天呢？她不记得了。前天之前的事，当然就更不记得了。这回小帅哥是送一袋垃圾到路边，恰巧她也站在马路的这一边，就被她一眼逮到了。

何园园也是店员，在九田家的对面，隔着一条马路，店名叫贪吃小柜。作为店员，何园园不像对面小哥那么年轻。她不小了，过了三十岁，她心里有点危机——在二十岁生日的时候，她觉得离三十岁还很遥远，而且，她还觉得三十岁很老很老了。现在，已经过了三十了，那种危机便像小火苗一样，时不时从她心头窜出来，烧灼她一下，像是一种提醒。这回她看见这个靓眼的小哥，心里又被烧灼了一下。

在这段相对冷清的街面开书店，谁这么傻呢？九田家？真是太土了。瞧瞧咱这店名，贪吃小柜，一看就知道是干什么的。何园园想，也钦佩自己的老板，觉得太有创意了，卖吃的叫"贪吃"，一下就说到吃货们的心坎上了。"小柜"，也挺好，不是大吃大喝的那种，随便多少钱都能吃点，适合年轻人和学生阶层消费。她刚来店里时，还嫌弃过店名呢，要是大店就叫"大柜"啦？现在想想对面的九田家，怎么也不觉得是一家书店，这么看也像是一家卖农贸产品的。这才觉得自己的店名真好。

何园园倚靠在"小柜"的门框上，手里端着杯子，杯子里飘着几颗玫瑰花骨朵儿，香气袅袅的，让人懒散，她也便懒散地饮着水，有一眼无一眼地看着隔着马路的九田家。九田家店里店外都冷冷清清的，没见有人来买书。做不成生意，看店的小哥也像她一样无聊吧？

中午了。何园园接到石敢敢的微信："老婆，叫外卖了吧？给我也来一份。"何园园没回石敢敢的微信，但还是给他要了一份盖饭。何园园真不想给他点餐。何园园也知道，石敢敢肯定又没有钱了，不帮他点一份午餐，就有可能饿死了。饿死了，禾禾就没有爸爸了。禾禾是她的宝贝女儿，才四岁。禾禾不能没有爸爸。可有这个爸爸也相当于没有。何园园不敢往下想了。上周，何园园才给他一千块钱。上上周，他妈给了他两千块钱，上上上周，他爸给了他三千块钱。算上今天，也就三周多时间，六千块钱就花光了——不然怎么会让她点餐？何园园也不想问他是怎么花的。问了有什么用？告诉你玩游戏了，卖装备了，又能怎么着？算是白问，还让她生气。她已经有一阵子不生气了——自从工作以后，就不生气了。她是懒得生气。身体是自己的，为别人生气，哪怕是自己的丈夫，也犯不着了，伤自己的身体，多不划算啊。

门空一暗，进来一个人。

何园园随口说："请看看。门边有小筐。"这是她背熟了的词，谁进来都复播一次。说完才瞥对方一眼，哈，是九田家的小哥！何园园心里莫名地紧张一下。她慌忙放下盒饭，抽一张纸擦嘴，有半颗白米粒，被擦到了嘴角边的小酒窝旁。她浑然不觉地从收银柜后走出来，说："要吃点什么？"

"看看。"

贪吃小柜的格局是这样的，三面都是货架，中间的平台上也摆着货，有一个O型通道方便客人挑货。九田家的小哥是第一次来。他一进来就盯着那些花花绿绿的小食品看。可能是听了何园园的话吧，才回头去门边拿了一只塑料筐，然后继续用眼睛挑着货。何园园见过这种顾客，一进门就选吃的，根本没时间看她一眼。当然，也有例外，也有一直偷看她的那种人，带着色眯眯的眼神，那多半是四五十岁的中年大叔。

何园园又退回到收银柜的后边，悄悄注意这个小哥——因为对方是对面店里的，算是邻居，多少有些关联的。看看怎么啦？又不是花心的那种看，再说了，年龄也不配啊。她先给自己打了个圆场。他有多大呢？像个高中生，唇上的小胡须还是绒绒毛呢，有可能还没有剃过呢。他瘦而不高，看起来不到一米七吧，或许刚好一米七吧。她看他快速地绕着货柜走了一圈，并没有仔细挑选似的，草草了事地往筐里随便抓几个品种，就过来结账了。结的钱不多，五十五块五毛。她主动把五毛的零头去掉了。他刷了微信，拎着"贪吃小柜"的专用袋，走了。从进店，到挑货，到结账，到离开，花费的时间统共也没有两分钟。这么快，看来他是饿坏了。哦，不，他是急于回店里，店里只有他一个人。真是个好员工。她想。但他一直没看她一眼，她还是颇为失望的。是真的老了吗？"00 后"的孩子都没有正眼瞧她了。她后悔没有好好化妆，也没穿上周刚买的那条好看的抹茶绿的裙子。这牛仔裤黑 T 恤的装扮也太庸常了。

在五月末的周四的中午，何园园心里突然无可名状地慌慌了一小会儿。

2

毫无预兆的，马路对面的街边发生了一场打斗。

她趴在收银台上，眼睛望穿马路，有一眼无一眼地看着门对着门的九田家。她望不见对方门里的风景，就是门里侧的书柜，也要走到路边才隐约可见——书店该有很长的深度吧？会有童书吗？看店的小哥在干什么呢？看书？吃零食？突然间，有人从店内跟跄着冲出来，差点摔到地上——是买零食的小哥。紧接着，又一个人跟出来，飞起腿，接连踹向他。何园园看得清清楚楚，飞腿打人的是谁？一个中年大叔，那么凶。

何园园也跑出来了，冲到路边。她看得更清楚了，那个小哥不停地往后跳。挥腿的男人看似动作凶悍，也并没有真正踢到小哥。打人者根本不想停，小哥也不想被他打到，如此激烈的打斗，实际上都是空对空。但小哥还是还击了，当对方的腿脚再次飞过来时，他顺势一抄，腿脚就被他抱住了。两个人开始扭在一起，很快又松开了。小哥仿佛朝马路这边看一眼，又仿佛没看，立即回店里了。打人者冲着店门说几句什么，迈着怒气冲冲的脚步，上了那辆小面包车，把车开走了。那人在上车前，嘴里一直在喋喋不休。路上有车辆驶过的噪声，何园园没听到那人说什么，而那个小哥也没有再出来。

何园园也回店里了。不知为什么，她觉得不应该看这个热闹——卖书的小哥肯定不希望她看到。他怎么样了呢？肯定很委屈吧？很伤心吧？被别人追打，连还击都不敢，觉得很没面子吧？那人是谁？为什么当街打人？何园园同情小哥了。何园园在收银电脑里找昨天的销售记录，找到了。那个小哥共买了七种商品，分别是锅烧豆干、美国扁桃仁、牛肉豆脯、片片情、烧烤小黄鱼、贪吃豆干、黄桃果干。何园园研究了一下，觉得锅烧豆干和贪吃豆干重了，虽然口味不同，都是豆干，差别不大的。烧烤小黄鱼她也吃过，没有醉鱼干好吃。他太慌张了，如果仔细挑挑，两种豆干他会只选一种的，如果仔细挑挑，他有可能会挑笋干花生豆。笋干花生豆是三种材料装成一包的，有笋丝，有花生仁，还有青豆。她吃过，微咸，香香的，有嚼劲。有机会，可以向他推荐。

有人进店了。

何园园一惊，居然是他，九田家的小哥！

"请看看，门边有小筐。要吃点什么？"她像复读机一样地说。

"看看。"他还是面无表情，眼睛看着身边花花绿绿的小食品，随手往筐里抓。

"你昨天买了锅烧豆干，又买了贪吃豆干，可以二选一的……烧烤小黄鱼好吃吗？可以尝尝醉鱼干，我家醉鱼干可好吃了。"她压低嗓音，语调平缓，透着很亲切的好意。

"哪里有醉鱼干？"他看了何园园一眼，又慌乱地躲开了。

"呶，你身后，左侧。"何园园看他没有找到，快速走过来，从他身边挤过，屁股和他的腿蹭了一下。何园园担心对方觉得她是故意蹭他，抱歉地看他一眼。他的脸红了。何园园也脸上一热，"这个就是，我吃过的，不哄你，真好吃……可以少买点尝尝。"

"那……来几包。"

何园园捡了五六包放到他的筐里，想着他脸红和局促的样子，心里好笑地觉得，他真是没长大啊。

结账时，何园园想多说几句，消除他的紧张。他一定会成为老主顾的。都是老主顾了，每次来要都是这么紧张，那多尴尬。何园园便说："你家有卖儿童书吗？我家闺女四岁了，上幼儿园，暑假后就是中班了……我空了去你家挑几本书，给女儿做生日礼物。"

"好……"他好字只说了一半，就走了。

"嗨，"她下意识地叫他，想问问打他的人是谁，又突然觉得这会让他难为情的。在他转头时，改口说，"……你叫什么名字？加个微信，以后你需要什么，我给你送过去。"

他们加了微信了。临走时，他说："不用你送，我跑过来很快的。"

何园园站在门空里，看着他过了人行道，穿过马路，蹦蹦跳跳地又过了人行道，一个小垫步，跳进了店里。何园园能感觉到他的开心。

3

贪吃小柜的中午是没有生意的。

何园园趴在收银柜上看手机。她加了卖书小哥的微信了，知道他叫田乐。田这个姓多吗？会不会是昵称？田乐朋友圈里的内容很少，有限的几条都是上个月的，还设置成三个月可见。她能看到的，是几幅篮球场上打球的照片，好像是在学校里——那个持球上篮的就是他，帅帅的，还有点矫健的意思。更有趣的是，有两条微信都是画，九宫格里是清一色的儿童画。他是在校生？这些画是他画的吗？现在还没到放暑假的时候，怎么会出来打工呢？逃学的？还是受了处分？

何园园要去九田家买书了。她给自己找了个非常有说服力的借口，下个月，女儿禾禾就是四周岁的生日了。禾禾最爱看书了，小家伙做别的事都兴趣不大——收纳箱里的各种玩具有一大堆，每一种玩具都是玩几次就玩腻了，只有书能迷住她，要是进入看书状态了，就能盯着那些花花绿绿的美图一动不动地看上半天。没有比书更好的生日礼物了。

何园园走进九田家时，以为田乐会大吃一惊的。没想到他并没有吃惊。他正站在童书架前理书——其实，何园园哪里知道，田乐是一直望向门外的。小书店里也有一张收银台，和贪吃小柜不同的是，小书店的收银台在书店的中间，他如果坐在收银台的后边，左右前都在他的视线之内，能看到小书店里的全景。如果他望向门外，更能观察到贪吃小柜门前的一举一动，所以，何园园在过马路时，就一直在他的视线之内了——他是看到她来时，才激动地从收银台那儿跑过来，假装理书的。

"嗨！"她一进门就向他打招呼，同时被眼前的景象晃了一下，没想到这个书店这么深，这么大，虽然也是一间，却比贪吃小柜的面积要大一倍，"你家书店真大啊？田乐……叫你田乐可以吧？还是叫你小田？就叫田乐吧——童书在哪里呢？"

"这里……都是。"他撑着书橱，看着她。可能是由客人变成主人了吧，比在贪吃小柜买东西时要自然多了，说话也脆，"这些书都适合你家女儿。"说话间，他随手拿出几本童书。

她接过书，翻翻，看看，觉得都好，有《小猪盼盼过河记》《大森林里的红狐狸》《宝宝趣味识字》，哈，还真有他的，眼光这么准，和她心里想的一模一样。

"这些我都要了，再给我找几本！"她快乐地说，"你也爱看这些书吗？"

"当然啊。"他说。

果然还是个孩子。她心里有点好笑，一抬头，看到他正盯着自己看。他眼睛不大，薄薄的单眼皮儿，眼神却特别犀利，甚至是尖锐。他们目光对视时他不再躲闪了，相反，她却紧张了。何园园感觉他的目光里有特别的东西，让人摸不准的东西。她被他的目光打败了。刚躲开，就被他一把抱住了。他的动作很笨拙，很粗鲁，也很突如其来。她一点准备都没有，下意识地要推开他，可她手上一点力气都没有了，推他的手软了，心也跟着软下来。但她还是躲过了他的亲吻。她说："别……你还是个孩子。"

他松开了她，喘息着，气流一样地发出声音："我不是孩子……我注意你好久了，昨天你穿牛仔裤、黑 T 恤，前天你穿抹茶绿的连衣裙，大前天是一件白色连衣裙……你穿什么都好看……我喜欢你。"

"你偷看我？"她惊讶了，比被他搂抱一下还惊讶。

"唔……"他含混着说，显得更拘谨了，手忙脚乱地还要抱她。

她理智地后退一步。他的手，只来得及在她的肩膀上划一下。

她退到两步开外的地方，心里还怦怦怦地狂跳。她虽然觉得这个男孩子挺帅，挺让人欢喜，甚至心动，但她还没想到和他会有什么实质性的交往。简单说，她还没有准备好。或者说，她从未有过这种想法。同时呢，能被一个小屁孩喜欢，她还是有点满足感的。不，不是有点，是很有。到了这当儿，她才感觉有点对不起他，微笑一下，说："买单……"

"不用……送给你了，算我送给你女儿的生日礼物。"他也向她移动半步。

"别……"她阻止他再往前走，"不能让你送，怎么能收你的礼物呢。"

　　"可以的……这是我家的店……我爸叫田九,九田家,就是田九家——就是打我的那个人。"

　　"……为什么要打你?"她好奇了。

　　"他不喜欢我画画……"

　　"你画画?"

　　"呕,"他拿起收银台上的一个大本子,翻开,在她眼前展示几页,"都是我画的。"

　　何园园看到,这是一个速写本,黑皮的面子,特精。更精的是那些画,彩色的铅笔线描画,有树叶,有动物,有房子和丛林,从构图到色彩都很漂亮,功力也不差。她在大学里选修过美学,对画有过研究。但现在显然不是讨论绘画的时候——她发现他的眼神里充满了饥渴,赶紧说:"结账!"

　　"不……"

　　"要是不结账,下次……我不会再来了。"

　　何园园打开微信,点开收付款。

　　他只好收了款。他跟着她走到门口,说:"我不叫田乐,我叫田乐,不是快乐的乐,是音乐的乐,田乐,我叫田乐……你还来吗?"

4

　　何园园把宝马停在车库里,从后门,穿过小花园,回家了。她和公公婆婆住在一起,是一幢豪华的别墅。她公公是做工程的,不差钱。按说，她一直住在宽敞的房子里，心里应该也是宽敞的，可却一直感到憋屈，每次都不愿意下班，都要在店里多磨蹭一会儿。今天不一样了，今天她提前下班了。

今天哪里不一样呢？

整个下午，何园园的心都没有安定下来，都处在飘忽的、浮泛的不安中。她不时地向马路对面的九田家看一眼。她知道，那里有一双眼睛，也在看着贪吃小柜。贪吃小柜的生意，如果不是双休日，主要集中在下午四点以后的那个时间段里。在店里无生意的时候，她会到门口去站站，看看两侧的店铺，看看街景，看看马路上穿行的车辆，也会把拖地的拖把晒在路边的道旁树上。她的一举一动，都被他窥视到了。

今天照例还是从下午四点以后开始忙，陆陆续续有接孩子的家长带着孩子来买各种小食品，也有下班的家长顺道来，她就一直忙，忙到了七点多。她平时都是在八点半下班的。今天她特意提早关门了，因为对面的九田家，不知道什么时候已经关门了。她没有注意，可能是六点半吧，因为她发现九田家关了店门的时候，看一眼手机，是七点十分。这么早，他是回家了呢，还是在店里画画？但这个念头只是一闪，她也就想要下班了，她想把新买的几本幼儿读物送给女儿。女儿一定会惊喜的。再说了，田乐都下班了，她也没兴趣工作了，便在八点刚过的时候，关了店门。

到家后，正如何园园所料，禾禾看到妈妈带来的新书，立即安静了，趴在自己的小桌子上，认真地翻看起来，还喊妈妈来和她一起看。何园园忙了一天，有点累。每次到家都累。再累再辛苦，她都要陪女儿。但今天她真是鬼迷心窍了，成心要挑事似的，对女儿说："妈累了，要休息一会儿，禾禾听话啊，上楼找你爸爸去！"

婆婆听到了，赶快把正在玩的手机扔到沙发上，大声说："来，奶奶陪禾禾玩。"

何园园心头的火气又噌噌噌冒了上来。每次都这样，每次何园园要挑起家庭争端时，都被婆婆接了过去。婆婆看儿媳妇脸色不好看，既不想问其中缘由，也不想哄她开心，便息事宁人地牵着禾禾，到自己的房间了。

何园园的怒火正往上升级时，想了想，又渐渐平静下来，生哪门子气呢？又犯傻啦？接着，她便不断地暗示自己，不生气，不生气，不生气。何园园还给自己倒了杯苹果汁，两手抱着，慢慢地小饮着。这招是很灵的，在这样的暗示下，她便不生气了。于是思绪的流水开始泛滥，往日的映象从她眼前次第闪现，那都是石敢敢的面孔，或重叠，或交叉，或清晰，或模糊，都是一样的面孔——抱着手机玩游戏。石敢敢这时候肯定关在卧室里玩手机了。他几乎一天二十四小时都在玩手机，别的事不干，也什么事都不问。公公成天在外边忙，忙工地，忙应酬。婆婆还没到退休的年龄，还差一两年吧。婆婆是机关的公务人员，所在单位和公公的生意有关，所以并不急于办提前退休的手续。本来家里请了保姆，负责做饭、家务和接送禾禾。不知为什么，石敢敢非常讨厌保姆，开始以为是保姆做饭不对口，后来发现不是，后来发现石敢敢不喜欢家里有任何动静。家里便不再请全职保姆了，只请一个钟点工，专门接禾禾从幼儿园回家。何园园一年前也是不上班的，也在家里待着。所谓无事生非，就是说他们小两口的吧？自从女儿出生后，两个人的好日子很快过到了头，三天两头吵架，互相烦，都不是因为别的，都是因为石敢敢天天只抱着一部手机。他已经不是一般的手机控了，而是手机完全控制了他。他指使她倒水，拿饭，拿零食，拿衣服，指使她这个，指使她那个。他所有的事，就是指使她，要不就指使他妈。何园园开始也并没有意识到这有多么严重，渐渐地，才知道石敢敢已经无药可救了，便提出两人都去找工作，让单位管着。石敢敢哪里想工作啊。于是，由吵架，到动手。石敢敢有一次把何园园的胳膊都打肿了。何园园便在去年暑假后，也就是禾禾上了幼儿园后，找了这份工作干了。眼不见，心不烦，这才相安无事。本来她以为这辈子也就这样了，上上班，带带女儿，吃穿不但不愁，家里还有很多钱供她花，供他们小夫妻继承。至于石敢敢，他要怎样就怎样吧，只当他是空气了，只当他不存在了。如此这般，从外表看，这个家没有什么不和谐的，很好，自己也人模狗样的，很多同学都羡慕死了。可她内心的痛苦谁知道呢？几年下来，何园园已经麻木了，任时光的流水带走她青春的容颜和骚动的情感。没想到恰在这时候，田乐出现了。这是很多俗气的以婚外恋为主题的影视剧一成不变的主题，没想到在自己的身上真实地上演了。何园园不想落入这个老套的故事中。相信她的故事也不至于这么俗套。可如果生活一成不变，不是更俗套吗？何园园想岔开思想，不想田乐了，或者不在家里想田乐了。可田乐就像蚂蟥一样叮吸着她，在她心头挥之不去。特别是田乐鲁莽地抱她那一抱时，她像过电一样地抽搐了。为什么这样呢？何园园不愿意想还是想了，她和石敢敢，已经八个月没有做爱了。她才多大啊？就要失去这个权力？难怪她第一次见到田乐到他店里时，心里有种异样的感觉嘛，这就是蠢蠢欲动啊，是她身体在下意识地召唤啊。

何园园去婆婆的房间，要带女儿去洗澡睡觉。

女儿不愿意。

婆婆也说："今天是周五，多玩会儿，不碍事，等会儿我给她洗。"

禾禾也说："我要和奶奶睡。"

何园园便去楼上了。她要去卧室的卫生间洗个热水澡。她累了，明天还要上班呢。

何园园故意把楼梯走得嗵嗵响。她也故意用眼睛找准目标——石敢敢。她看到石敢敢把双脚跷在桌子上，身体瘫在圈椅里，眼睛似乎从手机上抬一抬。但终究那一眼没有抬起来，依旧盯着手机。她绝望了，也后悔了——真不长记性，看他干什么呢？他还不如空气了。如果他不在，那儿什么也没有，她说不定会到圈椅上坐坐，也就不会有此等烦恼了。

当洗澡间的花洒把热水喷到她身体上时，那种感觉特别的舒爽。这种舒爽，让她想起了很久很久以前，就是他们新婚蜜月里，她会在洗澡时，把石敢敢喊进来帮她搓背。那时候，石敢敢每次都夸她身体漂亮，背、臀、腰，还有肩，都漂亮，肩是美人肩，腰是水蛇腰。现在想想，那双有力的大手，在她细嫩的肌肤上划动……真是久违啦。她恍惚着，摘下花洒，一手持着，一手轻抚着乳房。她觉得自己还没老，还像以前一样漂亮，背、臀、腰，一点儿也没变，细腰依然柔韧，乳房还有弹性，还挺拔而饱满——可不是，本来就没老嘛。她脑子走神了，更恍惚了，产生了急切的期待，草草了事地冲了冲，披着浴巾出来了。她湿淋淋地走到石敢敢的侧面，暗示他说："你不洗啊？"他没理她。她身体已经有了反应，甚至去抢了他的手机。他头都不抬，恼怒地给了她一肘子，正好打在她乳房上，疼得她立即就蹲了下来——这是什么时候发生的事呢？她居然想不起来了，一年前还是两年前？抑或是三年前？她真是模糊了，但又仿佛就在昨天。她本不愿想这些事。可有些事越不想，越肯往外冒。她认真地把自己洗干净了，做出了一个大胆而冒险的决定——投入田乐的怀抱。

这个决定，让她向往，让她惊慌，让她胆怯，也让她一夜未眠。

5

但何园园还是畏缩了。

何园园甚至连贪吃小柜的门都不愿出了，一直躲在店里。她知道她一出店门，就有可能被一双眼睛给钳住，就怕自己的双脚不听使唤地穿过马路了。畏缩不过是表象而已——她知道自己的意志力不那么坚强，甚至非常的柔弱。为此还暗暗笑话了自己，干吗要穿这么漂亮的裙子？干吗特意挑了件带蕾丝花边的内衣？

如果田乐不给她发微信，不问她宝宝喜欢那些书吗，不说他又找了几本适合的书，方便时可以给她，她可能不会穿过马路了——

她确实没有回复他。但当她看到田乐又给她发了几张童书的照片时，她坐不住了，联想到昨天晚上，禾禾那么喜欢地一口气把三本画书都看完了，觉得再给女儿买几本也是应当的。何园园就回了他的微信："给我留着啊，店里闲时我过去取。"田乐说："你店里已经闲啦，过来呀。"何园园紧张地顿了一会儿，才说："好吧。"

何园园已经料到会是这样了——她刚到九田家书店，就被他抱住亲吻了。这回他不像昨天那么粗鲁了，她也没有反抗，还迎合了他。他们用很短的时间，就糊里糊涂地在书店里把仪式完成了，虽然很草率，很急促，她还是感到了前所未有的快感。但她没有在书店多停一分钟，带着愉悦和心慌意乱，快速地回到了贪吃小柜，连童书也忘了拿了。

"你把书忘了，我这就送过去。"他微信随即就来了。

"别……"她说，她要平静平静。

"那等你来拿。"他还留了个伸舌头的卡通图案。

她看着那个图案，也伸了个舌头，还挤眉弄眼一下，根本平静不下来。到了中午时，她又去了九田家。

此后的四五天，何园园每天都要去九田家，有时一天两次，有时三次。她从他店里拿了几次童书，也给他送去了好几种他常吃的小吃，当然，都是各付各账的——她从精神到身体已经乱了，但不能在账目上乱，那是老板的店。在交往中，她断断续续地给他讲了石敢敢的现状，都是通过微信讲的。如果她不去他的店，她就在贪吃小柜里和他微信聊天，讲石敢敢的过去，主要是讲他的现在。其实，田乐并没有问她关于石敢敢的事。都是她主动讲的。何园园讲出来，就仿佛稀释了她的负罪感，就仿佛为她的行为找到了借口。她还问了田乐的事。田乐的行状也不好，他是一个在校大学生，当然不是什么名校了，是最普通的职业技术学院，所学专业是厨师。他不想当厨师，他想做个插画师。挺好的理想啊。九田家的老板，就是他爸，却对他所学的专业特别的反感，学什么不好非要学个厨子，对他插画师的理想也没有好印象。他爸是个典型的贪图小利者，还顽固地认为，上了大学也是白上，到头来还不是打工？既然命运一定是打工，还不如在家里打工，便要他退学，回来做生意。他不想退学，也不想像他爸一样向各个学校推销书。他爸一怒之下，便断了他的学费，他也只能先回来了。何园园知道了他的底细，也觉得还是回学校的好。他却说，他本来想回学校的，就是和爸战斗到底也要回学校。现在她出现了，他改变主意了，不回学校了，要和她在一起，永远在一起，不是这样偷偷摸摸，要光明正大。她笑他太傻了。她告诉他，他们不配的，年龄差距太大。再说了，她女儿都四岁了，她也不可能离婚的。田乐说，那怎么办？她说，还能怎么办？就这样熬着呗。其实，不是她不想离，是公公婆婆对她寄予了很大的希望。公公想她给他们家再添个孙子。公公是个暴发户，满脑子都是传宗接代的思想，怕他的巨额财富落到外姓人手里。她没想这么多，但也一直想要个二胎的。可她一个人怎么能生出来？石敢敢现在的这个样子，她要是提出离婚，那这个家也就完了，她也就没好日子了，净身出户，禾禾以后的日子怎么办？再说了，就算她提出离婚，石家也不会同意，石敢敢已经是个废人了，石家清楚得很。凭着石家的势力，完全能够阻止她的离婚申诉的。还有一点，也让她担心，田乐是真对她好吗？还是一时冲动？毕竟两人相差七八岁。

"我想好了，"在一次疯狂过后，田乐说，"我们一起走，离开这个鬼地方。"

"私奔？"何园园吃惊地说，一种惊心动魄的冒险和刺激迅速掠上心头。

田乐坚定地点点头："我们到很远的地方，只有我们两个人的地方。"

"然后呢？"

"然后……我们在一起就什么都好啦……我们可以开一个小饭馆，我会炒菜，会做大餐，也会做小吃，连鸡蛋饼都会，什么狮子头啊，炝炒鳝鱼丝啊，会好多好多……你只管收钱就行啦！你连打工都能干，自己给自己做老板，多好！"

"可是……你的理想是插画师啊？"

"去他妈的插画师，什么也比不上你好啊……你是最美的，你是我的一切！"

和许多热恋中的女人一样，她听了田乐的话，也热血沸腾了，也蠢蠢欲动了。

回到贪吃小柜，田乐的微信又追来了，直接和她讨论私奔的计划了。他显然也没有想好，是去大城市呢，还是去中小城市？中小城市施展不开手脚。最后商量好了，去北京。何园园知道北京是个好地方，也是个大地方，大地方的机会肯定会很多，满地都是钱，凭着两个人的能力，一定能创造一份家业，过上好日子。田乐再一次信誓旦旦地表示爱她，他不能没有她，如果不能和她在一起，他肯定会疯掉的。看来也只有这一招了，只有这一招，才能逼石家同意离婚。真是疯狂啊。

这天夜里，何园园再一次失眠了。

6

何园园一上班，就给老板发微信，说她准备辞职了。老板很急，和她摊了牌，辞什么职呢？让她再坚持几天，他的贪吃小柜的生意不好，加上急用一笔钱，正准备转让呢。等他找到接手的主，再允许她辞职。她等不及了，告诉老板，今天是周六，帮他忙过这一天，明天就不来了。老板几乎是哀求她了，让她无论如何再宽限三天。三天太久了。三天后，她和田乐，就要在北京开一家小饭馆了。但她不想告诉老板太多。她今天夜里，就要和田乐私奔了，开上她的宝马，行驶在通往北京的高速公路上了。

还是在昨天晚上，何园园带着禾禾去吃了一次肯德基，算是和女儿做了告别。她是这么跟女儿说的："乖，妈妈最近很忙，可能没有时间陪你了。"禾禾很懂事地说："妈妈给我买了好多好多的书，有书看，就不会想妈妈啦！"她听了，眼泪就落下来了，女儿根本听不懂她的话啊。女儿又说："妈妈还会给我买好多好多书的，是吗？妈妈你怎么哭啦？"她使劲地点着头，说："乖乖喜欢读书，妈高兴啊。"

晚上很快就来临了。她在贪吃小柜里，一边忙，一边朝对面的九田家看。周六都是很忙的，今天好像特别的忙，她心不在焉，错了几笔账，她也懒得懊悔了。晚上八点半，是和田乐约定出走的时间。现在，离八点半还有半个小时了，顾客也少了很多，她通过网络准备和老板结账，也准备最后告诉他，明天不来了。就在这时候，手机响了，是婆婆打来的。

真是天有不测风云——婆婆告诉何园园，石敢敢生病了，在医院里，让她下班后，去医院替替婆婆。何园园问婆婆敢敢怎么啦？婆婆轻描淡写地说，鼻子出血。何园园知道石敢敢的鼻子是经常出血的，一天玩二十个小时的手机，精神那么集中，又不活动，是铁人也经不住熬啊。不仅鼻子经常出血，口腔还经常的溃烂，以前都不去医院的，现在去什么医院啊，料想也没有什么大事，加上计划就要实施了，便借口还没有下班，建议让公公去。婆婆这才说了实话。原来，公公趁着周六，想做最后努力，和石敢敢谈谈，让他去工作，干什么都行，只要他想干，不挣钱都行，主要是换一种生活方式。和每次谈话一样，刚开了个头，就结束了。石敢敢根本听不进去，冲着她公公就发脾气。公公一怒之下，抢过他的手机，摔了。石敢敢也怒了，跳了起来。他刚做出跳起来的动作，人就趴到地上一动不动了，像死了一般，鼻子也出血了，出了很多血，把脸都弄花了。送到医院后，打了葡萄糖、营养液，人又活过来了，没有大事。但要观察二十四小时。婆婆说："你爸在气头上，他来了更糟，发誓不管他了——他是气糊涂了。还是你来吧，别急啊，下班后慢慢来。禾禾也在这儿呢。"

何园园决定不去医院。田乐已经准备好了，如果这时候她提出去医院，田乐肯定也不愿意，肯定以为她动摇了。可婆婆说禾禾和石敢敢在一起，她心里立即就多了一份担心，多了一份忧虑，立即就想知道女儿和她爸在一起是什么画风，立即想到，女儿跟着她爸会长成什么样的人。再说，临走之前，还想再看一看女儿，她最放不下的就是女儿啊。

婆婆又来电话了。婆婆问她到哪啦。何园园鼻子一酸，说已经下班了，正往医院赶。

何园园并没有开自己的车，她让田乐和自己的车在一起，她打一辆滴滴车去医院了。

何园园在病房门口，犹豫着，踌躇着，进，还是不进？她听到女儿在给她爸讲故事，女儿的声音又稚嫩又甜美，甜到了她的心窝里。她探过半个身，看到女儿趴在病床上，一边翻着图画书，一边讲："这是大眼猫，它天天睡懒觉，连老鼠都不会捉了，你看，它多肥啊，它多傻啊，在小区里都迷了路，连流浪猫都嫌它不爱劳动。"石敢敢靠在病床上，胳膊上还挂着两个输液瓶，他津津有味地听着。病房的灯光很亮，照在石敢敢的脸上。石敢敢的脸色是苍灰色的，眼睛也是暗淡的，连嘴唇都是灰白灰白的。但他一直在笑。他一定是被女儿的故事逗笑的。女儿的一本书讲完了，她把几本书一本一本地摞在石敢敢的肚子上，大概有七八本。女儿说："来，轮到你讲啦，你要把这些都讲完，以后不许你玩手机了，你刚才说过的，以后要天天给我讲故事，忘没忘？"石敢敢说："没忘。"女儿说："爸爸真乖。"女儿便把两个胳膊支在床上，双手托住下巴了。女儿说："讲吧。"石敢敢便开始给女儿读书了。何园园奇怪石敢敢真的给女儿读书了，而且读得很好，声情并茂的。从前可不是这样的。从前女儿要是让他做什么，他烦得要死，不但不读，还凶女儿。

何园园悄悄进来了。

女儿发现了她，立即扑上来，抱住她，高兴地说："妈妈妈妈，爸爸在讲故事，你也来听啊。"

何园园从包里拿出新买的两本书。

女儿抱着书，高兴地跑回病床边，把书又摞到了那叠花花绿绿的书上，对石敢敢说："再加两本，一会儿都要讲完啊。"女儿又告诉妈妈："奶奶回家拿饭了，一会儿就回来。"然后便拉着妈妈坐在病床边，叫爸爸继续读书。

何园园的心并不在病房里，她也没有听进去一个字。虽然石敢敢已经读了三本书了。

何园园实在忍不住了，她对女儿说："禾禾乖，你继续听故事吧，妈要出去一下，把车子开回来，妈妈的车子下午送去保养了，要把它开回来。"

7

一周以后，贪吃小柜的主人换了，新老板叫石敢敢。店员还是何园园。何园园在店里忙活的时候，有意无意会瞥一眼马路对面的九田家。九田家还是一家书店，专门做教材教辅的书店，也兼做少儿图书，还和以前一样，以配送为主。只是店员换了，换成了一个

女孩。原先的店员，在两天前回学校上课去了。是女孩说的。女孩
白白胖胖的，很好看，来贪吃小柜买好吃的，正在上货的石敢敢饶
有兴味地和她搭讪："你是对面的？"对方说是。对方又多说了一
句："原先的店员是老板的儿子，又去大学读书了，前天走的，哎
呀，他叫什么名字来着？忘了。"石敢敢对此没有兴趣，也没再问。
他剥一块花生牛轧糖在嘴里，又递一块给九田家的女孩。女孩摆摆
手，跟他友好地一笑，脸红了，偷看一眼何园园。何园园假装没看
见，心想，敢敢有救了。胖女孩又说："真是奇怪，正在读书的小
青年，怎么会跑回来做几天生意？"她还是对田乐的行为感到纳
闷。只有何园园明白事情的来龙去脉，也知道那个男孩叫田乐，虽
然，她在微信上已经把田乐拉黑了。

2019 年 12 月 25 日初稿于北京像素荷边小筑

2020 年 5 月 15 日修改

平

衡

平　衡

1

　　胡乐乐和陈小静是好朋友。她们供职的这家食品厂生产的杂粮饼干特别好吃，有一种奶香味，加上杂粮特有的粗颗粒和粗纤维，具有特殊的减肥功效，很受女员工的喜欢。其实，喜欢这款饼干并非完全是因为好吃和减肥，还有一个重要原因，是对员工供应内部价，而且不全是散装，还有标准的盒装。内部价的价格是多少呢？说出来让人惊讶，散装的，即饼干稍有残缺或断裂的，十块钱一袋，足有五斤。五斤饼干，那要吃多久？其实也不经吃。因为胡乐乐把饼干当成早餐了。饼干蘸牛奶，或咖啡泡饼干，加上一根香蕉或半根黄瓜，一顿早餐就很好了。

　　陈小静和胡乐乐走两种不同的路线。陈小静从来不买散装饼干，她都买盒装的。盒装饼干的盒子很漂亮，就跟超市里卖的一模一样，里面是三个锡箔纸小包装，每个小包装里包有四块饼干。盒装的杂粮饼干也有两款供应，一种是天然味，一种是带奶油夹心的。两款特价的杂粮饼干，超市价是八块钱一盒，而厂里特供价，是十块钱三盒。陈小静觉得，吃这款饼干才算是生活。她不是不喜欢十块钱五斤的散装饼干（口味都一样），是不喜欢它们的残疾，虽然缺个角，少个边，或断裂成几瓣，不影响吃，也不影响口感，但影响美观。影响美观，就影响吃的心情了。影响吃的心情，就影响生活的快乐了。陈小静一直是快乐的。她不想因为这点小事，影响自己的快乐，进而影响自己的生活质量。特供的盒装饼干已经那么便宜了，还因为更便宜和那些中年女工一样买残缺的散装饼干，她就不理解胡乐乐了，甚至有点瞧不起胡乐乐。

所以，当有一天胡乐乐又从传达室买一大包残疾饼干时，看着胡乐乐的背影，陈小静突然发现一个秘密，这个秘密让她找到了胡乐乐爱上这款饼干的原因了——她的双腿一长一短，不够细心的人根本看不出来。这算不算残疾呢？陈小静想了想，心里生出的不是同情，也不是幸灾乐祸（没必要），而是一种忐忑，一种不安。

本来，陈小静也没想把自己的新发现告诉别人，更不能当面对胡乐乐说，那相当于揭人家的短处了，不厚道的。

但她还是一不小心说了出来——今天（周日）上午，陈小静和同车间的男员工朱大白逛街回来。两个人因为商量着中午要吃什么而发生了争执，不欢而散。陈小静的气迟迟未消，自个儿回来了，在生活区的小广场上，碰到了胡乐乐。

陈小静本不想和胡乐乐说什么的，正转头欲走时，胡乐乐喊她了。

胡乐乐是被陈小静脚上的鞋子闪了下眼睛的。

陈小静正想着怎么收拾陈大白呢，堵在心窝里的气不好排遣。

胡乐乐的闯入，也可以打打岔的，分散一下精力的，便和胡乐乐在小广场绿化带边的条椅上坐下了。陈小静刚要抱怨朱大白太小气了，见胡乐乐盯着自己的鞋子看，就说："上月买的，一点都不喜欢。"

陈小静嘴上说不喜欢，其实心里是喜欢的。这是一双纯白的板鞋，样式很时尚。

胡乐乐实话实说："行啊，好看啊，多少钱？"

陈小静也不知道多少钱，是她生日时，朱大白送她的。半个月前送生日礼物时，朱大白对她多好啊，捧在手里怕摔了，含在嘴里怕化了，恨不能天天黏在一起。近段时间，突然变了。变了也就变了，可陈小静发现，朱大白关注的，有可能就是身边的胡乐乐。因为他替她说过话，就是他们在一起吃饼干时，陈小静拿胡乐乐的残疾饼干说事，朱大白就随口说："散装饼干也一样吃的，口味不变，还省钱。"陈小静听了，心里不爽，说："屁话，残疾了，味肯定不是那个味了，姐要是少了条腿，还能和以前一样？你还能跟我好？"朱大白尴尬地笑笑，说："不一样的，我们是说饼干，不是说人。"陈小静说："说谁啦？说胡乐乐你不高兴啦？"朱大白不想纠缠，就不再理她。陈小静当时就怀疑朱大白变心了，至少不专注了，替别人说话了。

这当儿，当胡乐乐对陈小静的鞋感兴趣时，陈小静就假装犹疑地说："你也喜欢啊？平跟的，不适合你，乐乐你还是穿你这种半高跟的鞋好看，可以掩盖……"陈小静故意把话留了半截，不再说了。

胡乐乐追问道："掩盖什么呀？"

陈小静索性说："乐乐你不知道……可以……哎呀，就是可以掩盖啊……朱大白要是不说，我也没注意，就他眼睛毒，看出你的腿一长一短……别介意啊，也没几个人看出来，特别是你穿高跟鞋时。"

陈小静灵机一动，把得罪人的话加在了朱大白的头上，然后再安慰胡乐乐。

胡乐乐便紧张了，她睁大眼睛，看着陈小静，回味着陈小静的话。

陈小静心里也慌慌地跳，把眼睛望向别处了，毕竟，她也拿不准胡乐乐的腿到底是不是一长一短。

胡乐乐性格内向，平时就少言寡语，听了陈小静这么一说，一时无所适从，仿佛她爱穿半高跟的鞋，就是为了隐藏自己一条腿长一条腿短的缺陷似的，仿佛自己隐藏已久的秘密突然被人戳穿似的，面色惊疑，心里更不是个滋味，想问个究竟。

正巧这当儿，朱大白又用微信语音约陈小静去吃火锅，说好久没吃辣了。

陈小静听了两次语音，客气地邀请胡乐乐："一起去啊？"

没等胡乐乐有反应，陈小静就跑走了。她知道自己捅了娄子了。

胡乐乐无论如何也没有想到，她的双腿会是一长一短。

胡乐乐很别扭，觉得这双腿都不是她自己的了。从她记事到现在，快二十年了，没听谁说过她的腿有毛病，就连父母都没说过。

如果不是陈小静的多嘴，她还一直蒙在鼓里。

2

胡乐乐回到宿舍里，根本不相信自己的腿有问题，一高一矮，那不是瘸子吗？从小广场走回来，也挺正常呀。但，又一想，也许这么多年，走习惯了。而且，陈小静平时虽然嘴巴快，任性，爱开别人的玩笑，可这次感觉不像是开玩笑，何况是朱大白告诉她的。

胡乐乐便迫不及待地在镜子前看，把裙子拎起来看，觉得长裙子碍事，干脆脱了，她看到的是两条洁白、匀称、圆润而结实的大长腿，两条腿一样粗细，一样高矮，这么漂亮的腿怎么会一长一短呢？她谨慎地看着镜子，来回走了一趟，感觉又确实是一条腿高、一条腿矮了，就是右腿高一点，左腿矮一点。重走一趟时，居然反过来了，左腿高一点，右腿矮一点了。怎么回事？她有点凌乱了，开始怀疑自己的眼睛了，到底是哪条腿高哪条腿矮啊？房间的空间太小，是不是受到影响？确实，从床前，往镜子跟前走，只能走三步半或四小步。三步半或四小步怎么能是正常的走路呢？空间这么小，还没协调好步调，就结束了，肯定不作数的。胡乐乐看看床，便双手拖床了——她要把床移到另一端，让镜子前的距离长一点，就能走六七步了。六七步才能算正常地走路了。胡乐乐从来没有移动过床，这张床很大，看起来很笨重，胡乐乐担心自己力气不够，移动不了床。没想到还是被她拖动了，虽然使出了吃奶的力气，虽然床和地板摩擦发出很怪异的声音，还是被她一憋气拖到房间的另一端了。

　　拖床的体力付出，和车间流水线上的工作还是不一样的，胡乐乐累得大口地喘气。就在她喘息着去镜子前重新观察自己的双腿时，逮眼一看，妈呀，一条鲜血淋淋的人腿，横陈在地上。胡乐乐吓得一声尖叫，差点喘不上气来，腿也软了。当发现那不过是一条塑料模特的腿时，心脏还在嗵嗵地跳，几近窒息了。胡乐乐揣着胸口，蹲到了地上。

　　床底有很厚的灰尘，还有几枚硬币，一元、五角的都有，一枚扣子、一个口罩和一枝塑料花也很显眼。那条塑料模特的断腿，就横陈在灰尘和垃圾里。胡乐乐由惊悚，迅速转换为恶心：这些天来，就睡在一条人腿上。可恶的是，那条人腿上，还被谁泼上了红色的颜料，就像流淌的鲜血。谁会干这么缺德的事呢？胡乐乐搬到这间宿舍才三个月。三个月前，她和本车间的几个女工合住在一个大套间里，人多，事杂，乱糟糟的，特别是洗澡间里，成天发出一股含混不清的气味，让她无法忍受。是陈小静告诉她有这么一间空宿舍的，说同住的两个湖南女工双双离职了，刚空下来，让她赶快行动。她便找到分管后勤的副总，想调到这间宿舍来。本来她没抱多大希望，没想到，居然批准了。怪不得很容易就批了，原来这是一间凶室——且慢，陈小静既然知道有这间空宿舍，她为什么不搬来？她不是两个人住一间吗？为什么不住单间？是不是她搞的鬼？不会吧？莫非她知道床底下有这条假腿？难道这是陈小静的套路？套路什么呢？

　　胡乐乐不想照镜子了。即便要照，也得先把卫生搞好。可她哪想搞卫生啊？这条脏兮兮的假腿就够她为难的了，怎么移走？找人帮忙？可谁愿意帮她？她下意识地来到窗前，朝外一望，看到生活区的小广场上，在那棵枫杨树下，冒出来一个人，正是朱大白。他不是请陈小静去吃火锅了吗？在深圳，火锅店很多的，尤其湖南火锅，她也爱吃。朱大白怎么在这儿晃荡？

"嗨，大白！朱大白！"她喊。

朱大白听到喊声，四处张望，还朝枫杨树上打量。

胡乐乐提高了声音："在这，这，二楼，朝二楼望，二楼的窗户……"

朱大白望过来了，看到她了。他举了下手里的袋子："饼干，杂粮饼干！"

"干吗？"

"送你呀。"

"不要……要，你送上来。"胡乐乐趴在窗户上，看着朱大白跑过来，钻进了楼洞，心想，好嘛，抓个劳动力。突然发现自己还光着大长腿，心里又一慌，赶紧扯过床上的裙子，套到身上，又把床上凌乱的小衣服拢了拢，拉过夏被子盖上了。

朱大白是车间里少有的几个男员工之一，五短身材，黑而结实，每个月的工资，一大半都被几个女工敲竹杠请客了，特别是陈小静，简直就把朱大白当成了支付宝，每个周末都要吃他一顿，还时不时地敲诈点小礼品。胡乐乐从来没有敲过他，不过也随陈小静去吃了几次。朱大白是个好脾气，也不抠，如果不是皮肤黑，矮了点，肯定会更有女人缘的。胡乐乐本想直接开门，让朱大白进来，觉得还是让他敲门比较好。

门果然敲响了。

胡乐乐拉开门，给了他一张大笑脸："你不是请陈小静吃火锅了吗？"

朱大白说："不爱请了，骗骗她的。"

"你要倒霉了，你敢得罪陈小静！"胡乐乐是真心替他担心的。

"才不怕了，得罪就得罪——给你带的饼干，前天在门口买的。"

门口，就是内部供应特价的一间小屋子，和门卫的房子紧挨着，平时放几箱饼干。前天，应该是周五了。周五买的饼干，到这时候才送来？鬼才相信呢。

"偷的吧？"胡乐乐不过随口一说，先诈他一下。

朱大白脸就白了，提着饼干的手往下坠了坠。

胡乐乐闪过身，放他进屋了。

胡乐乐说："你敢骗陈小静，还给我送饼干，你就等死吧！"

"不怪我，她挑三拣四的……活该！"

胡乐乐听明白了，原来这饼干是送给陈小静的，陈小静挑三拣四不爱要，才转送给她的。她便灵机一动说："饼干我收下，我再请你吃火锅，怎么样？不能老叫你请客呀，不吃火锅也行，想吃什么随便挑，不过得等我扫完卫生……你瞧……"

朱大白早已看到地板上那条塑料模特的断腿了，愣了下，好像是他干了坏事似的，带着抱歉的口气说："吓着你了吧？我来拿走它。"

　　朱大白把那条血淋淋的断腿挟在腋下，出门了。

　　胡乐乐还没把地板扫干净，朱大白就回来了，不是从楼梯上跑回来的，而是从二楼的窗户爬进来的。

　　胡乐乐吓了一跳，惊讶道："你怎么……进来的？"

　　朱大白不介意地说："方便的，你看。"

　　胡乐乐从窗户看下去，原来，窗户下停着一个报废的车厢。他一定是踏着车厢上来的。

　　胡乐乐笑着说："你是猴子啊？"

　　朱大白搓搓手，看到胡乐乐在扫地，就去卫生间拿了拖把，帮她卖力地拖地了。

　　胡乐乐趁着他拖地，在镜子前走了一趟。这一走，让她心冷了半截，确实，她的腿一高一矮。胡乐乐一屁股坐到床上，眼泪便在眼里打转了。

　　朱大白看到胡乐乐一落千丈的情绪，不知道哪里做错了，是不该送那一袋残疾饼干吗？还是不该同意让胡乐乐请客？可她只是说要请客，这不是还没请吗？就算是她请客，我也可以买单啊。

　　朱大白把拖把送回卫生间，盯着卫生间的窗户看了看。他知道，紧挨这扇窗户的，是另一个窗户，那是隔壁的一间女工宿舍，陈小静就住在这间宿舍里，她的室友家住在工业区附近，并不常住，实际上就她一个人住。朱大白从窗户里伸出头，望了望隔壁的窗户，又缩回了身，踟蹰一小会儿，大声说："不用你请吃火锅。我请你吃小海鲜。"

　　朱大白没听到胡乐乐的回话。他听到的是胡乐乐的一声抽泣。

3

朱大白走后，胡乐乐更加伤心地哭了一会儿，这才想起来应该责怪或者痛骂一顿这个朱大白，这家伙既然发现了她的残缺，为什么不直接说，而是在背后议论？胡乐乐便给他微信留言："背后嚼舌根，会烂嘴的！"胡乐乐这才抹净了泪水，仿佛报了仇。但还是不相信自己的腿有问题，便再次走到镜子前，先立正看看自己的腿，又退到墙根，贴墙而立。为了更真实地看清双腿，又把裙子褪下来。胡乐乐自恋地发现，如果不走路，她的双腿真是完美。胡乐乐多想一直这么站着啊，多想让自己拥有一双完美的腿啊。胡乐乐屏息敛气，挺胸收腹，迈步向镜子走去。真是奇了怪了，这一次又不瘸了。移空了床，她可以走七步，不瘸啊。她又在镜子前原地踏步，没错，肩是平的，膝盖是齐的，从大腿到小腿，线条自然流畅，堪称完美。可为什么朱大白要平白无故地造谣？难道是为了讨好陈小静？这倒是有可能，她们两个人肯定有那个意思了，虽然陈小静从来不承认，可傻瓜都能看出来，她是喜欢朱大白的，她黏着朱大白，并非一定要占他那点小便宜，吃个小火锅能花多少钱呢？可朱大白一直对她真真假假的，或好或坏的。或好，请她吃，顺着她的话转；或坏，也坏不到哪去，就是把承诺的话当儿戏，比如他说好要请陈小静吃午饭的，却送一包饼干给别人，真是莫名其妙，也正好被她逮住干了个义工。胡乐乐在镜子前又自我顾盼一番，心情渐渐平稳又渐渐好起来。手机也配合她的好心情地叫了一声，一看，是朱大白的回复："我没嚼你舌根，没说你是瘸子，发誓！"

胡乐乐心里有数了，因为她给他发的微信，只说"嚼舌根"，没说"瘸子"。

那个湖南人开的火锅店很近，穿过工厂的生活区，再过一条马路，走五分钟，就出高新工业区了，就到热闹的小吃一条街了，火锅店就在小吃街的中心位置。胡乐乐决定慰劳一下自己，请自己吃一顿小火锅。

虽然过了午饭时间，周日的街上，还是有不少人。胡乐乐尽力保持身姿的平衡——她怀疑自己是不是有摇肩晃脑的毛病，如果有，也会让人有身姿不正的印象。走到小吃一条街时，她特别留心自己在橱窗里的影像，侧面的正面的影像都有，再一次证实，她的腿没毛病。

胡乐乐信步走上台阶时，居然碰到了陈小静和朱大白。

陈、朱二位刚从火锅店出来，由于走得急，加上二人正较着劲，居然没有发现胡乐乐。

胡乐乐站到一边，看着他俩。

朱大白疾步走在前边。陈小静红着脸，紧紧跟着。

胡乐乐往后闪了一步，下意识地躲着他俩，同时又想，闹什么幺蛾子啦？

"你还送她饼干，你心多黑啊！"陈小静的声音很响地传了过来。

胡乐乐心里一惊，这是在说她啊。胡乐乐紧张地看着陈小静往前跳一步，拦在了朱大白的面前——看样子，是想进一步责问他。

朱大白伸出手臂，粗暴地隔开了她，疾步走了。

陈小静不依不饶，继续跟着。

4

直到晚上，胡乐乐才回到家。胡乐乐不想把移动的大床再移回原位了，她觉得这样也挺好，镜子前更开阔些，显得有深度。

要不要吃晚饭呢？下午两点多她才吃完小火锅，又去万达广场逛了会儿，主要是找镜子多的地方，看看腿。经过反复多次的审视，胡乐乐彻底放心了，她的腿完全没有问题，所谓的问题，都是陈小静杜撰出来的。没错，鬼就出在她的身上。她肯定把自己当作情敌了。真是笑话。胡乐乐的心里像鱼翻了个水花，偷偷乐了下。

胡乐乐还想再吃点什么。吃点什么呢？她并不饿，也不怕饿，中午小火锅的余香似乎还遗留在口齿间，但她还是拿出粗粮饼干，站在窗户前吃了几片，然后，拉上窗帘，简单冲了澡，回到镜子前照了照，来回走了几趟，才换上睡衣，上床躺下了。

胡乐乐关了灯，迷迷糊糊刚要入睡，手机突然响了一声。她摸过手机看了看，并没有信息，她便把手机调了静音。她想早点睡。明天上班不能迟到，虽然车间在同一个大院里，中间只隔一道便门，直线距离才三百米，总是有人会迟到，被罚款。她不想被抓典型，也不想被罚款，挣钱多不易啊，要因为迟到被罚款，太不划算了。可那声音又响了，不像是手机的声音，什么声音啊？她本能地抬抬头，看到有光影在闪。再一看，光影是从床底散出来的。胡乐乐的心跳突然就停了，接着又慌张地狂跳起来。记得她决定要搬来住时，陈小静还提醒过，说这间屋子不干净，常会在半夜响起声响，有时还有走路声。她是不怕这些的，她小时候经常从后山穿过呢，后山还有一片坟地，她都不怕。但是，这半夜的光亮和响声，莫非真有鬼怪狐狸精什么的？胡乐乐魂飞魄散地扭亮床灯，惊慌地跳下了床。她就看到床底下有一条人腿缩了回去。胡乐乐一声惨叫，差点晕厥。

那条腿迅速变成一颗人头露了出来。

"是我是我……"朱大白从床底爬了出来。朱大白露出白牙，一脸尴尬地笑，"对不起对不起……吓着你了，我我我……我来告诉你一件事……别怕别怕……"

胡乐乐由惊惧，变成了愤怒。胡乐乐愤怒地目视着他，脸都憋红了。

她看朱大白比她还紧张，心里的惧怕便渐渐消退，消退到想笑了。

但她没有笑，这个朱大白，是不是太反常啦？中午时，在需要他帮忙的时候，他适时出现了，深夜里，在不需要他的时候，他也出现了，这胆子也太大了吧？如果不是图谋不轨，躲在一个女孩的床下干什么？看他又不像是要图谋不轨，慌张地只说要告诉一件事，倒是说呀！胡乐乐假装愤怒的样子，斥责道："有屁快放！"

朱大白便从床底下钻出来，抖抖擞擞地垂首而立着，说："我……我没有说你是瘌子……"

"知道！"

朱大白脸色还是煞白，怯声道："其实你一点也不瘌……"

"知道知道知道……"

"就这些了。"他眨眨眼，又结巴地讨好道："其实，其实吧……陈小静才有问题了，她为什么不买散装饼干？她说那些饼干都是残缺的……她……她的胸……一大一小。"

胡乐乐惊讶了，没想到朱大白会说这种话。胡乐乐倒是知道陈小静的乳房极不对称，那是一次无意中的发现——去年夏天，厂里组织一次旅游，分配房间时，是陈小静主动要和胡乐乐合住一间的。晚上，陈小静正在淋浴时，胡乐乐去卫生间取东西，不巧看到了。女人的乳房大都一大一小，只不过很多人不明显，不用精密仪器根本测不出来，何况平时又有文胸遮了一层呢。但陈小静乳房的一大一小就很明显了，就是左胸饱满，右胸干瘪瘦小，仿佛一个在发育，一个在原地踏步了，决不像是一个人身上对称的器官。胡乐乐看了之后，很不自然。而陈小静更不自然，觉得自己的隐私暴露了。虽然两人没有就乳房的不对称展开讨论，但不讨论相当于无视，反而让陈小静更感到无地自容了。倒是胡乐乐，没觉得这有多么奇怪，只是当时想到对方的文胸一边饱满，一边有一半是空气，略有些怪怪的。不过她不是多嘴的女孩，对任何人都没有提起过。

胡乐乐听了朱大白的话，仿佛自己的隐私暴露似的，窃笑道："不要脸……你看到啦？"

朱大白哼一声——那是肯定的表示。

至此，胡乐乐知道了，他们的关系，已经发展到这种程度了，怪不得陈小静黏住他不放了。胡乐乐同情陈小静了，也理解陈小静了，她口气软和地对朱大白说："那你还不对人家好？"

朱大白说："我不喜欢她……我，我喜欢另一个人……"

胡乐乐立即向他做了一个闭嘴的动作——她怕他说出自己的名字来。

朱大白看她的手势，突然萎靡了，脸色也更加的苍白、更加的无助了。

窗外突然有灯光闪烁。

朱大白下意识地朝窗户上望了望——隔着一层纱窗，看到小广场上有一辆警车的警灯在不停地闪烁。朱大白的脸色由萎靡瞬间转换成惊慌："你不该报警……"

胡乐乐也惊了，她并没有报警啊。她压根就没想报警。

朱大白跑过去，撩起窗纱，看了看。当他看到警车上下来几个警察时，便双手抱头，绝望地蹲了下来。

5

警察没费多少周折就找到了朱大白，把他给带走了。

案情马上和朱大白的名字一样而真相大白了。不是因为他潜伏进女员工的宿舍，也不是他偷了一袋杂粮饼干，而是有人看他中午时，扛着一条塑料模特的断腿扔到了生活区的垃圾箱里。正巧昨天夜里，隔壁模特加工厂里发生了一起失窃案，厂里准备发货的高级人体模特丢了一车厢，他成了重点怀疑对象。

朱大白当然没有偷那一车厢人体模特，但他还是交代了如何从陈小静的宿舍，通过两间宿舍紧挨的窗户，爬到胡乐乐的宿舍的不良行为。问他动机时，他说没有动机，别都想歪了，不是你们想的那样。警察问是哪样，他说爱情，完全是因为爱情。他爱胡乐乐。不爱陈小静。而陈小静对他采用暴力，对他的移情别恋深恶痛绝，就打了他一耳光。他假装要洗澡，就从陈小静宿舍的卫生间，爬进了胡乐乐宿舍的卫生间。他这样做，只是为了要向胡乐乐表白。因为胡乐乐不在，就临时躲在了床底下，本来要给胡乐乐一个惊喜的，可他害怕了。警察问他为什么害怕。他说胡乐乐从外面一回来，就洗澡，然后光着身子，在镜子前走路，不停地走啊走的，就不敢出来了。警察听了哭笑不得。一袋饼干价值十块钱，不够处理的；潜进女工宿舍，没有造成后果，也不够处理的，就把他交给了厂里的保卫科。

这件事情成了厂里的一大笑话。而笑话主角之一的陈小静，第二天就辞职了。接着，朱大白也辞去了工作。据知情者说，陈小静在辞职之前，找到了朱大白，在朱大白的脸上又狠狠地扇了一耳光，上一次是左脸，这一次是右脸；上一次的耳光很清脆，这一次也很清脆，据说是朱大白主动把右脸送过去的。许多人认为，这左右两个大巴掌和朱大白紧随着陈小静的辞职，故事并没有结束，有可能是新的开始。

而胡乐乐在这个故事中所扮演的角色并不重要，甚至有点尴尬。

果然，不久之后，原车间的一个长舌头女工，发现陈小静和朱大白双双在人体模特加工厂上班了，她看到他们穿着工装一起散步，一起缠绵。这还不算完，又过不久，有人在红花山公园看到他们在吵架，然后，陈小静瘸着腿，一拐一拐地走了——可能爬山时扭了脚。而朱大白并没有去追她。当然，随着时间的推移，也就没有人再提他们了。至于他们爱吃的带有奶香味的杂粮饼干，他们享受不到厂里的内部特供价了。

胡乐乐还在食品厂工作。只是她一直没想明白，她床底下，怎么会有一条塑料模特的假肢？真是莫名其妙，难道生活中净会发生这些莫名其妙的事情？更让她莫名其妙的是，那条假肢，有时候会变成一条真腿。

夏天过去了，秋天也要过去了，胡乐乐还是一如既往地爱吃杂粮饼干，爱把杂粮饼干当成早餐。

小
千

1

千里马不是一匹马。千里马是一个英俊帅气的"85后"。为什么叫这个外号呢？我没去多问。反正我不叫他千里马。他姓千。我老公都叫他老千。叫老千不是太好听——他又不开赌场，不出老千，叫什么老千呢？我叫他小千。小千才像朋友。

千，这个姓给他带来了好运，他果然是个千万富翁了。我还跟老公开过玩笑，说你这个朋友要是姓万，就是万万富翁啦——万万，可不就是亿？老公跟我翻个白眼，说那直接姓亿不就得啦？姓也好乱改？

话扯远了，还是说我们和小千的故事吧。老公跟我说话从来就没有好声色。他是那种智商超高而情商超低的男人，不仅脾气直，性子也钢。可他却能和小千成为好朋友，真让人匪夷所思。小千是什么人啊，一转身，一眨眼，就是一个心眼；放个屁，打个嗝，心眼又变了，来得快，变得快，而且爱好、习惯、讲话的口气，和老公简直有着天壤之别。如果一定要找老公和小千的共同点，那就是，两人都爱喝两杯。当然，我也看出来，特别是老公，并不是馋酒才要喝，而是更多地把喝酒当成一种仪式。小千也是，仪式就是仪式，比酒瘾和酒量什么的更重要——跟小千在一起瞎聊，聊着聊着，吃饭时间就到了，不整个小菜喝一杯小酒，还有什么意思呢？男人不就是喝酒整钱搞女人嘛。请注意，这里有两个关键点，都是和小千有关，一是"整个菜"，就是小千的话语方式。我们一般都说炒个菜，或做个菜，或烧个菜，最家常的说法，也是弄个菜。他说"整"。他说什么都是"整"，"整点钱""整辆车""整本书""整个乐子"。就连我们也跟着他学会了"整"。有一次，我儿子上厕所，也说了句"整泡尿"，把我们笑晕。第二就是"喝酒整钱搞女人"，也是小千的原话。不过这句话他不常说，或者至今我只听到一次。这句话里又有两个关键词（或短句），对我来说都很敏感。"整钱"，这必须是男人的必备技能。还好，我家老公在这一点上，还是比较的出类拔萃，他设计的文创产品，在网上都有不错的销售业绩，深受年轻人的喜爱。"搞女人"应该不用我多说了吧，哪个老婆希望老公瞎搞？可能是小千也意识到这一点，那次他在我家露台上和老公喝茶时冒出的这一句，被我听到并扫了一眼之后，便再也没有说过——至少，当我的面没再说过。可能他也知道我的感受不会舒服吧？抑或是我家老公提醒过他（老公也经常到他家喝酒），谁知道呢。

　　小千下午要来玩，是老公随口一说的。他这随口一说，无非是提醒我，让我下午不要安排别的事。我没搭理他。我没搭理，就表明了我的态度。我不是很欢迎，也不是很反对。但还是反对多于欢迎。我午休起来，已经快三点了。我每到周末就特别能睡，早上赖床，午觉更是不想起来，起来还发蒙。老公从楼上下来，对发蒙的我说，下午我去接宝宝，顺便带点小菜来——老千要来玩。

　　家里这个乱啊。我嘀咕一句，呆坐了一会儿，醒了醒神，才觉得，要帮老公好好接待下小千。因为小千似乎陷入了人生的低谷——这也是老公在电话里和小千胡侃瞎聊时我有一搭没一搭听来的。其实我也能想到，小千的生意受大气候的影响太大了，自从有了"房子是用来住的，不是用来炒的"概念之后，燕郊的房子限购了。小千是炒房子的。房子限购，好好的生意突然做不成了，心情想必是难受的，恶劣的。我老公看重朋友之情，在小千处于人生低谷时，请他吃个饭，安抚安抚他当然无可厚非了，我也不能在这时候影响他们的心情。我懒懒地去卫生间洗脸刷牙，收拾收拾，让自己精神了一点。就是在这时候，老公出门了——平时都是我去接儿子的，儿子才上小班，小家伙特别喜欢小千，以前有好多次，小千来过我家后，宝宝都会问，小千叔叔什么时候再来呀。所以，想到宝宝等会儿的开心样子，我也要配合一下他们啊。好吧，我先去厨房准备准备，先弄几样小菜出来，也算是对我前面不友好的态度的修正吧。

<h1 style="text-align:center">2</h1>

　　老公一回来就把我赶出了厨房。老公的好习惯让我也挺服的——每次他来客人，都是亲自下厨。其实他的厨艺不见得比我

强，除了会做个白斩鸡，炒个麻辣豆腐，拿得出手的菜实在不多。不过，老实说，有这两样菜，加上我表演个西红柿炒鸡蛋、青椒肉丝、油炸花生米和燕郊豆腐皮，桌子上也算得上丰盛了。

像是事先约好一样，白斩鸡刚做好，门铃响了。儿子已经知道他的小千叔叔要来，赤着脚飞奔去开门。

小千进来了，肩上扛着一个大纸箱子。

小千叔叔，怎么才来呀？宝宝的声音里充满了成人的焦虑，人家都等急了啊。

哦哈，宝宝是怎么急的呀？哈哈，小千叔叔给你拿好吃的啦，猜猜这是什么？小千把沉沉的大纸箱子放了下来。

羊排。

哇，好厉害啊，完全猜对啦！小千假装吃惊地说，聪明啊小粉粉，怎么猜中的呀？

小粉粉是小千对宝宝的昵称，意思是说宝宝的脸蛋粉嘟嘟的可爱。小千给我们家送过羊排，也是这种样式的纸箱子，纸箱上有一大片碧绿的草原，草原上是一群洁白的绵羊。那还是去年春节前，他生意兴隆的时候。现在已经是秋天了，房地产限购已经有一阵子了，据说他手里的房子还有十来套，北京、燕郊的都有，大小户型也齐全，光是房贷，一个月就要还十几万块。十几万啊，这要多大的还款能力啊。房子突然不许炒了，可见他经济压力有多大。这些年，房价一直往上蹿，他是赚了大钱了，也成了最后的接盘者了——都这时候了，还带一大箱子羊排来，真是难为他还有这份心情。我有些过意不去，觉得老公至少要跟他客套几句的。没想到老公只是从厨房伸出头，来一句，一会儿就好。似乎人家一箱子羊排，就是来换他一顿小酒一样。

宝宝对羊排显然兴趣不大。虽然小家伙也爱吃，但他更爱玩。小千太了解我们宝宝的心理了，他从什么地方变戏法一样拿出一样东西，两个大手掌半窝着合在一起，蹲下来，对宝宝说，猜猜叔叔给你带了什么来？

宝宝摇摇头，伸手要去掰小千的大手。小千摇着手，躲一会儿，还是叫宝宝逮住了。小千的两只大手拱成一个橄榄球的形状，拢得很结实。宝宝急于看个究竟，抱着小千的一双大手，又是摇又是掰的，可怎么也掰不开，小家伙使上了吃奶的力气，脸都憋红了，还是掰不开。我也在一旁帮着宝宝用劲，也凑近想看看他手里究竟是什么好玩的东西。小千突然神秘地说，粉粉小心啊，吓着了别说我没提醒啊。说话间，小千的手像书本一样展开了，真如变戏法一般，他的手掌里突然出现一只身上带着好看条纹的小花鼠。宝宝突然惊叫一声。我也被吓着了，下意识地把宝宝揽进怀里。但小花鼠黑豆一样闪闪发亮的眼睛，正惊诧地看着这个陌生的环境，它的傻乎乎的样子，又让我忍不住乐了。

哈哈哈，小千也乐哈哈地说，吓着了吧？怎么样？好不好玩？多可爱啊，知道这是什么小动物吗？谁猜中了送给谁。

小千手掌翻了个身，小花鼠灵敏地从手心蹿到手背上，再翻个身，又蹿到手心上。小千的手臂下垂时，小花鼠便顺着他的胳膊，爬到了肩膀上，粗粗的尾巴在爬行时好看地摇摆着，身上好几条浅紫色的杠杠像水流一样游弋。

宝宝先是紧紧地缩在我的怀里，这会儿也松了我的手，想更近地去瞧瞧小花鼠。小花鼠在小千的手掌里、臂膀上玩得透溜，在他肩上东张西望的，又萌又可爱，宝宝也觉得它不会有威胁吧，才大着胆子问，小千叔叔这是什么小动物呀？

猜猜呀，猜对了送给你，要不要？

宝宝点点头，又摇摇头。

来啦，来来来，喝酒！老公从厨房出来了，他一手端着一大海碗白斩鸡，一手提着一瓶燕城大曲。他也看到小千肩上的小花鼠了，并没有理会——可能在小千家见过，习以为常了。餐桌上已经有几样小菜了，都是我整的，水煮毛豆、凉拌干丝、洒糖西红柿片、扬花小水萝卜，可以开喝了，估计厨房里还炖着一个砂锅豆腐。老公对桌子上的小菜很满意，从他的表情和话音里能听出来，这么多好吃的……来来来，尝尝我白斩鸡……开喝！

在他们喝酒的当儿，小花鼠就在小千的肩上转来转去。小花鼠的表现太职业了，简直就不是一个鼠类，而是一个训练有素的杂耍家，它从这个肩膀转到另一个肩膀，从没做出危险的动作，又全像是危险的动作，也不去要吃要喝。小千还会时不时地逗逗它——身体向左歪歪，它就跑到右肩；向右歪歪，它就跑到左肩；把脑袋低下来，它就从他的后脑勺蹿到头顶；头一仰，又哧溜到了脖子里。速度都是该快时奇快，该慢时，又挺悠闲的，节奏掌握恰到好处。我感到奇怪，这个小花鼠，显然和他相处不是一天两天了，被他训练出来了。能把一只小花鼠训练成这样，那要花多少工夫啊，人家能炒房赚大钱，也就不奇怪了。小千像是看出我的心思，端起酒杯，抿一口酒，说，我闲着这大半年，就是跟它玩了——嫂子，你不整一杯？来来来，我敬你一杯。他把杯子举到我面前了。我只端起茶水，象征性地喝一口。其实，我有许多疑问，这会儿都解惑了，比如他并非我想的那样，生意做不起来了，颓废了，而是活得风生水起的；再比如，他也不像个缺钱的主，一个月能还十几万块钱房贷，对他来说，还不像有太大的压力似的。当然，还有其他疑问，我也不便问，比如，既然没有生意可做了，为什么不回家？对了，他的家在内蒙古大草原深处的一个旗里，叫克什克腾旗。他爱人是这个旗旗属实验小学的少数民族教师，叫乌兰托娅，我见过，长脸、高个、蜂腰，年轻又漂亮，而且有个性，决不放弃自己的工作而跟着老公来北京或燕郊，就是要扎根草原，就要做她的小学老师。但她也不排斥都市生活，每年暑假都会带着孩子来北京度假两个月（小千在北京东三环团结湖附近有套三居室的大房子）。小千不回家也就罢了，为什么不住到北京？而是住在燕郊这个蹩脚的地方？说燕郊有他的房产并不能解释清楚，因为燕郊的二手房交易，基本上停止了。他高价吃进的房子，让他割肉卖，也是坚决不干的（他表示过这个意思，就在手里捂着，等着市场重新放开）。

　　小千这次来我们家玩，最开心的还不是老公（他不过有借口喝酒而已），而是我们的宝宝。特别是小千又带来这个聪明伶俐的小花鼠，把宝宝的注意力全都吸引了过去。小花鼠确实讨人喜欢，小千为奖赏它，转头对它说，来，你也整一口。小千喝了一口酒，把酒含在嘴里，下巴搁到肩膀上，过一会儿才咽，伸出还有酒水残留的舌尖，让小花鼠舔了舔。舔了酒的小花鼠，两只前爪立即抱住了尖尖的嘴，还接连打了两个喷嚏。

小千和我老公喝了一瓶酒后，又聊了一会儿。可能是刚才舔了小千的舌头真的醉了，也可能是让主人安心地聊天，小花鼠不像先前那么活泼了。但小千也像突然想起了什么，看了看微信，说，回去了，谢谢好酒好菜啊。

小千扛着小花鼠，走到门口，又对我们说，羊排要放冰箱啊，吃完我再给你们拿。

小千走后，宝宝委屈地说，我要小花鼠……我要和小花鼠玩……

3

小千来我家的次数多了起来。

他一来，最高兴的还是宝宝，因为他每次来，居然都带来不一样的小动物，真是太神奇了。那只好看的小花鼠只作为主角出现了一次，后来就是一只仓鼠，虽属同种，长相和花纹大相径庭，小仓鼠个头小，腿短，嘴巴尖，宝宝对它一样的好奇。但是小仓鼠是被关在笼子里的，也没有表演喝酒，只会在笼子里团团转，这反而让宝宝更开心了，宝宝可以隔着笼子，大胆地跟它说话了，逗它吃菜叶子了，还拿着他的图画书，讲了一段故事给它听。更叫宝宝乐不可支的是，小仓鼠能听得懂小千的口令。小千对着笼子里的小仓鼠吹口哨，小仓鼠就在笼子里顺时针跑起来，哨声一停，它也停下，口哨一响，它又奔跑不停。

小　千

　　之后，有一天，老公突然跟我说，晚上红烧羊排吃，请小千来家里整一杯。又说羊排都放一周了，该大吃一次了。我说好，毕竟羊排是小千送的，第一次吃，当然要请他嘛。再则，上次小千带着小仓鼠离开时，宝宝还特意关照小千叔叔，下次要给它讲好听的故事呢。而再上一次，小千带着小花鼠离开时，宝宝委屈了好久才睡觉的。

　　没想到的是，小千这次没有带来小仓鼠，却更为夸张地带来了一条大蟒蛇，黄金大蟒蛇。天啦，这真是一条大蟒啊，比小千的胳膊还粗，盘绕在他的身上，脑袋就搁在肩膀上，感觉他是累累巴巴地扛着大蟒进来的，比那天扛着羊排还累。我们一家都被吓住了，就连期待小千带小动物来的宝宝也吓得躲在老公的身后不敢露头。我是最怕蛇的。小千看我们惊恐不已的样子，没有在客厅里坐，而是站在过道里跟我们说话，无非是讲他的黄金大蟒如何的温顺，如何的乖，如何的不咬人，还讲大蟒的特性，说大蟒吃一顿可以管一个月，每天只需喝一碗水就行了。我老公担心这是国家保护动物，劝他放生算了。小千说他手续齐全，没事。又说，放生是不可能的，因为黄金蟒属于病态动物，是缅甸大蟒蛇的变种，根本没有野生品种，放生了也活不了，因为它没有自行捕食的能力，就算不被别的动物吃了，也饿死了。小千可能看我们毫无兴趣吧，扛着大蟒走了。临走时，说，粉粉，咱回吧，咱不在这儿吓人了。大蟒似乎听懂了他的话，在他肩上翘翘头。

　　小千走后，躲在老公身后的宝宝这才闪出来，说，大金蟒也叫粉粉？

老公一脸惊讶地问我，啊？是这么说的吧？

我当然听懂了，小千叫大蟒蛇粉粉，他叫我们宝宝也是这么叫的。粉粉，原来是这个典故啊。我极不情愿地说，这个小千，我有点讨厌他，宝宝成了他的宠物了。

哈哈，好玩。老公倒是不介意，说，他宠物多了，还有你更想不到的⋯⋯

老公没有说完，还诡异地笑笑。我看他不怀好意，问他，还有什么宠物？说来听听？

老公说，以后他会带来的⋯⋯到时你就知道了，有钱人嘛，总是别出心裁。

我瞪一眼老公，对他似是而非的回答表示不满。

不到半小时，小千就回来了。他所住的小区离我们只有几公里，开车很快的。我以为他这回不会再带什么宠物来了，要带，也是那只小花鼠小仓鼠什么的。

看来我还是对小千现阶段的生活缺少了解。他没有带小花鼠，也没有带小仓鼠，而是带来一只鹦鹉。他一手提着一个大笼子，一手提着酒。酒是茅台酒，大笼子里就是那只精气神十足的羽毛艳丽的鹦鹉了。

宝宝这会儿开心了，羊排对他已经没有吸引力了，在老公和小千喝酒的时候，我陪宝宝一起看鹦鹉。我也喜欢它的样子。我们坐在沙发上，欣赏鹦鹉好看的羽毛，也希望它开口说话。宝宝蹲在我的腿边，目不转睛地盯着笼子里的鹦鹉。小千已经介绍过了，说鹦鹉会唱小曲，还会骂人。但是，可能是到了新地方吧，宝宝再怎么逗它，它都不说话，装哑巴。宝宝有些失望，跑过去，对小千说，小千叔叔小千叔叔，它不理我。小千拿一块羊排，递给宝宝。宝宝没接，而是拉他的手，试图把他拖过来。小千说，粉粉，听小千叔叔说啊，你要对鹦鹉哥哥好一点，它就和你说话啦，你在幼儿园有没有好朋友？有吧？你点头了，粉粉当然有好朋友啦，你是怎么对好朋友说话的？你就像对好朋友说话那样，对鹦鹉哥哥说话，鹦鹉哥哥就会搭理你啦。

鹦鹉哥哥，给你糖吃。宝宝聪明了，拿糖哄它。

鹦鹉摇头晃脑的，充耳不闻。

宝宝没有招了，生气地说，我不喜欢鹦鹉哥哥，我喜欢小花鼠。

"小花鼠叫大蟒蛇吃啦。"鹦鹉突然说话了。

鹦鹉突然开口说话，吓了宝宝一跳。宝宝咧嘴笑了，哈哈，它会说话了，他说小花鼠叫大蟒蛇吃啦，哈哈……

我也乐了。可我随即就乐不起来了，鹦鹉说小花鼠叫大蟒蛇吃啦？这也许是真的。

我学着宝宝的口气说，我不喜欢鹦鹉哥哥，我喜欢小仓鼠。

鹦鹉说，小仓鼠叫大蟒蛇吃啦！

一边喝酒的小千正提着酒瓶倒酒，听了鹦鹉说话也哈哈大笑着说，这个家伙，净说些大实话。来来来，唱个小曲听听。

小千哼了一句，相当于起头。

鹦鹉跟着就唱了起来，哎呀哎呀我的郎……

这什么小曲啊，怪里怪调的。我说，怎么净教它唱这些？也来一段流行歌曲啊。

哪里是我教的呀，是粉粉教的。

粉粉不就是大金蟒嘛。大金蟒会唱小曲？我又惊讶了。

小千听了我的话，朝我老公扮了个鬼脸。我老公也会意地一乐。

他们又搞什么鬼？我老公也常到他家喝酒的，是不是也跟着学坏啦？要是能跟他学赚钱就好了，学他养这些宠物，我才不稀罕呢。

4

今年的十一和中秋连在一起，假期比往日长了一天。我们都以为小千的老婆会带着孩子过来，一家子团聚过中秋，抑或是小千回内蒙古和老婆孩子团聚。如果是前者，我们决定要好好请他们一家吃一顿。如前所述，小千的夫人乌兰托娅，不仅漂亮、大方，还是个有主见的小学老师。放假前两天，老公和小千联系时，小千说他哪里都没去。老公一边看着我（见我点头了）一边邀请他来我家玩。小千愉快地答应了。

挂断了电话，老公又感叹一番，无非是说小千还是家底子厚，房地产这么不景气，他不但能撑得住，生活质量一点也没有下降，真是不简单。接下来，我们又回顾了小千的发家之路。这几年，通过和小千频繁地接触和交流，我们知道他父亲是内蒙古中部一个旗的放牧大户，是最早的一批万元户，三十多年来，不知养了多少牛啊羊啊马啊，还经营自己的冷库。小千常给我们送来的羊肉，就是他父亲饲养场的产品。小千也会说他自己的生意，倒是没有什么特别传奇之处，说不过是大学一毕业，就揣着父亲给他的一百万闯荡京城了。十五六年前，一百万还是能起点作用的，他拿出一半的钱，在通州繁华地段买了一套房子，余下的钱，开了家内蒙古餐厅。没开半年，赔本关门，算一算预交一年的房租和购置的厨房设备，手里现金所剩无几。幸亏买了套房子，他就住在房子里，想着如何回家交差。父亲隔三岔五会来电话问问他，餐馆生意怎么样啊？他都说好。在等待的大半年当中，房价像发面一样鼓胀起来。他决定卖了房子，带着钱，回家继续啃老。没想到的是，房价翻了几番，五十万买的房子卖了一百八十多万，连亏的都赚了回来。他脑子一热，在城乡接合部的一个新开的价格低廉的小区里，买了两套房子，余下的钱不够买一套的了，他发现燕郊房子便宜，就像大白菜一样不值钱，他大着胆子，把余款全投上，又贷点款，买了两套。就这样，小千正式开启了炒房生意。这十多年来，几经腾挪，就成了暴发户了。我和老公都感叹唏嘘，但我们也没有什么好后悔的，因为十五六年前，我们口袋里连一万都没有，上哪去赚第一桶金呢？

假期第一天，天刚亮，小千电话就到了，让我们不要买酒，他带好酒来。说还有刚寄来的牛肉干，是老婆寄来的，也带点来给我们尝尝。宝宝听是小千叔叔的电话，憋不住地大声说，我要看大金蟒，我要看大金蟒！老公把手机给了宝宝。宝宝又重复一遍。小千说，粉粉啊，大金蟒不听话，叫鹦鹉吃掉啦。宝宝听了，一副失望的表情，问，鹦鹉怎么吃得动大金蟒？小千说，煲汤啊。宝宝想了想，又问，那你要带什么宠物来呀？小千说，保密。

在等待小千的过程中，宝宝不停地叨叨，大金蟒叫鹦鹉吃了，大金蟒叫鹦鹉吃了。

我知道这是小千的权宜之计，他知道我们都不喜欢黄金蟒。

老公在厨房忙菜的时候，小千来了，跑去开门的还是宝宝。宝宝大声叫了声小千叔叔时，声音被咬成了两截，"叔"和"叔"之间突然停顿了。我望过去，发现进来的是一个年轻而高挑的女孩，又漂亮又有气质，刚要发问，跟在女孩身后的小千出现了。

小千手里提着大袋小袋好多礼物。

粉粉，看我给你带什么来啦？小千一进来就逗宝宝了。

突然多了个生人，宝宝还是没有先前那样放得开，他怯怯地盯着小千手里的东西，抑或是在寻找——小千手里并没有他希望的可爱的小动物，确实只是几只大大小小的提袋。

女孩也看着小千，脸上的笑意里充满了疑惑，你叫谁……啊，小朋友也叫粉粉？你有多少粉粉啊嘻嘻……

女孩反应过来后，再次瞟了小千一眼，随即又笑脸如花地对宝宝说，粉粉，不认识阿姨吧？看看阿姨给你带什么来啦？

女孩从小包里取出一盒包装精致的巧克力。

我也反应过来了，原来女孩也叫粉粉。我赶快对他们的到来表示欢迎。我比以往更殷勤地招呼他们入座，给他们沏茶，还给他们递水果。同时，我也在想，他们是什么关系呢？莫非就是老公所说的"想不到的"宠物？

　　老公听到动静了，在厨房里大声说一句什么。我没有听清。不过他这次不像往日那样只伸出头来，而是径直走到客厅，对小千和女孩子的到来表示欢迎。女孩也说了句"辛苦大哥啦"。原来他们认识？我纳闷地想，也许老公在小千家见过她吧？

　　老公招呼过后，又去厨房忙活了。小千就和女孩子一起，头挨头地逗我儿子玩。宝宝很快就和他们混熟了，还把他抽屉里的许多玩具搬出来，阿姨这个，阿姨那个，特别的亲。还说，阿姨叫粉粉，我也叫粉粉，我们两人都叫粉粉，我们两人都是乖乖。

　　女孩乐了，她说，我还有一个名字哦，我叫小叶。

　　不，你叫粉粉！宝宝说。

　　不，你叫粉粉！小叶故意逗宝宝。

　　鹦鹉学舌哦。宝宝说，我不喜欢鹦鹉。

　　哦，为什么呀？

　　鹦鹉告诉我好多好多坏消息，它说小花鼠喂了大金蟒了，小仓鼠也喂了大金蟒了，它还把大金蟒煲汤吃了。

　　啊？哈哈哈，这样啊，可是，鹦鹉会唱歌啊，哎呀哎呀我的郎……

　　小叶唱起了小曲，她比鹦鹉唱得好听多了。唱完了，依然乐不可支地说，粉粉，你不喜欢鹦鹉，那你喜欢不喜欢阿姨？

　　我喜欢大金蟒，它也叫粉粉！

　　小叶突然不说话了，表情复杂地瞅一眼小千，仿佛在说，你到底有多少粉粉？

5

转眼，秋风萧瑟起来。又转眼，寒冷的冬日如期而至。在元旦即将到来的时候，我突然想起了小千。是啊，小千好久没来了。

真是想什么来什么，晚上刚吃完饭，老公接了个电话，然后对我说，明天周末，老千要来玩，我不去菜场了，你下班带点菜就行了。我胡乱应一声，知道他们又要整一杯了。

儿子听到了，突然亢奋起来，嘴里一直念叨着，小千叔叔要来了，小千叔叔要来了……

儿子的反应，让我担心起来，怕小千又带来什么稀奇古怪的宠物。他带来过的宠物可不少，小花鼠、小仓鼠、大金蟒、鹦鹉，还有……我突然想起了小叶？那个绰号叫粉粉的漂亮女孩……

不多一会儿，小千的电话又到了，他说，有点急事，来不了了。我老公有点遗憾，算起来，小千一两个月没有来了，这么长时间，他都干什么去啦？他又培养新的宠物了吗？他是回内蒙古的家里了呢，还是和小叶（粉粉）在一起？我想问问老公。可我话到嘴边，又忍住了。

又过了几天，我老公一个人在家喝酒。我老公很少一个人在家喝酒的。可那天他出门办完事，回来就下厨炒菜，拿出一瓶好酒，自个儿喝开了。酒后闲聊，不知为什么，我提起小千的时候，老公突然感叹一句，老千……好人啊。然后，就没有然后了，就趴到沙发上睡着了。

我知道老公喝多了，这时候是叫不醒他的。喝醉的人，对付他的最好方法就是准备一杯白开水，给他灌下去，人就清醒了一半。但，我却忘了给老公倒水了，因为电视里正在播出的一档节目，完全吸引了我。这是一档法院对"老赖"资产拍卖的专题片，事情发生在几天前，今天不过是重播。这个老赖没有到现场，虽然直播现场是在老赖多套房产的其中之一处，但他七套房产拍卖的视频都有。视频中，在一套别墅后院的一个笼子引起了我的注意，笼子不小，似乎用玻璃封闭了起来，笼子里的动物是什么呢？狗？不像。狐狸？也不像。当特写镜头推出来时，是一条团成一团一动不动的大金蟒。这条大金蟒太眼熟了，怎么会一动不动呢？是死了吗？变成标本了吗？宝宝也认出了，他大声喊道，看，粉粉！

没错，确实是粉粉！

我想叫醒老公，让他快看，可他依然打着猪哼一样的呼噜。

这是我知道的关于小千的最后一个消息。后来，小千就真的从我的记忆中消失了，就连我老公，也好久不再提他。我老公还是爱好喝一杯，但，没了和小千喝酒时的"仪式"感了，而是自斟自饮。我们也不再说"整"一杯了。"整"这个字，也在小千和我们失联后，从我们的话语中消失了。直到春节前一天，我突然收到一个寄自内蒙古的包裹，打开一看，是一箱羊排。我立刻就想到了小千，如果没错，这应该是小千寄来的。但是，关于千里马小千的故事，我知道的，仅限于此了。

青海上

1

我赶上一桩巧事儿。

7车6号下铺这个铺位，我在一周前也坐过。那是在盐城至北京的火车上。没想到在北京西站至西宁站的普快上，同一个铺位，又重复了一次。这是个好兆头——在没有事先预谋和设计的情况下，随机两次居然买了相同的铺位，这种巧合，真是难得一遇，打个不恰当的比方，堪比艳遇的难度。

前一次坐这个位置是心情愉快的，满怀希望的——我的简单的行囊中，就有我视为生命另一半的吉他——我是来北京唱歌的。

到了北京后，并没有找到唱歌的场所。这当头一棒，委实把我砸晕了。我住在朋友小拙的半地下室里，郁闷了几天，不想回灌云老家。既然回家也是无所事事，何不在小拙这儿多蹭几天，等待机会？但是，小拙的生活也很困难，我们一天三顿都是白米饭，偶尔有个小菜，也不过是拍黄瓜，奢侈时，才搞个醋熘土豆丝或青椒炒鸡蛋来解解馋。按说，我的支付宝和微信里还有点钱，抵挡一阵子没问题。可接下来的未知的前途，让我不敢造次。这时候，古影子发在朋友圈的一组信息提示了我，那是她新创作的一首歌，还有她试唱这首歌的视频。我看了她的影像、听了她的歌，不淡定了，何不利用这个时间，写几首我一直想写的歌呢？但是，想到古影子，我心里泛起了微微的波澜，心思定不下来，乱了，不能集中精力和思想创作了。古影子是个漂亮的女孩，三十岁左右的样子，唱抒情而粗粝的女低音。民谣中的女低音是很难唱的。她不但敢唱，而且唱出了别样的味道来。据说她的老家在青海湖的另一侧，要越过一望无际的盆地，翻过险峻的荒漠，乘几种交通工具（乡村公共汽车、马、牛），才到达山区草原，一个海拔近4000米的叫拉提的小村里。还据说，村的那边，就是新疆了。古影子家乡的民歌很好听。她也给我们演示过，确实好听，但没有她那沧桑、沙哑的民谣有味。她在北京三里屯酒吧街一个叫阳台上的酒吧做驻吧歌手不到一个月时间，春节就临近了，就回西宁她叔叔家了。因为我回家的车票比她晚了三天，就请她在中8餐厅吃了一顿饭，算是送行吧。我只叫了小拙作陪。饭局上也没说什么分别、伤感的话。因为我们之间还不十分了解。还因为我们知道不久后又会相聚的，有种来日方长的从容。没想到接踵而来的新冠肺炎疫情，把我们的生活全部打乱了，首当其冲的便是酒吧、歌厅等娱乐场所。因此我们再见的机会就遥遥无期了。在抗疫五个多月后，也就是上周，我来到了北京——小拙说，听说电影院要开禁了，酒吧开禁还会远吗？又听说，有的酒吧，已经开始营业了，要不了多久，就会像半年前一样热闹了。而那些地下或半地下的酒吧，已经有乐队和歌手在演出了。小拙的话打了折扣——我们费了不少周折，都没有找到所谓的地下酒吧（或许压根儿就没有）。看了古影子的视频影像，我们开始怀念过去的生活，开始怀念一起合作过的乐手和歌手，而很多的时候，我们都在说古影子。我们都对古影子有很好的印象，我甚至还有点暗恋她，特别是她在视频影像里超水平的发挥和婀娜的身姿，旧日在一起合作的美好时光又呈现了出来。我就给古影子发微信，向她问好，并诉说我们的寂寞无聊和对前途的忧虑。她倒是干脆，说来吧，到西部来，到青海来，夏天是青海最美的季节，或许会有意想不到的收获和惊喜呢。又煽情地说，我在西宁等你们，一起去看青海湖，一起去看青海湖的日落和月光，一起在月光下弹吉他、唱歌、唱诗。我当即就被她说动了心。可小拙不赞成在这个时候出行，一来，他的经济实力不允许；二来，他要抓住有可能出现的、稍纵即逝的工作机会。但我觉得古影子的话很有感召力和吸引力，而且话里有话，暗含着一些潜在的意象，让我对她产生了非分之想——既然工作还没有着落，疫情管控还在继续，既然等待也是痛苦的事，为何不遵从古影子的邀请，来一场说走就走的旅行呢？如果因此而收获了爱情，也是意外的惊喜啊。而小拙也说，你是不是爱上人家啦？我不置可否地笑笑，心想，不去争取一下，怎么能知道呢？就算没有碰撞出爱情的火花来，能在青海湖的月光下唱诗、唱歌、弹吉他，也足够浪漫和抒情了。我听从了内心的召唤，在手机上订了一张硬卧票，登上了远去西宁的列车。

找到铺位后我就发现了，和一周前我从家乡来京时所坐的铺位相同。接连两次买了相同的铺位，没有经历过的人很难理解这样愉快的心情。是啊，远方的古影子，是给我带来好心情的原动力，我又打开视频看了看。我喜欢她抱着吉他的样子，喜欢看她穿长裙子的样子，喜欢她把长发随意一绾的样子，也喜欢她抿嘴一笑的样子。她皮肤白皙、细腻，有光泽，有一双浅灰色的眼睛和俊俏的鼻子，如前所述，她的充满磁性的嗓音更是入心入肺，感人至深。有了这样的好心情，我就有一种说话的冲动，一种想向别人分享我的快乐的冲动。可我的上铺和对面的三层铺位上都没有人。

列车启动后，才匆匆走来一位年轻的女乘客。她甫一出现，就让我愣了一下，这不是古影子吗？她当然不是古影子了，只是有点像而已。她从另一个车厢走来，拉着沉甸甸的红色行李箱，很急促。她一边走，一边看车厢上的位次号，脸上热气腾腾的都是汗。我觉得她是找 5 号下铺的，就是我对面的铺位。果然，她在我跟前停下了。

我立即起身，给她让出通道。

她看我一眼，微笑地说声谢谢，又说："请帮帮忙。"

我便帮她把箱子和随身的背包举到了行李架上。她再次说声谢谢，坐到我对面的铺位上了。她一坐下，就从随手拎着的塑料袋里拿出一只精致的小保温杯，还有一些零食，放在小桌上。她在做这些时，动作是麻利的，自然的，也透出优雅和自信。

可能是我帮了她的缘故吧，她饮一口水，问我："去哪里？"

"西宁。"

"真巧，我也去西宁。"她说，声音很好听，口气里有种淡淡的喜悦。但是，和古影子的声音相比，薄了点，轻佻了点，只是那种喜悦是真切的。而我也听出来，这种喜悦并非是因为"真巧"，而是因为"西宁"。是西宁这座城市给她带来的愉悦和快乐，跟和我同行并无关系。然后，她打开手机，和大多数年轻女孩一样，开始刷手机了，涂着指甲油的细细长长的手指不停地划动着。

2

她一直在刷手机。

我坐在铺位上，悄悄地观察她。如果不听声音，仅从她的身型、气质上看，还真的接近于古影子，脸型、眼睛也像，而且越看越像。难道这又是巧合？这加持了我的好心情。试想一下，是古影子的原因，才让我有了这次西宁之行，如果行程中能和另一个古影子相聚于同一节硬卧车厢，并相对而坐（卧），那简直就是天赐的机缘了。她穿着简洁大方，一条版型很修身的深蓝色牛仔裤，一件黑色紧身小 T 恤，一双白色时尚板鞋，处处透露出古影子的神韵和风姿，如果把她这身装束换成古影子式的裙装，说她就是古影子，我还真能相信。我知道接下来的旅途还有二十多个小时，要明天下午三点多才到达西宁站。如此漫长的时间，能提前和"古影子"相见，并很投缘地说说话，不仅可以打发旅途的寂寞，还可以练习一下我的状态，让我见到真古影子时感到更加的自然和默契。

她可能感觉到并奇怪我的沉默了，抬头跟我一笑，眼睛又回到了手机上。

我要把我的快乐和她分享，就不顾突兀地没话找话道：

"啊……真太巧了，一周前，我到北京，也是7车6号下铺，同一个位置。"

她没有搭理我的话，而是继续翻手机。在短暂的停顿之后，她才醒悟似的说："哦？你说什么？"

她对我的话一点也不感兴趣。我这才意识到，在我看来是一桩巧事，好玩的事，有趣的事，对于别人来说，根本就无所谓。同样的道理，我把她当成模拟中的暗恋对象，她不仅没有察觉、不予配合、一副事不关己的样子，还懒得理我了。

但是，我不甘心，又换了一个更为俗套的话题："去西宁出差？"

她的目光终于离开手机，也只是一抬眼，甚至都没有看我，又回到手机上了，含糊其词地说："啊？是啊……"

显然，她还是不想说话，不愿说话。是对陌生人的警觉？还是手机上有更吸引她的东西？我便瞥一眼她的手机。原来，她不过是在回看和朋友的聊天记录。她细长的手指在手机上划动着，逐条逐条地看，有时候快一点，有时候慢一点。有时候嘴角牵动着，似乎在阅读。我看不清具体的聊天内容，但可以看出来，对方很多时候都说了大段大段的话。她也会回复大段大段的话。她在复习这些大段大段的对话时，脸上藏不住幸福的微笑。随着手机显示屏的移动，停顿，再移动，再停顿，我看到，对话之外，还有照片，一幅的，一连多幅的。有对方发来的，也有她发给对方的。对方发来的，是帅哥。她发给对方的，是美女，就是她自己。有好多次，她会把对方的照片放大，仔细地欣赏。照片上是一个年轻而帅气的小伙子，脑门宽阔，眼睛有神。她在看这些照片时，已经不是微笑了，而是咧开嘴角放开了笑。那是从心底里流露出来的笑，真实，自然，感人。

她发现我在关注她的手机时，并没有刻意躲开，而是把手机放平，让我更清晰地看清屏幕上的帅哥，喜悦而骄傲地轻语道："我男朋友。"

怪不得。我这才恍然，人家正在热恋中，在复习、回味那些百听不厌的情话，在欣赏男朋友的青春靓影，哪有时间搭理你那无聊的话题啊。我便有点暗笑自己了，你以为她像古影子就是古影子啊？

"挺帅啊。"我讨好地夸道。

"谢谢。"

"你男朋友在西宁？西宁是个好地方。"

"嗯……"她神情略有些变化，眼里有暗影一闪。可能觉得刚才对我的态度有点粗枝大叶了，也可能是对我夸奖她男朋友和夸西宁是个好地方的回报，旧话重提地说，"你刚才问我什么来着？"

"我是说，你去西宁出差？"

"不，前边那句。"

前边那句？呵呵，我也觉得相隔一周，买两张相同车厢相同铺位的火车票没有什么好稀奇的，更何况，因为她的怠慢，再说这个，也有点索然无味了。但我还是说："一个小小的巧合而已。"

"哦？"她这才有了一点点好奇。

她既然问了，我也只好又重复了一遍车票的故事。

但是，那种要把喜悦和别人分享的愿望已经下降了很多个百分点，几乎归零了。没想到的是，她又来了兴致，说："哈，这还真是巧。你上一次坐这个位置，身边也是女的？"

我摇摇头。

不过另有一巧，我不想说，即她和我要见的古影子十分相像。还有呢，她是去见男朋友的，我是去见古影子的。虽然古影子还算不上我的女朋友，但通过这次访问，有可能向这个方向发展了。至少，我内心里是有这个愿望的。如此说来，这个巧合，比相同车厢相同铺位更有意义了。

"去西宁旅游？"她对我的行踪也好奇了起来。

我正想着要不要告诉她我此行的真实目的时，手机响了，一看，是古影子来微信了："袁彬，梦想家，你好啊，给你在西宁云台宾馆订好了房间，云台宾馆在东关大街上，你拿身份证直接入住就可以了。你到了先休息一会儿，下午六点左右我去宾馆接你，为你接风。饭后再商量后几天的行程。"

同时发来的，还有云台宾馆的定位图。古影子既叫我真名袁彬，又叫我梦想家，是证明她还记得我，还怀念我们在北京建立起来的情谊。古影子的话，让我想起了那次在中8餐厅的饭局。由于我们年龄相仿，饭局上，各自谈了自己的理想和以后的人生规划。她的理想比较现实，来北京做驻吧歌手并不是她的终极目的。她是要通过这样一种形式，来实现她的作曲家的梦想——拥有一个自己的音乐工作室，制作各种音乐，上传网络，让更多的音乐爱好者传唱她的歌曲。她在北京短短一个月不到的驻吧歌手生涯，反复自弹自唱的十几首歌，都是她自己作曲作词的。她在演唱时，很注重听众的反应，也能谨慎地和听众互动。我和她有过配合，觉得她的词曲，不像来自中国的西部高原，不是高亢、嘹亮、抒情的那种，而是带有明显的美国西部民谣的风格，甚至有刻意模仿的痕迹。但这一点也不影响我对她的好感。在说到我的理想的时候，说真话，我从没有过未来的规划，所谓的理想，在我脑子里还比较虚无和缥缈。我灵机一动，顺着她的话轻声道："我的理想是能一直为你的歌伴奏。"这话并不是调侃，当时的那种氛围，也不适合调侃，倒是有着明显的倾慕和追随的意思，也有那么一点点爱的暗示。但是，说完，我还是有点小小的紧张，虽然也是内心的真实反映，但我们的交谊还没有说这个话的份儿上，明显的直白和草率了。但话既出口，也无法收回，况且身边还有小拙。小拙听了，正怪异地偷笑。而古影子也略有尴尬。我赶忙改口说："我的理想嘛……当然有理想啦，就是梦想。对，我喜欢梦想，做一个梦想家，一直在梦想里生活，一直生活在梦想里……没错，就这样。"我的一通话，算是把当时的小尴尬给消解了。事隔这么久了，古影子又旧话重提，是什么意思呢？莫非是对我的倾慕和追随的回应？我心里油然产生了满满的幸福感，立即给她回了道："真想马上见到你。"古影子也来了句："还有二十多个小时呢，耐心点，会有惊喜的。"

又是接风，又是饭后商量行程，又会有惊喜，真是个好兆头啊。

"谁的微信呀？这么开心。女朋友？"看来她也是个好奇心重的人。

"……从前的一个同事——就是她邀请我去西宁玩的。"我差一点就要说"是"了，但是我的话里还是抑制不住内心的甜蜜。

"真好，有人邀请。"她说。

"你不是男朋友邀请的？"

"我呀……"她欲言又止，脸上的笑意渐渐收敛了。

"你男朋友住哪里？来接站吗？"我的意思是，我们都是到西宁下车，她是打车呢还是男朋友来接？已经确定古影子不来接我了。古影子的意思很明白，让我直接去宾馆。那么她呢？如果她男朋友来接她，我可以顺她的车，或者她顺我的车——如果方向差不离的话。

她神情瞬间黯淡了，眼泪也迅速包在了眼里，莹莹地闪着亮光，但还是没有忍住，流了出来，喉咙也响起了哽咽声。还没等我问她悲从何来，她就说："男朋友……我都两天没联系上他了，电话停机了，不，是我拨打的电话不存在了，微信也把我拉黑了……"

"……这样啊。"旁观者的清醒和敏感，加上她的口气和神情，让我对她的男友产生了怀疑，手机停机，微信拉黑，这不正常啊，哪像热恋中的情侣啊？是不是要和她分手啊？

"你谈过恋爱吗？"她期待地望着我。

我一时语塞了。我当然谈过。可她肯定不是要听我的爱情八卦，我扬一下下巴，准备听她继续问。

"你能这样对待你的女朋友吗？对女朋友屏蔽一切联系？"

我突然觉得，她遇到麻烦了。看她悲痛欲绝的样子，我问：

"你们认识多久啦？"

"好久。"

"好久是多久？"

"今年一月二十九日认识的——网上认识的，到现在，五个月了。"她清楚地记得初识的时间。

五个月确实不算短了，但也不能算是好久。何况这五个月又在疫情期间，特别是前三个月，更是全国一级响应期，"好久"也是打了折扣的。我进一步问，"你们见过几次？"

"一次也没见过。"她眉头紧锁着，擦了把泪，"这不，上周约好的见面时间……就是后天。他说还要送我礼物的……结果，两天前，突然就……"

她哽咽着，说不下去了，趴到小桌板上，肩膀在轻轻地耸动着。

我觉得她不是遇到一般的麻烦，她是遇到大麻烦了。她的"男友"是故意不见她的。这里有什么猫腻我不知道，但肯定有猫腻的，就是遇上骗子也有可能。

我也不知道怎么安慰她，看年龄，她不应该是那种不谙世事的小姑娘了，至少不比古影子小——说不定还要大一点呢，应该有辨别是非的能力了。可她的心理年龄还是少女，甚至幼稚。难道这就是应了传说中的"恋爱使人弱智"的箴言？网上认识，从未谋面，在对方拉黑微信、更换手机号码后，还不知道上当受骗吗？还要不远千里地去找他吗？找到了又怎么样？责怪他？央求他？难道她不知道，一个男人拒绝一个女人最狠、最阴的方法就是断绝一切联系吗？爱情的继续和结束，都是有迹可循的，有话要说的，继续有继续的话说，结束有结束的话说。从她的情况看，断绝了交往，只有两种可能，一种是骗了她的钱财，或以骗钱财为目的；另一种就是对方还处在婚姻中，无法两全其美。无论哪一种可能，对方的行为都是恶劣的，令人作呕和唾弃的。我有点同情她了，也很想多了解一点经过和细节，帮她分析分析，出出主意，如果涉及钱财问题，还可以报警。

3

她告诉我她叫杨洋。我用家乡方言重复一次，就是痒痒。但并没有给人身上发痒的不适感，相反，还有几分雅意和喜感。我告诉她我的名字之后，表示想听听她的故事。她没有拒绝我的好奇心，避实就虚地把她的恋爱经过讲给我听了——

她是在网络上认识她"男朋友"的。她的男朋友叫陈彼得（什么平台或什么群里认识的我没有细问），网名叫梦想家彼得（吓了我一跳，古影子也叫我梦想家）。她亲昵地叫他彼得，听起来像个外国佬。他们甫一交往，就陷入了烈焰般的情海中了，就开始了如火如荼的热恋了。梦想家彼得二十八岁，硕士学位，身高一米八二，毕业后自主创业，在西宁开了一家咖啡店。咖啡店的名字也很好听，叫梦想家。梦想家彼得显然也对杨洋的美貌深深地迷恋了，在疯狂地追求中，说了许多情话，每一句情话都击中了她的要害，比如"我愿意为你成为更有成就的人"，比如"你就是我最大的鼓舞和动力",比如"遇见你是我这辈子最幸运的事",比如"千百年的等待,回头一看,原来你就在那儿",等等,每一句话既知性又有感染力,都让她春情翻涌,都让她心房悸动,都让她欲罢不能,她就越加地喜欢听他的这些情话了,每次和他聊天,都让她充满了满满的幸福感。她也愿意向他敞开心扉,一五一十地告诉对方他想知道的事,比如她的年龄,她的身高,她的学历,她的兴趣爱好,她爱吃什么不爱吃什么,包括她的职业——她是一家少儿艺术培训机构的法人,这家机构叫上书房少儿艺术培训学院,很斯文又很有艺术的名字,专门辅导小学生兴趣爱好的,有钢琴音乐班,形体舞蹈班,油画基础班,篆刻书法班,创意作文班。因为疫情,她的培训机构迟迟开不起来,她也就一直处在赋闲状态中。没想到虽然在生意上无法经营、损失巨大,却在爱情中遇上了这么暖的大暖男,真是意外的惊喜——岂止是惊喜啊,简直就是捡到了大宝贝。唯一让她心有不安的是,她比彼得大三岁。但也正应了中国那句古老的俗语,女大三,抱金砖——他居然能够接受她,而且是欣然接受。不久前,西宁的疫情防控管制逐步降级,饭店和茶社、咖啡店等餐饮业基本恢复了正常,梦想家彼得的咖啡店却意外地遇到了困难,由于五六个月没有营业收入,且还要支付大量的房租和人员工资,他现金流断了,顶不住了,便跟杨洋借了四十万块钱,分两次,前一次要发放人员工资,借了十五万;后一次是要交房租,又借了二十五万。杨洋办艺术培训机构也是生意,品尝过缺钱的滋味,就毫不犹豫地借给了他。借钱后,杨洋觉得他们的爱情也进入了一个关键节点,就提出了见面的要求。梦想家彼得不仅爽快地答应了，还说早日见面也是他最大的心愿。双方便约定了见面日期，他还说要给她个惊喜。她问什么惊喜（她以为是求婚戒指），他还卖关子说保密。谁承想在见面日期日渐临近的时候，彼得突然就失联了。好在她有梦想家咖啡店的地址和照片。她相信他肯定不是故意要关闭手机和拉黑微信的。他肯定是遇到问题了，遇到麻烦了，遇到大问题大麻烦了。她相信只要到了他的咖啡店，就能找到他，至少找到答案了。

"他给了你咖啡店的地址？"我问。

"没有……有照片，照片上看到的。"她说，"咖啡店的照片，彼得的照片，都有。"

她快速地滑动着手机屏，给我看一张照片。这是一幅咖啡店门脸的照片，照片上有"梦想家"三个黑体字招牌，旁边还有两个宋体小字"咖啡"，和一只冒着热气的咖啡杯。我看了看照片，看不出来"梦想家"三个字是 P 上去的，还是原有的。倒是旁边的一个蓝底白字的门牌号，明显是后 P 的。门牌号是"石坡街 18号"。如果仅从照片上判断，梦想家咖啡店所在的地址是石坡街 18号。这种造假也太拙劣了。怎奈杨洋信了。她又给我看一张彼得在咖啡店里的照片。要么就是彼得的造假功夫太强，要么就是真的是他在咖啡店的照片。照片上的彼得，手持一个咖啡小托盘，小托盘里是一个精致的小咖啡杯，穿一身考究的深蓝色西装，白色的衬衫很整洁，正悠闲地背靠着吧台，荡漾着一脸从容而迷人的微笑。我含糊其词地夸一句"很好"，她也信以为真，说："帅吧？"我说："帅。"她就露出甜美的微笑了，又开始划动手指，欣赏她男友另外的照片了。她难道没有察觉到她遇到麻烦了？我该如何提醒她？

我用手机查一下地图，搜一下石坡街上的梦想家咖啡店。果然不出我所料，石坡街上根本没有这家咖啡店，别说梦想家了，就连咖啡店都没有。倒是古影子为我安排的位于东关大街上的云台宾馆，和石坡街相距不远。

"你明天到了西宁，怎么去梦想家咖啡馆？"我问。

"那还不方便？"她很不情愿地从手机上移开目光，"我叫个滴滴快车，直接去石坡街就得了。"

"可是……万一要是没有这家咖啡馆呢？"

"我查了，确实没有……以前彼得说过，他的咖啡店是冬天才开业，本想春节期间大赚一笔的，谁承想，不到半个月就遇到疫情了，加上知名度不高，目前还查不到梦想家。但石坡街是有的。我到石坡街就能找到梦想家了……怎么？"她脸色渐渐严峻起来，眼里流露出一丝紧张和慌乱，"你怀疑……你是说……彼得是骗子？我不相信，他那么优秀，那么诚实，不可能是骗子，他一定是遇到麻烦事了。"

"但愿吧。"我觉得我的目的达到了——原来她也早就有预感，只不过爱情的火焰把她的头脑烧昏了。我得进一步提醒她，作为局外人的提醒，希望能引起她的重视吧，"还是谨慎点好。"

"什么意思？有话直说嘛。"她的口气不太友好，对我对她男朋友的怀疑产生了不满，是真实的不满。她打量我一眼，转移话题道："你真有一个从前的女同事住在西宁？我要怀疑她是骗子你肯定也不高兴吧？"

杨洋的反击毫无意义，我也不知如何作答了。

"她不是骗子。"我只能这样说。

"既然你那么坚信你的女同事不是骗子，那你凭什么怀疑我男朋友彼得是骗子？"杨洋的目的达到了，又问："她漂亮吗？你从前的女同事？"

我想说你的男朋友和我的女同事不是一回事，不能这么混淆来对比，想想，算了，说了也许会让她添堵，便回答她另一个问题："是的，很漂亮。"

"你说她住在西宁的叔叔家，是乡下女孩？"

"是的。"

"乡下哪里？"

"海西，海西的西部山区里。"

"海西？"她思索着，"不知道，也是青海的？我知道德令哈。"

"德令哈？那就是海西的首府啊。"

"是吗？这样啊，彼得说过的，他在德令哈有一套别墅，乡下的别墅，挺大的，在青年北路 56 号 16 幢，前后都有小院子……我们还计划去别墅住几天呢，路上再看看青海湖，品尝青海湖的美食，看看青海湖的月光，可是……"说到"可是"的时候，她的神情又情不自禁地黯淡了，眼里再次涌满了泪。但她还是在手机里找到了照片，不是一张，是好几张，有别墅的整体，有局部，有内景，有外景，有草坪和绿化带，其中还有一张彼得在别墅前厅里的留影。从照片上看，别墅确实很豪华，院子里的绿化也很美丽。她欣赏着照片，眼泪终究还是没有涌出来，声音悠然地说："我不相信……这么具体的街道都有了，还有别墅，别墅的门牌号码……有这么傻瓜的骗子吗？你居然说他是骗子……你才是骗子呢。"

她在说这些话时，我看到她的嘴唇在微微地战栗。

4

第二天下午三点十分，我和杨洋从西宁站出来，叫了一辆滴滴专车，直奔石坡街了。

通过二十多个小时断断续续的交往，我们相对熟悉了。杨洋对我也信任了（我也让她看了我和小拙、古影子的合影和古影子演出的照片，还给她看了我和古影子的聊天记录）。同时我也肯定地告诉杨洋，你受骗了。但杨洋还是将信将疑，冲动大于理性，在错觉里走不出来。由于古影子要到下午六点才到宾馆接我，我便提出和她同行，陪她一起去石坡街的梦想家咖啡店——虽然我已经知道那是一家子虚乌有的咖啡店了，但为了证实我的判断是正确的，也为了能帮她挽回点损失（经济上的，情感上的），让她早日醒悟，我多花点时间也算不上什么，就算万一耽误了和古影子的约会，相信古影子也能理解。

在滴滴专车上，杨洋问专车司机，石坡街上有一个叫梦想家的咖啡店你知道吗？司机说不知道。司机说西宁这么大，哪能记得这么细啊。司机又说，好在石坡街不长的，你们去找找看吧。

石坡街确实不长，从东关大街岔下去，像一段盲肠，只有二三百米长。我们快速地在街上走了一趟，杨洋望左边，我望右边，没有发现梦想家的招牌，连类似的招牌都没有。我们问街上的行人，梦想家咖啡店在哪里。被问的人都摇头不知。我发现，杨洋的神情有点慌，情绪渐渐激动起来，她在街上又找了一遍，石坡街18号倒是看到了，是一家已经关停的小超市。杨洋站在18号下，脸色青了一会儿又白了一会儿，感觉很冷的样子，脑门上却沁出许多汗珠，嘴里喃喃地不知嘀咕什么。她肯定失望极了，伤心极了，心情也错乱极了。我听清了，她在说"不可能"。她不停地嘀咕道："不可能不可能不可能不可能不可能不可能不可能……"

"刚才在滴滴车上，我看到路边有个派出所。"我赶紧说，我怕她精神承受不了这样的打击，提醒她，报案吧。

杨洋听到我的话了，空洞的眼睛盯着我看，灰白色的嘴唇颤抖着，已经十分疲惫的身体突然一松，拉在手里的行李箱"吧嗒"落到了地上。人也随即瘫了，蹲下来，抱头痛哭，却又并未哭出声音。

我在列车上，已经看她反复多次的情绪变化了，在感觉上当受骗时，在相信她的彼得不过是遇到突发情况时，在心存绝望时，在心存希望时，在绝望和希望混淆不清时，她都表现出不同的情绪状态来。像现在这样伤心欲绝、抱头痛哭却哭不出声音的样子，还是头一次。我能说什么呢？我心里也不好受。我担心她出事，因失恋而出事的案例多了。如果她真的是古影子，我能不管吗？我是个富有同情心的人，可同情心有屁用？同情不能帮她解决任何问题。我想到了报警。对，报警，报警是目前唯一正确的选择。

从我们身边走过的人，都用奇怪的眼睛看我，好像是我欺负了杨洋。甚至有人问我:"她是你什么人?"

我当然无法回答。

有人围观了。先是两三个人,后是五六七八个,一看都是当地人。有个像是退休老干部的黑脸汉子严肃地问:"你是干什么的?"

听他口气,我好像是个人贩子。

一个五十多岁的胖大妈,双手叉腰,仿佛看出我们之间的关系了,操一口带着浓郁西宁口音的普通话,笑嘻嘻地说:"闹别扭啦?好好哄哄人家,带女朋友去吃吃好吃的,大老远来西宁——小伙子从哪里来?"

"北京。"我说。大妈和其他人一样,都把我们当成情侣了。大妈的经验可能是,吃能解决情侣之间所有的矛盾。我回应大妈一个微笑,便弯腰在杨洋身边,拍拍她的肩,拉拉她的胳膊,把她披散的长发拢了拢,轻声说,"走吧走吧,先住下,咱们再去吃羊肠面,手抓羊肉也行——就吃手抓羊肉吧——走起啦你呢!"

杨洋泪眼蒙眬地让我把她拉起来了,同时也拉起行李箱的拉杆,挽住我的胳膊了——她听到人们的谈话了,在这种情况下,她也学会了掩饰自己,否则,别人会怎么看待我们?万一出现个正义感的人把我暴揍一顿怎么办?

我回头看一眼大妈。

大妈做了好事,很有成就感,调皮地跟我挤了下眼睛。

"到派出所我怎么说?真丢人……"走了几步,杨洋松开我,小声道,"拖累你了。"

"没事,我给你壮壮胆子。"

派出所很重视，两个年轻的警察接受了我们的报案。

由于有我作陪，杨洋也沉着了很多，不再像先前那么沮丧、灰心和绝望，也不再激动和冲动，细致地回答了警察的各种询问，全力配合警察的各种取证，特别是手机里的聊天内容，还有彼得的十几幅照片。当然，警察也问了我是谁。我只能实话实说。最后，警察问她现在住在哪里时，她朝我望。我便替她做了回答，说就住在离这儿不远的东关大街云台宾馆。警察让我们先去住下，等案情有了进展，立即联系她。

到了云台宾馆，入住后，才是下午五点十五分。离古影子约定来接我的时间还有四十多分钟。我放下行李，简单洗漱之后，还是对杨洋不放心。因为路上，她又后悔报案了，又喋喋不休地说万一彼得不是骗子呢？万一彼得是被冤枉了呢？万一彼得和她联系上了怎么办？万一彼得被公安局抓到了，而他又不是骗子，会不会误伤了他？杨洋还拿出手机给彼得又拨了一通号，给彼得的微信又发了一通信息，直到彼得的手机继续拨不通、微信还和此前的状态一样时，才不再嘀咕。不嘀咕归不嘀咕，她的状态还是极差，闷闷的，苦苦的，自怨自艾的，一惊一乍的。我猜想，她是心疼被骗的四十万块钱呢，还是害怕失去全情投入的爱情？也许两者都有吧，毕竟四十万不是个小数目，毕竟投入的感情不会轻易地消失。

我给她房间打了个电话。

"喂——"她迅速就接了电话。

"是我，袁彬。"

她一听是我，声调立即低了下来："怎么啦？"

"没什么……我一会儿去吃饭了，你要不要跟我去？"

"我最不喜欢的事就是做电灯泡啊，你好好约会去吧，祝你成功！"杨洋真是个细致而敏感的女孩，她知道我大老远地跑到西宁，并不仅仅是为了看看旧日的同事。

我不置可否地笑笑，又说："那你晚饭呢？叫外卖？"

"别管我了。你忙你的吧。这事弄的……不再麻烦你了，我自己能解决的。你是个大好人。感谢你一路上的帮助。对了，我准备去一趟德令哈。"

"去德令哈干吗？太远了。"

"不远，好像就在身边。袁老师，我总感觉这事儿不对，我总感觉彼得是在考验我，他就在某一个地方等我……对，他就在德令哈，在德令哈的别墅里，在烤羊排……肥羊，我喜欢吃肥羊排，流着油的那种……彼得知道的，他跟我形容过。隔着屏幕，他都看到我在流口水了，他还笑话我口水都流到青海湖了。"

"别做梦了。"我觉得这是一个危险的信号，要阻止她，"警察都记下这些线索了，如果这个线索重要，警察会有安排的。再说了，你也可以提醒警察，让他们先查一下彼得在不在德令哈的别墅里。你要相信警察。"

"那……好吧。"杨洋仿佛是在安抚我似的说，"袁老师，你是好人……我会处理好这件事的。祝你约会成功！"

5

六点不到，不，才五点半，古影子的微信就到了："下来吧，我们在大厅了。"

我立即下楼。

在电梯里我还想，古影子说的"我们"，还有谁？是她男朋友？她没说有男朋友啊！如果是男朋友怎么办？难道就是她说的给我的"惊喜"？我有些忐忑了。随着电梯的下行，我的心也降到了脚底下。好在本来就是暗恋，本来就是心存希望，本来我也是做了两种准备的。就算是她的男朋友，我也觉得正常，也要坦然面对。能来看看她的工作室，看看美丽的青海湖和星月下青海湖边的吉他声、歌声，也同样是这次旅行的收获。倒是杨洋不断地多嘴，弄得这次西宁之行，好像是和女友约会似的。

大厅里站着两个女孩。我一眼就认出了古影子。我也被古影子稍稍吓了一下，感觉她就是杨洋新换了一套装束。当然，她不是杨洋，她就是古影子。古影子的穿衣打扮既朴素，又有个性，一身的休闲款，白衬衫的半边衣襟塞在牛仔短裤里，飘逸、清新而活泼。在她身边的女孩，比她略微丰满些，穿好看的浅栗色大长裙子，抹茶绿 T 恤，扎着马尾巴，大脸，肉肩，属于端庄范。如果说古影子是美丽的，那身边的女孩只能说气质不错。她们正在小声地说话。先看到我的是丰满女孩，她侧望向电梯间——感觉比古影子更关心我——她小声说一句什么，古影子也望过来了，古影子微笑着说："路上还顺利吧？"

不等我回答——在她看来，肯定是顺利的，在列车上能有什么波折呢——对快速走近的我说："这是我同学兼闺密汪红红。不是网红的网啊，是汪，三点水的汪，汪红红，大美女一枚。这位就是袁彬，流行音乐人，诗人，歌手，作曲，听说还画油画对吧？油画发烧友至少是。总之，是个大才子。不知道才子前边要不要加多情二字，不过才子都是多情的——开个玩笑啊——走，上车，小恩等急了都。"

除了这个汪红红，还有小恩。小恩又是谁？

简单寒暄过后，我们上车。开车的是汪红红。一听这名字，真的就会想起网红。不过她不是网红的气质，她看起来属于内敛型的。

汪红红开车很老到，很专注。我和古影子坐在后排闲聊。古影子特意介绍了汪红红，说她爱唱歌，嗓子很甜的那种，唱民谣也有一嗓子，是她音乐工作室的编外成员。还介绍了她的身份，原来是警察，警察就够特殊的，女警察就更加特殊了。这还没完，古影子进一步完善了汪红红的履历，她是部队某机关的文艺兵，转业到她们公安系统的，还是西宁公安文联的委员呢。古影子在介绍时，口气是自豪的，带有明显的渲染。而那个还未谋面的"小恩"，也在介绍汪红红时顺理成章、自然而然地附带了出来，居然真的是古影子的男友。

在听到这个消息时，我脑子里还是打了个绊儿，停顿了片刻，同时有一种失望和悲凉混合的、说不清楚的滋味涌上心间，甚至一度有流泪的冲动。如前所述，在和古影子短暂共事的时间里，我就隐约感觉到，我的暗恋是没有结果的。我知道，在这个世界上，有多少人心里都藏着那个爱而不得的人，尽管能有一个合适的身份去见她，终究还是不得不离别，但又非常的想见，也许就是我现在的行状。好吧，不是说好要坦然面对的吗？为什么又不能释怀呢？——这也没有什么可奇怪的，想想古影子在北京那一个月不到的时间里，除了每天晚上唱几首歌，其他时间并不和乐队的人混，烧烤、啤酒、咖啡什么的也从来不沾，平时都待在她租住的宾馆里——没错，她不像其他人那样，住出租屋，而是住在条件还算不错的世佳精品酒店里。现在看来，她这样做，除了真的是在试试自己的歌在酒吧的反应外，实际上也有他男朋友对她的牵连和吸引——她不会因为唱歌而离开西宁、离开男友的。如此说来，古影子的理性体现在各个方面。

我们所去的饭店叫"三道茶"，是一家网红餐厅，汇聚许多时尚的年轻人在这儿欢聚吃饭。我和小恩很快就熟了，可以说是自来熟，这应该缘于他是古影子的男朋友吧，我们不熟就都不自然了。他姓许，一举手一投足，都透出他的精明和干练。我没有叫他小恩，而是叫他小许。我觉得"小恩"这个称呼是古影子的专利。而汪红红叫他许队——到了这时候，我才知道，小许和汪红红是西宁市某区公安分局的同事（或许小许和古影子也是汪红红牵线的呢）。桌子上的菜不是豪放派的西北风格，而是小炒小炖的那种，不仅味道佳，色泽和盘盏都有看相。这么雅的一次聚餐，我突然想到了杨洋。杨洋现在怎么样了呢？情绪应该稳定多了吧？不知道她晚饭吃了什么。早知道是这样的聚会，无论如何要叫她一起来的，顺便还能认识一下公安的朋友，对她的案子说不定会有帮助也未可知——算了算了，感觉她像是一个事多的人，别再到这儿来个节外生枝了。

席间出了一点小意外——开吃不久，小许突然接到一个电话，走了。临走时只跟我挥挥手，连个对不起都没说，更没说离开的原因。古影子显然有点不悦（或故意做给我看的），对汪红红抱怨道："你们公安一直是这样吗？随便一个电话，就把人给叫走啦？这可是下班时间！我还指望他陪好客人呢。"

"肯定有急事——咱们工作性质你又不是不知道！"汪红红说，"刑侦那边又离不开许队的，只能怪许队没有口福了。"

古影子说："也好，没有他咱们更自由，来，咱们吃，正好讨论一下明天的计划。"

古影子问我准备待多长时间。听我说了"随便"之后，她便把下一步的安排和行程告诉了我，从西宁出发，沿 G109 高速一路向西，全是青海湖的景点。来西宁不能不看青海湖。看青海湖不能不吃青海湖的鱼。看风景，尝美食，是主要活动，所以不急着赶，在黑马河镇住　晚，主要是吃鱼。晚上有个月光聚会，品小吃，还有弹吉他、唱歌和献哈达等活动和仪式。在黑马河镇的活动是红红的人脉。古影子在说到这里的时候，汪红红谦虚地笑笑。之后，就是第二天，到达西海首府德令哈，中途可以看看日月山。在德令哈的主要活动是参加古影子另一个闺密的唱诗会，地点就在海子诗歌陈列馆门前花园里，馆长也是古影子的朋友。全程都由汪红红开车。古影子还特地强调汪红红是利用了公休假来陪我的。我隐约地觉得，她这话有所特指，为了陪我，专门休了假，意思是特别重视呗。也许呢，并没有其他意思——显而易见的，如果古影子的男朋友许队不能和我们同行，她必须要带一个女伴，而有着警察身份的闺密汪红红是最合适的人选。席间，自然说到了古影子的音乐工作室，说到了西宁的音乐人和他们的一些趣事，更是说了她自己的远大理想。在这些话语中，自然会涉及小许，涉及他忙碌而辛苦的工作。汪红红会适时地插播古影子和小许恋爱中的许多糗事，她们的笑声也就自然而鬼魅了。我有时候能感受到她们所讲的趣事的笑点在哪里，有时候感受不到。但我喜欢跟着她们一起傻笑，分享她们的快乐。

"怎么样？还是小地方好玩吧？"古影子这才要跟我说正题了。

"挺好。"我主要是对她的音乐工作室感兴趣，她有这个才华，加上小许有一定的经济实力，我便带点恭维的口气说，"你不需要挣钱养自己，可以好好做音乐的。"

"今天来不及了，明天一早就要出发。"古影子说，"等回来，从德令哈回来，我请你到我工作室感受感受。西宁的音乐工作室不多，有意思的更是少之又少，而做民谣的只有我一人，我单枪匹马也没劲——红红工作又忙，只能偶尔来玩玩。你要能在西宁发展就好啦。在西宁做个音乐工作室，不会有什么成本的，带好你的才华就可以驻下来了，就可以是西部的一颗明珠，将来要是有人写中国民谣史，一定会有你一笔。要不要考虑考虑？"

我感觉古影子是在试探我。而且她在说这个话的时候，汪红红有些过分地端庄了，甚至有点紧张。我明白了，古影子所说的惊喜，很可能就是汪红红，不，肯定就是汪红红，她要在我和汪红红之间牵线搭桥做红娘。汪红红早就知道古影子这个意思了，而我，不仅被蒙在鼓里，还对古影子抱有幻想，真是傻透了。不过我不能因此而责怪古影子，她是好意嘛。至于汪红红，说真话，我对她没有感觉，不来电。她算不上难看，但也不是出类拔萃的那种，至少不是我喜欢的类型。古影子也是煞费苦心，她不直接说要帮我介绍女朋友，而是拿音乐来诱惑我。古影子知道我的软肋是什么，就是音乐，我的挑剔，我的苦恼，我的欢喜，我的陶醉，音乐就是风向标。当然，在酒吧里做驻吧歌手不算，那是为了生存。我想着如何把话说得既体面，又不失古影子的面子。其实，就在我犹豫的时候，聪明的古影子就知道我的想法了，她又开口道："北京当然更好啦。要说做音乐，北京、上海和广州，是中国流行音乐的重镇，西宁和它们没法比的。先不说这个啦，来，我们干一杯！"

我举起高脚红酒杯（杯子里是西瓜汁），和对面的古影子、汪红红碰了一下。

这顿饭不知不觉就吃到八点多了，话题只有音乐和青海湖的美丽风光。古影子看出了我的倦意，正要做总结发言，正巧小许打来电话，说他忙完了，已经出发来接古影子了。于是我们约了明天会合的时间，再碰一杯，晚宴就结束了。

古影子再次给了我一次机会——她要和小许一个车走，便安排汪红红开车送我回宾馆。还提醒我和汪红红，让我们加个微信，留个交流方式，以后多聊聊。路上我不敢主动要求加汪红红的微信，怕引起她的误会，只说声感谢的话，便一路无语了。

和汪红红道了再见后，我心里五味杂陈，古影子知道我喜欢她，但因为已经有了许队这个贴心的男友，便好意地要把闺密介绍给我，而我对汪红红又不来电。我的失落、失意和心酸、心痛、妒忌，还有爱，相互混淆、啮噬，同时又觉得辜负了古影子的好意，对不起汪红红。带着这样的心情，我回到云台宾馆的房间。

我躺在床上，不想洗漱，也懒得玩手机，两眼呆呆地望着天花板，觉得接下来所有的行程、所有的活动都了无趣味了。

在我模模糊糊要睡着的时候，听到手机正在响。

我摸过手机，看看号码，非常陌生。但铃声很急促（铃声其实和往日一样，之所以感到急促，还是心情所致）。谁打来的？我谨慎地接通了："喂——"

"袁彬吗？袁彬……"杨洋的声音比手机铃声更为急促，"出事了……我的包丢了！"

"包怎么丢啦？别急，慢慢说。"

"就是丢了啊……"

"你不在宾馆？"

"不在……我退房了。"可能是因为接通了电话吧，杨洋的声音缓和了点，"我出来了。"

"怎么退房啦？你在哪？"

"在……这地方叫刘家湾……我在刘家湾，我是借别人的手机。袁彬，你要来接我，我在刘家湾的加油站，就是315国道边……他们说，这加油站离三角城不远。"

"你自己不能打车回来吗？"我立即想到她的包丢了，又借用别人手机，"我给你叫个滴滴快车吧，你发个定位来……刘家湾，加油站，知道了。你在加油站等着啊。"

"别别别……不是你想的那么简单……你不要叫车，袁老师……你要过来，求你了。"

"怎么啦？要报警吗？"我立即想到她这次特殊的出行，甚至想到了她是不是遭到了男友的胁迫。

"别别别，千万别报警……不需要报警，我很自由，就是丢了包，手机丢了……这是我借的手机……你过来就什么都好了。"

"真的没事？"

"没事。快点啊。"

"好，你在加油站等我，叫什么？刘家湾加油站？好的好的，别再乱跑啦。"

6

挂断电话，我在手机上查了地图。吓了我一跳，杨洋说的刘家湾不在西宁市区，而是在离西宁至海晏县的途中。她怎么跑到那儿啦？发生了什么？如果滴滴打车，大约一小时四十分钟就能赶到了，不算太远，但也不是个短距离。现在是十点半。这个点是个关键，还能打到车。打到车就能见到她，再把她接回来。再晚就不好说了。我没有犹豫，立即叫了一辆滴滴专车，直奔刘家湾。

一上车，我就想，相比杨洋遇到的麻烦，我情感上经历的不愉快，就不算什么了。

我给刚才的手机回拨了过去。接电话的是一个女人，她问我："找谁？"

"我是刚才借你手机的那个女人的朋友，她人呢？"

对方说："我哪知道啊？她是个疯子，先逼我借手机给她……谁认识她啊！我当然不想啦。又央求我，鼻涕眼泪一大堆。我心软，就借给她了。"

"请你再叫她接个电话。"

"你也疯了吧？她早没影子了，我也快到家了。"对方口气极不耐烦。不过她在挂断电话前，又对我说："她应该还在加油站那儿。"

我一时也判断不出——也许不会出什么大意外吧？但她跑到郊区干什么呢？和她那个叫彼得的男朋友联系上啦？但愿一个小时后，能在加油站那儿找到她。我问滴滴司机："刘家湾有加油站吗？"

"有。"

我心里这才踏实点。但是，一路上，我都想不明白，她好好地待在宾馆等破案不就得了嘛。她那点事说起来挺简单的，就是被骗了，骗子利用了她的情感，骗了她四十万块钱。线索都齐备，案情也清晰，难不住警察的。

滴滴司机仿佛也知道我遇到了什么事，安抚我道："很快的，刘家湾我常跑，去三角城的必经之路。"

路况非常好，宽敞、平坦。夜空很干净，夜色中的青藏高原也很神秘。而我无心欣赏车窗外的夜色，那黑漆漆的一望无际的黑，那些格外亮眼的星星，都勾不起我的联想，更不要说诗情画意了。我的心还是急。路上，会追上一些车辆，都是运货的货车。在每超一辆货车的时候，我都嫌我们的车还是太慢了。

刘家湾还是到了。加油站也看到了。加油站的灯光冷冷清清的，灯光下没有车辆，一个人也没有。当我们的车进入灯光照耀的区域里时，加油站里的超市门开了，跑出来一个睁大眼睛的女人，我一看就是杨洋。她只把黑T恤换成了白T恤，其他装束没变。滴滴司机的判断也很准确，直接把车开到她跟前了。

"怎么回事？"我一下车就问她，看到她完好无损的样子，松了一口气。

"没有怎么回事。"她轻描淡写地说，"包丢了，手机丢了，就没招了。"

"好吧，上车。"

"干吗？回西宁啊？得了吧，我好不容易到了这儿……"她眼睛眨巴着，既固执又调皮地说，"你有约会，你当然要回的。你借我两千块钱吧，带我去前边的三角城，我要买个手机，然后你就回西宁，你忙你的事好了，我会还你钱的。"

原来只是跟我借钱。真是冤家，让我遇上了这么一个女人。她知道我有现金。还是在火车上时，我买水果，从钱包里拿钱，让她瞥到了。她还挖苦我几句，大意是，智能手机这么发达了，谁还用现金？你不会是退休老干部化装的吧？太老土了。当时我还反驳说，出门在外，现金还是要备的，以防不测。没想到我没有防到不测，倒是方便了她。我掏出钱包，数了两千块钱给她，想了想，又把余下的一千也给她了。她拿着钱，上了车。我也上了车。但是我猛然意识到了什么，她是不是骗子？这一通操作，完全是骗子的套路啊。我心里"嘣嘣嘣"地狂跳几下，侧身看了看她。她一副坦然、平静的样子，实在是看不出来是不是骗子。她也看我，一笑道："谢谢啊，有了钱，我明天在三角城买个手机，就什么都有了，我用微信把钱转给你——嗨，看你眼神，不会以为我是个大骗子吧？包真的丢了——等会儿再讲给你听。实话告诉你呀，我要去德令哈，我有直觉，我觉得彼得就在德令哈。"

"去德令哈怎么会在这里？"滴滴司机说出了我的疑问。

"唉，一言难尽。"她叹息着说，主要是说给我听，"我要了个滴滴快车，然后在路边等车，突然就来了一辆车，问我要去哪里？我说德令哈，他就让我上车了——我心急嘛，没有注意看车牌号。车子开了好久，我手机响了，是我要的滴滴快车打来的。这才知道上错了车。本来我要下车的。可司机说，你不就是去德令哈吗？我就去德令哈，便宜，二百块钱可以吧？我是顺路，挣点小钱，你也能少花点，两全其美，不是很好吗？你把滴滴快车退了就行了。我觉得他说得也在理，就跟他走了。可他到了刘家湾，就叫我下车了，让我在路边再等一辆去德令哈的车。还让我付他两百块钱。我当然不干了，三言两语就吵了起来。谁知这家伙是个流氓，见我死活不付钱，开车就跑了，把我扔在这路边。我的包和手机，都落在他车上了。"

"箱子呢？"我问。

"存在宾馆了。"杨洋说，"看这家伙是老手，专吃这行饭的——我在加油站借手机打我自己的手机，说已经关机了。"

"报警啊。"我说。

"你就知道报警报警报警。报个警耽误我多少事？算了，包里没什么值钱的东西，手机也用两三年了，不可惜，旧的不去新的不来，明天随便先买个手机再说。"

我觉得事情不是她说的那么简单。当车子到达三角城、在一家宾馆门前停下后，我没有跟随滴滴快车回西宁，而是留了下来。我要和她一起处理这件事，说服她不要去德令哈，明天一早好好跟我回西宁，好好在云台宾馆里待着，配合警察破案才是大事。实在不行，我就不和古影子、汪红红旅行了，陪她处理好这件事。

到宾馆又遇到麻烦了——宾馆要求登记住客的身份证。杨洋的身份证在包里，当然也被偷了——宾馆不让住，报出身份证号也不行。

杨洋说："你住吧。"

我当然可以登记入住了，她怎么办？

"你怎么办？"此时已是午夜了，最夜深人静的时候，她肯定是无处可去的，"你要流落街头吗？等明早商店开门，还有八九个小时呢，我们还是叫个车，回西宁吧。"

"要么你就在这儿住一夜，西宁我是坚决不回的。"杨洋说着，"噌噌噌"地朝外走。

我跑几步把她拉住了，小声说："我们登记一个房间好了。我问问看行不行。都这个时候了，你拦不到车的。到房间休息一下，明天早上再去德令哈。"

我们又共同回到吧台，我和服务员商量着，拿出我的身份证，登记一间房。服务员看看我们，说："没有标间了，只有大床房，二百八十元。"

办好手续，我和杨洋一起来到房间。房间还不错，只是很闷，很热，还有一股扑鼻的烟臭味。我立即把空调打开，把温度调到十六度。杨洋一脸不悦，她看看床上洁白的被子，又朝卫生间望望，最后望向我，说："怎么睡？"

"你睡大床，我在卫生间待着，反正也快下半夜了。"

杨洋脸上突然露出诡异的笑："真有意思，在火车上，我们俩的卧铺挨着，没想到在这个鬼地方又同居一室了。那只能委屈你了。你洗个澡吧，我下午洗过了。"

我的确想洗个热水澡了，跟着她鬼惊鬼诈地跑来跑去，冲一下肯定舒服的。

但是，我看她说完后，到窗户边站住了。窗户外是一条街道，她在看什么呢？可不要再改主意啊。真是想什么来什么——她转过身，拿了一瓶水，抱在胸前，口气坚定地说："大床让给你了，我还要走。真是傻透了——不是说你呀，我是说我，说我自己——为什么要在三角城买手机？我拦个车，连夜赶到德令哈，明天一早在德令哈买一部手机不就成啦？说不定能和彼得一起吃个早餐，一起挑手机呢。再次谢谢你呀。再见！"

我一听，毛就炸了。这什么人啊？变化也太快了，我好心好意地帮她，她却在不停地捉弄我。我非常恼怒地说："你给别人点尊重好不好？"

她站住了，眼睛眨巴眨巴，带着哭腔说："真对不起，我我我……我心急啊。"

我最见不得别人的眼泪了，一想，站在她角度，也许是对的——这么一个对爱情执着的人，谁碰上都会感动的。

"……我想尽快知道真相。"她说，声音像气流一样，明显是强忍着心里的悲伤——她实际上还是心存幻想。

"好吧，要走就走吧。我反正要回西宁了。"我只能成全她了。万一她是对的呢？

退房又遇到点小麻烦，本来我以为人还没住下，又没使用任何东西（杨洋拿着的那瓶水又放下了），不会收钱的。但服务员说不行，至少要收个钟点房钱。为了赶时间，我也没有和服务员再争，就按她说的，交了六十块钱。

走出宾馆，杨洋脚下很有劲地往公路边走，我要快步走才能赶上她。

7

G315 上的货车很多。

我们站在路的右侧。杨洋和我保持有两步远的距离。两步远的距离不算远，换算成米的计量单位可能也就一米不到。可我却感觉非常的遥远。

远处有车辆驶来了，隆隆声持续不断，车灯像两只锐利的眼睛，把黑暗刺穿两个洞，在越来越近、越来越亮的灯光中，杨洋向天空伸直了两条手臂。灯光划过她两条细长的胳膊，从我们身边驶过，向远方驶去，留下"嗡嗡"的回声和浓烈的柴油味。杨洋恶狠狠地"啐"它一口，还恶俗地骂了一句。黑暗中她垂下了胳膊，眼睛却向更远处眺望。她脑子里究竟是怎么想的呢？在从宾馆到国道边上的十五六分钟的行程中，我还是没忍住，再三劝她，劝她别冒失地去德令哈，劝她还是先回西宁。甚至我都说了，我朋友也要带我去德令哈旅行，你可以和我们同行。但她都不为所动。她可能是属于那种固执己见的人吧，也可能是属于一根筋，主要还是因为爱情麻醉了她，或是她被爱情之箭打残了，她的心思只在那个她从未见过的叫彼得的男人身上了。国道边的暗夜里，在城市照过来的微弱的灯影中，我从侧面审视着她，她一点也没有古影子的气质了，如果她扛着镰刀，简直是一尊死神。她把披散的黑发捆了起来，搭在肩膀上，和夜一样的模糊，而她心里的那个男人有可能在她的心里越发的清晰了——她是下决心一定要追个水落石出了。现在我不再劝她了。我已经在心里悄悄地做了决定，如果她拦到了车，我陪她一起走。和古影子只能说声对不起了。我可以把我遇到的情况如实地告诉古影子，我想古影子会理解的——大不了我们在德令哈会合。如果刨去心情和感受，和杨洋奇异的深夜之旅，也算是一场旅行，不同的是，同行者不是古影子和汪红红，也不是沿着海西线去德令哈，而是沿着海北线，和一个受了爱情重创的孤独而痛苦同时又被希望拍晕了的女人同行。且慢，我为什么要这样受苦受累地陪她？迁就她？不陪她会怎么样？很明显，她有可能二次受骗，有可能被抛弃在深夜的戈壁滩中，有可能发生更为不幸的事，就是葬身青海湖也是有可能的。但同时，我也不得不承认，她太像我喜欢的古影子了。我的内心不能撒谎，如果把她换成另一个人，我很可能不会做出这么疯狂的决定。

一辆大货车在我们身边停下了。

杨洋兴奋地跑向车头，大声地喊："去德令哈。"

"上吧。"在轰轰的发动机声中，司机瓮声瓮气地说。

我跟随着杨洋爬进了高高的驾驶室。杨洋在攀爬时，有点费力，我还托了她一下。

大货车重新行驶后，杨洋侧身看向我，眼睛里既有疑惑，又有感谢。最终，她还是跟我微笑了一下，嘴唇动了动，像是在说谢谢。这是一辆破旧的大货车，驾驶室里很脏，有一股怪味，酸、臭、腥、咸混淆交替。经过一番折腾的杨洋还是那样干净和利索，考究而华丽的 T 恤和牛仔裤在这样的驾驶室里更显出她不凡的品质——她又回来了。

"这时候去德令哈？"大货车司机也在打量着杨洋。

"有急事。"杨洋说，口气是淡漠的。说完觉得不对，转头跟司机附加一个笑，特别生硬，特别勉强。

"男朋友？"

"是……嗯……"杨洋的回答含混不清，先说的"是"里有许多疑点，软绵绵的，唇齿不清，仿佛就是"不是"，后又肯定地"嗯"一声，那就不是了。"嗯"一声又是那般的清晰和明朗。

司机蒙圈地看了我一眼，可能也不知道是还是不是吧。

杨洋也察觉到她的回答有问题了，又朝我一笑道："钟点房才六十块钱？"

我不知道杨洋是什么意思，是故意要引起驾驶员的误解吗？我也只好配合一下道："是啊，六十很贵了。"

驾驶员一听，来劲了："啥？有多高档的钟点房要六十块？三十我都不给，马路边这么宽敞呢。"

这个玩笑对我和杨洋来说是肯定开不起来的。杨洋拿胳膊抵我一下，我们俩都不答他了。

大家都不再说话了。我是头一次坐在这么高的货车驾驶室里，视线非常的好，耀眼的车灯照耀下的路面看起来很平，车身却有些抖，听发动机的声音也不正常，像在不断地喘息。我担心这破车能不能把我们拉到德令哈。不断的担心让我有些疲倦。我看一眼杨洋。她两眼还是亮晶晶地盯着前方的路，丝毫没有困意。她看对面的来车，看路边的指示牌，也像是对司机的不放心。我们从指示牌上看到"海北镇"的路牌了，看到"塔温贡玛"，看到"尼玛哈主"，看到"哈尔盖"，看到了"沙柳河"。这应该都是地名了。车子行驶进一座城市的时候，驾驶员说："这是刚察县了。你们要不要下车方便？"

我们都说不用。

我看了眼时间，已经是凌晨两点了。

过了刚察县，行驶不久，也就十来分钟吧，车子突然脱离了主干道，从右侧插上了一条小路。我还没来得及说话，杨洋就大叫一声："这是哪？"

我也接着杨洋的话说："怎么下道啦？"

"不绕路的，我熟，这条线我闭着眼都能跑——前边那个村叫达日贡玛，带包货去，反正明天早上到达德令哈。"司机说完，听我和杨洋都不说话，又给自己圆场道，"能挣就多挣点，养家糊口呢。"

乡间小道的路况和国道是不能比的，所谓的路，并没有人工建筑的痕迹，就是车轮在荒漠上走出的印痕。高低不平的路影上，分布着许多碎石。卡车发出时大时小的颠簸。我们的身体也随着车身而大幅晃动。杨洋为了避免撞到司机身上，把身体尽量往我这边靠，我们也就时不时会发生碰撞。有几次大的晃动，她直接就抓住了我的胳膊。在经过相对平坦的路段时，杨洋也不放手，还说："你是自找的。"我在心里说，没错。她仿佛听到我心里的声音了，终于有了点歉意，叹息一声。鬼知道她叹息里还隐藏着多少别的意思，也许并非是我认为的歉意。而我是真心对她的任性产生了抱怨。对了，我还没有和古影子说明情况呢。明天汪红红到云台宾馆肯定是接不到我了。我得提前告诉古影子，不用接我了，我们在德令哈会合。但这似乎不太礼貌。实话实说吗？只能这样了。我拿出手机，准备用微信语音告诉古影子。因为打电话显然不合适，时间不对，谁会在凌晨两点多打别人的手机呢？谁在凌晨两点多还不睡觉呢？我正酝酿着如何表述的时候，大货车突然熄火了。毫无预兆的，既没遇到强烈的颠簸，也没有紧急制动，突然就熄火了。司机一拍方向盘，骂了几句什么，像是用藏语。他再重新发动时，怎么也发动不起来了，发动机像故意和他较劲，只是"呜呜"地呜咽着，一直呜叫着，就是点不了火。

"能修好吗？"杨洋虽然语气平静，我能听出来那装出来的、克制的平静后面，是多大的焦虑啊。

"修好？那么容易？"司机迅速过了焦虑期，一副认命的口气，"天亮再说吧。我打个电话。你们自己想办法去。"

杨洋刚要发怒。

我迅速碰了她一下，握了握她的手。

她抖开我的手，用嘴唇咬住了愤怒，睁圆了眼睛看我，意思是说，怎么办？

"我们离 G315 不远吧？"我问司机。

"不远。对，你们往回走吧，到国道上就行了，就拦到车了。我是没办法了。"司机说着，已经拨通了手机。

在司机和一个女人通话的时候，我和杨洋下了车。

我和杨洋都听到了，司机并不是去达日贡玛带什么货——他在和对方调情——前边就是一个村庄。他在往村子里走。

8

月亮就要下山了，它的余晖晒落在无垠的旷野上，四下里一片迷茫。我和杨洋并排着疾行，脚下响起了"嚓啦嚓啦"的声响，虽然只有两个人的声音，虽然很单调，听起来也是此起彼伏层次分明的，仿佛我们每个人的身后还有声音，那是影子的声音吗？应该是吧，如果有人在凌晨两时许的戈壁滩上行走，肯定会有这样的体验。她的脚步声，我的脚步声，她的喘息声，我的喘息声，以及我们影子发出的声音，互相交错着，像是两个人的争吵。我们都不说话。我不想说话。我能说什么呢？我完全是被动的，自找的。她也不说话。她也没有什么可说的。这一切都是她造成的。能有我和她同行，事实上她也不需要感谢。在她看来，她并没有邀请或胁迫我同行。因此她不会因为我也遇到了麻烦而产生自责。我也不能责怪她，说到底是我主动要跟着她的。我这样乱七八糟地想着，为她想想，为我想想，为我们想想。我们累得不行，身体已经僵化，脚下也很机械，任由我们脚下的回声任性地跟着我们了。

杨洋突然放慢了脚步。

我也停了下来——眼前出现了一条岔路。月光下的岔路分不清主次，一样的宽度，一样的向夜色里延伸，一样的消失在夜色的深处。夜的深处，也一样的静谧、安宁。我们犹豫着，不知哪一条路通往 G315，或哪一条路离 G315 更近。因为这个路口呈 "Y" 形，从形状上无法分辨，从车辆轧痕的深浅上也无法分辨，无论选择哪一条路，都是赌博。我看着手机上的导航，奇怪的是，导航在这里并没有岔路，那就是说，怎么走都是正确的了。我本能地向右边的道走去。因为德令哈在我们的右边，越往右走，当然离德令哈越近了。杨洋做出了和我相反的决定，她在我身后走向了左侧道。

"嗨，我们就不能商量一下吗？"我停下来说。

"你和我商量了吗？"她却没有停步。

看来我们两人都有怨气。

"好吧，"我的语调缓和了下来，我知道现在不是要争个高下的时候，而是要把道理讲明白，"你看啊，我有导航，我知道德令哈在右边，走右道肯定没错。"

"走右道肯定不是原路，我们是顺着原路返回国道的，大货车不可能从右道下来，虽然它也有可能通到国道，但肯定不是原路。"

她分析得很有道理。我怀疑我的手机导航了。我继续看着导航，发现我们距离 G315 不远了。我跟着她走。她又重新焕发了活力，脚下发出有力的"噌噌"声。她身体里究竟有多大的能量啊。她小小的身躯里所储藏的能量难道一直就没有衰竭的时候？走着走着，她脚步放慢了。我也早就犯困了。人不是铁打的。我猜想她也坚持不住了。不知道为什么，我们在大货车上都没有困意，都没有借机睡一会儿，却在急需赶路的时候难以坚持了。然而，更糟糕的事情接踵而来，在互相鼓励甚至互相依偎下没走多久，月亮落山处，出现了一处村庄的模糊影像。

杨洋愣住了。

我也愣住了。

发现了村庄，才确定我们走错了路。

杨洋呆呆地望着模糊的村庄，望着月夜下红眼睛一样的几盏残灯，松开我的胳膊，腿一软，瘫坐到地上了。

"要是走右道，早就走到国道了。"我说。

"怪我喽？你不是有手机导航吗？你自己都没主意，手机导航都错了，却来怪我。在三角城，我可没邀请你。谁让你跟着我的？像个尾巴一样。要不是你跟着我，我就有可能上另一辆车了，就不会赶上这个破车了。"她鼓足最后一点力气把怒火发到我的头上，对于我的尾随产生了极大的不满。也是，她在三角城拦车的时候，有一辆车停在我们身边，司机伸出半颗脑袋，有了载她的意思。但这个年轻的司机恶狠狠地看我一眼，又开车走了。在那一刻我感觉那家伙就是嫌我碍事。现在，她要表达的就是这个意思。

"要不是你任性乱跑，我现在还在西宁呢，我还睡在西宁舒服的四星级宾馆里呢。"我也上火了。

"什么叫乱跑？那是我的自由，你管得着吗？"

"是谁打电话让我去刘家湾的？是谁跟我借钱的？"我一句也不让她。

她不说话了。她不说话就躺下了。她终于耗尽了最后一丝体力。她躺着的地方仿佛不是荒漠里的一条土路，仿佛是宾馆里舒适的大床，夜色也瞬间成了遮风挡露的床单和铺盖。

她一躺下，就睡着了，发出了轻微的鼾声。

我心里的那点积怨和火气也消失殆尽了。看着她蜷曲而卧的样子，不知哪来的同情，也不知哪来的怜悯，让我有点看重她和敬佩她了。难道不是吗？为了一个认定的爱人，为了一个目标，为了一个目标的水落石出，能有这样的决心和毅力，也真是难为她了。

瞌睡和疲劳是有传染的。我在离她一步远的地方也躺下来了。我想把发生的事情从头再捋一捋。可我只想了个开头，就睡着了。

是一阵"突突"而响的拖拉机声把我吵醒的。没错，是拖拉机声。"突突突"地轰叫着开远了。我眨动眨动眼睛，看到新鲜的阳光洒落在我的四周。我睡在阳光里了。天亮了。真正的清晨了。我一眼没有看到杨洋。我一个挺身跳起来。杨洋确实不在了。她去了哪里？不会化成阳光也不会化成泥土，她一定离我而去了。我下意识地望着太阳升起的地方，我看到了向阳光里开去的拖拉机，看到了拖拉机的车斗里，扶栏而立的，正是杨洋，虽然只是背影，虽然已经开去了二三百米远，我还是一眼就认出了她，白 T 恤，牛仔裤，长头发，匀称而修长的身形。我冲着她发出了歇斯底里的大喊："嗨——"

我向拖拉机狂奔而去。

拖拉机被我追停了。正好停在一条公路的边上。

原来这就是 G315。

杨洋坐在一块废弃的界碑上。我坐在地上，背靠着界碑。这段国道风光最美，右边是起伏的荒漠，左边是碧草如茵的绿地，隔着绿地仅百米左右是一条铁路线。这是著名的青藏铁路吗？越过铁路，就是蔚蓝的一望无际的青海湖了，那干净的神一样的水面，那晨光照耀的闪着粼光的蔚蓝，美丽得让人无法言述。我已经用微信语音告诉古影子了，我和杨洋昨天夜里搭乘顺风车去德令哈了，由于走错了道，此时还在路上。我又进一步说，杨洋是我在火车上认识的女孩，她出了点事情，必须陪她一起去。最后我跟古影子强调，你们可以去德令哈，也可以不去，我一个人在德令哈玩玩。如果去了，我们就在德令哈会合。过了一会儿，在手机还剩最后 5 个电的时候，我告诉古影子，手机马上没电了，到了德令哈我会立即充电，到时联系就恢复了。

我吃了一根黄瓜。杨洋吃了一个西红柿。是拖拉机手送我们的。送蔬菜的是个藏族小伙子。他不仅送我们到 G315，还送我们好吃的，牦牛肉干和水。对付了早餐之后，我们还储备了一根黄瓜和一个西红柿。看着这两个再平常不过的蔬菜，感觉从未有过的富有了。

我离开界碑，站起来，往草地里走了两步。

经过一夜的折腾，我发现杨洋的疲态还没有消除（我的状态也不好），头发凌乱着，衣服上也有了脏迹。此时，她像鸟儿爱惜自己的羽毛一样掸了掸白色的名牌网红旅游鞋，理了理同样牌子的袜桩，甚至还有闲情用手指当梳，梳理了飘逸的长发。她如此的悠闲让我深感吃惊。她不再像昨天那样火急火燎了，也不急于拦车赶路了。路上不时飞驰而过的各种车辆，她不再像昨天夜里那样两眼放光了。同时，她也不理我了。除了递给我黄瓜时朝我"嗯"了一声，其他时间甚至都没有看过我。但是她面部表情是平和的，眼神是温润的，不经意间还会露出一丝笑意。我也不想主动和她说什么。她一个人拦车走了，没有叫我，让我很感失落，虽然她解释说是让我多睡一会儿，但我还是不能释怀——这似乎也不是多大的仇恨，还是能原谅她的。既然我已经给古影子留了言，既然古影子已经知道我手机没电了，既然古影子知道我明天会在德令哈，如果她也到德令哈，肯定会告诉我的，我们会如约相见的。我也难得轻松下来。手机没电并不是天塌下来的事——杨洋手机被偷，身上除了衣服甚至什么都没有了，她不是照样活着吗？当然，她口袋里还有三千块钱，那也是我的底气。

"一点都不想带你。"杨洋也站到草地上了。她也在眺望着碧波万顷的青海湖了，她像是在自言自语。

她是在跟我说话。她眼睛里也碧波涟漪，完全恢复了灵动和活

力。从我狂追拖拉机到现在，我们一直在心里较着劲。现在她终于
绷不住了。她说不想带我，自然还是在提夜里的事。夜里她把我扔
在了那段乡间土路上，自己拦一辆拖拉机走了。如果我不是及时醒
来，如果不是我狂追拖拉机，如果不是开拖拉机送菜的藏族小伙子
停下来等我，我有可能还在那一带打转，还没有来到 G315 的路边。
我希望这不是梦。我想掐掐自己，可我感觉脸上热乎乎的，非常的
异样。同时也感到身上硬硬的冷。脸上的热，身上的冷，一热一冷，
激灵一下，醒了。

　　一条又瘦又小的流浪狗怪叫一声，跑了。它跑到不远的地方停
下来，转头看我，"汪汪汪"地叫几声，受了委屈一样地夹着尾巴
跑走了。

　　我身边没有杨洋，没有"突突"而响的拖拉机，没有黄瓜和
西红柿，更不是在 G315 路边。我还是躺在夜里躺下的地方——刚
才真的是一个梦。

　　"杨洋——"我大叫一声。

　　刚刚放亮的清晨一片寂静。我的叫声也显得空洞无力。我努
力回忆着，是不是真的有拖拉机从我身边驶过？杨洋是不是真的跟
着拖拉机走了。她能去哪里？她还能去哪里呢？德令哈，别墅。我
定了定神，拿出手机，看到手机确实要没电了。我按照梦里的话，
赶快跟古影子说明了情况，心里这才稍稍安定，才向四下里打量。
哈，我看到不远方有一条公路，公路上，一辆一辆汽车正在疾速地
驶过……

9

近午时分，我来到了德令哈。

午后一点，我站在青年北路 56 号的门口，心里既安定又悬空，同时还深感悲哀。这里并不是彼得向杨洋炫耀的别墅区，也不在乡下，倒是一片新城，是坐落在新城的一家全国著名的品牌连锁酒店。

骗子并不高明。而受骗者最傻的地方就是不愿意承认上当受骗，因此也就懒得上网查一查地址的真实性。我心里的安定正是基于这一点，没有虚跑这一趟，虽然历经了各种波折和辛苦，最终还是向杨洋证实了我对于骗子的精准判断。可心里的悬空也是基于这一点，折腾了整整一夜加半天，就是为了证实这个？悲哀吗？还真是，替杨洋，也替自己。

古影子已经和我联系上了。我是在太阳普照大地的时候跑到 G315 上的，而且很幸运地拦了一辆奥迪 Q6。车上是一家三口，是去德令哈探亲的。他们不但让我搭车，借给我手机充电宝，还让我吃了他们美味的食品充当了早餐。直到这时候，我还想着是不是还在梦境里，毕竟，凌晨的那场梦太真实了，有场景有对话，和现实生活一模一样，让我不得不多个心眼。当确定我确实回到现实生活中时，我觉得和杨洋分手后好运气就来了（也可能杨洋有着和我相同的感受）。古影子适时地来电话也是好运气之一。她开口就问我在哪？我说我现在在通往德令哈的 G315 上。她说和那个杨洋在一起吗？我说不，杨洋坐另一辆车先走了。古影子犹豫了一下告诉我，她刚刚在听我的语音留言时，小恩也在身边，小恩一听到杨洋这个名字，特别特别的敏感，再三地询问我是怎么认识你的，询问你和杨洋是什么关系，小恩真是搞笑，感觉你就像一个大骗子。我还没想好如何解释，古影子又急促地说："你和杨洋的事我哪里知道啊？唉，这个杨洋到底是什么来头？小恩像是知道了什么，那么感兴趣……你们真的是在火车上认识的？"在听了我肯定的答复后，古影子又说："好吧，小恩所做的工作我也不便打听，他的事既复杂又啰唆，我懒得管他了。但是，不管怎么样，我和红红都要去德令哈和你会合的。我们计划不变，只是游览青海湖要等到回程的路上了。对了，昨天晚饭时，红红对你的印象不错哦。"我觉得她最后这一句才是关键，同时也是古影子进一步在考察我。我不想再接这个话茬了。显然古影子也没指望我接话，我相信她也敏感地懂得我沉默也是一种态度了。古影子停顿了一口气，又说："等会儿把我们要在德令哈住的宾馆发你，你们先去休息会儿。"古影子所说的"你们"，其中就包括杨洋。她是不是误解了我和杨洋的关系？

此时，杨洋就在我前边几步远的地方，她可能比我早到也就几分钟的时间吧。她白 T 恤的后背上脏了一块，肩膀部分也有一抹擦痕，还破了两三个小小的洞，可能是睡在路上时叫沙子硌的。大约伤到了皮肉吧，和 T 恤上的小洞洞并列的一两点斑痕很可能就是血迹。这倒是和梦里的场景稍有相似。但此时最让她受伤的，可能还不是皮肉，是她的心灵。她一动不动，像雕像一样伫立着；她一动不动，内心一定在翻江倒海。我不想责怪她，也丝毫没有责怪她的意思。到了这时候，她一定什么都知道了。如果我要再说什么，她怎么能受得了？她把我丢在深夜的乡间土路上，独自一人离开，应该有她的打算——她有可能预感到有这样的场景，她怕这样的场景会让我奚落她。或者，她设想的场景完全相反，她心爱的白马王子正在别墅里烧烤等她呢，我跟在她身后算什么？解释起来多麻烦啊。但无论如何，我还是来了。她还不知道我就在她的身后。她还不知道我正在打量她的细腰丰臀，她还不知道她的背影像极了古影子。而我，正在揣摩她现在的心情。她转过身来了。她是猛地转过身来的。她转身的动作有些决绝，有些抛弃一切的果断。她看到我了。她满脸泪痕。她惊诧地对我睁大了眼睛。我们的目光在半空相撞了一下。她在定定地看了我片刻后，突然扑上来，紧紧抱住了我。然后，她就哭成了泪人。

　　一辆警车缓缓停在了宾馆门口。我看到这辆警车的车牌号是西宁的。一辆来自西宁的警车会不会和杨洋的受骗案有关呢？

　　我没有忌恨她中途扔下我，也没有责问她为什么要扔下我。我也不想了解她怎么把我扔下的，她又怎么来到德令哈的。我知道，说这些、了解这些已经没有意义了，她的眼泪和拥抱说明了一切。重要的是，她知道事情的真相了。我拍拍她的肩膀，小声安慰道："走吧，买手机去。"

10

　　在海子诗歌陈列馆外，我一边调试着吉他，一边看杨洋安静地坐在离我们十多米远的地方发呆。她的确是在发呆，或一直处于倾听或发呆的状态。她的倾听或发呆的状态，是她现在最佳的状态。因为她的案子毕竟还没有结。不过她的情绪已经稳定多了，手机买了，衣服也买了——我陪她买衣服的时候，特意建议她买一条长裙，一条抹茶绿的连衣裙，我觉得她穿上这条裙子，气质会更靠近古影子。她有点不愿意，但还是买了，当然，她又买了几件她自己喜欢的衣服，还买了一个行李箱。她跟我说了，可以和我们一起活动，也可以单独一个人打车回西宁——这要看案子的进展情况。

从西宁带吉他来，是古影子事先就有的计划，或者说是早在古影子的计划之内了。

吉他挺好的，音质上乘，手感也佳。但我还是分心了。杨洋的发呆，她的沉默，还有她寂寥的背影，让我不得不平添些许的牵挂。在她身旁是花丛和石头，石头上，刻着海子的一首诗，正巧是那首著名的《日记》："草原尽头我两手空空，悲伤时握不住一颗泪滴。"在这片临河的街心花园里，每块石头上都刻着海子的诗。海子诗歌陈列馆不过是普通的三间平房（也卖咖啡和简餐），平房外观简朴而大气，室内的影像设备上反复播放着海子的介绍。墙上也是海子的诗。我和杨洋已经参观过了。很显然，她知道海子，但对海子算不上热衷和迷恋。或者，她还没有完全从失恋加被骗的感情中回过神来。花园边上就是穿城而过的巴音河。在面对明镜一样湛蓝的巴音河时，杨洋曾自言自语地说："多么干净的河水啊。能死在这里也不错。"她的话自然吓了我一跳。我正观察她的表情时，她又说："我才不会像海子那样卧轨呢。"这句话更是吓我一跳，不卧轨，那就是跳河喽？我说："瞎想什么呢？"她不搭理我了。过了一会儿，还是一副自言自语的口气："自杀的人最没劲的。要是连死都不怕，还怕活着？"她这句话像是说给她自己听的，也是说给我听的，仿佛表明了她的态度。但总之，她的状态让人多疑。直到古影子和汪红红来了，她才表现出正常人的状态来，寒暄、微笑、互相介绍，还有女孩们之间肉麻的互夸，都让生活有了人间烟火的味道。古影子和杨洋还开起了玩笑，古影子夸杨洋精致，标准的大美人儿，白白嫩嫩、明明白白的漂亮。杨洋对古影子的胡夸海赞显然还不太习惯，但她的回话也颇具威力："火车上，袁彬老师一直在夸你有才又好看呢。百闻不如一见，果然美丽得让人嫉妒，难怪袁彬老师要不远万里跑来看你呢，我要是男的，也不会放过你。"她们两人的对话惹得汪红红想笑又不敢笑。但杨洋话里有话，显然也不是善碴，古影子和汪红红应该都听出来了。我却有点尴尬了，只能傻笑着。汪红红像个助理员一样地拿过吉他，说："古老师，你和袁彬老师谁唱？"古影子心里开心，好像又落了下风一样，对杨洋说："杨洋老师唱一曲吧？"杨洋说："我呀？唱歌呀？我还是算了吧，你们才是一伙的。"于是，又是笑。古影子就接过吉他，调试了。于是杨洋便假装赏花，假装看巨石上的诗，退到一边，与我们若即若离地待着了。

陆续有人来了——古影子还邀请了德令哈的三四个诗人，其中就有她的闺密。他们都是当年筹建海子诗歌陈列馆的创始人，并对陈列馆的建设做出了大贡献。我们要在海子诗歌陈列馆的门口唱海子的诗。我虽然久经各种场合，甚至在露天酒吧都唱过歌，但在这种有着特殊纪念意义的地方唱海子的诗还是有点紧张。我准备练习的这首歌就是海子那首著名的《日记》，曲子是古影子配的。当然，我知道，《日记》有很多人配过曲，较有名的是蒋山的那一首《德令哈》，我也唱过。但古影子的配曲，和蒋山的完全不一样，更为柔情，更为悲伤，更深入人心，更让人想起遥远的往事，想起生命中某些无常的时候。我从前唱过，来时又练习了两三次了，心里有了底。我还练习了古影子的另一首歌曲。这首歌曲的特殊之处是，不仅词曲出自古影子之手，而且是致敬海子的《日记》，歌名就叫《致敬德令哈》。但是，古影子悄悄告诉我："这首《致敬德令哈》，让汪红红来唱，你来吉他，我打鼓。红红，可以吧？"汪红红说："可以。"古影子又说："红红是一心要唱好这首歌的，已经练了好久了，你们只需在正式演唱前合一次就行了。"我说："哪有时间合啊？要合吗？"古影子说："不合也行，你们肯定心有灵犀的。"古影子怕她的话有些露骨，或者她是故意这样露骨，又解释道："我们都是心有灵犀的。"我看到，汪红红在听了古影子的话后，脸色发生了微妙的变化——她并不高兴再这样暗示了。

活动进行中，德令哈的夜幕降临了。

空气异常的洁净，能明显感觉到奔腾不息的巴音河带来的雪山之水浸润着每一寸夜色和灯色。河畔花园里，夜静风纯，花香四溢，每一块海子的诗石都闪耀着抒情的光，宛如夜色中的一颗颗泪滴。因为我已经唱过了古影子配曲的海子的《日记》了，空气仿佛被委婉的悲伤所凝固。接下来，我和汪红红要合作古影子的《致敬德令哈》了，不多的听众更为安静了，他们的目光中除了期待，还有好奇。看起来，汪红红的情绪已经酝酿好了，她手持话筒，面色沉静，眼睛和嘴角牵出的神韵既神圣又庄严。我跟她示意一下，弹出了第一个音符，在一串悲咽、凄哀的前奏之后，汪红红有特质的嗓音在夜色中响起："今夜，我在德令哈，想起我的姐姐，她还在傻傻等待，突然闯入的火车吗……"

所有人都安静了，都沉浸在音乐和歌声所营造的氛围里。我看到稍稍远离中心的杨洋在歌声响起的一刻，也转过了身，显然她也被音乐和歌声所打动。但是，在歌声接近结束的时候，她被另一件事情所打扰了——我看到她一边接听着手机一边向河边走去。

歌声结束之后都有一会儿了，她才从河边走来。由于灯色朦胧，看不清她的面部表情，从她走路的姿态上能看出她步履的轻快，由此可以判断她心情不错。她的心情的改变，应该从买手机时我就发现了。按照她原来的意思，她准备先买一个便宜点的，配置低一点的，能用就行。是我的一句话改变了她的初衷。我说："没事，你可以一步到位。我有钱。"我跟她举了一下手机，挺牛气的样子。但我举过手机就后悔了，因为我的支付宝上只有几千块钱，现金又全给了她，万一她要买一部上万块钱的手机怎么办？好在她很低调，买了一部五千多块钱的。有了手机后，她的支付宝和微信等功能就恢复了，迅速就把钱还我了。从那时候开始，她就是一个正常人了，就有了拘谨、害羞、馋嘴、爱美、怕晒和好奇等女孩子固有的特性了，不再提彼得了，也不提被骗的事了，仿佛彼得根本就没有存在过。那么这个电话，是谁打来的呢？警察打来的？但无论如何，肯定是一个好消息。

我一边弹吉他，一边对杨洋的过分关注，引起了古影子的不快。古影子的不快也不是表面上的流露，或者说很隐蔽，只有我能觉察出来。而汪红红沉静的表情和收敛的微笑中，也暗藏着别样的情绪。这都是可以理解的。我是投奔古影子来的，凭空冒出一个杨洋来，扰乱古影子事先设计好的计划和秩序，而汪红红至少会想到，她还没有一个从天而降的杨洋受到我的关注，情绪没有变化也是不可能的。

我看到接打电话回来的杨洋，在离我们更近一点的石凳上坐下了。

古影子朝她招手，喊道："杨洋老师，来唱一首吧，唱什么都行。"

可能是接听的电话给她带来某个重要消息的缘故吧，让杨洋把什么都放下了。我看到杨洋抿嘴一笑，站起来，向我们这个临时的舞台走来了。

汪红红高兴地把话筒递给她。

"唱什么歌杨洋老师？看我和袁彬能不能配上。"古影子看着我，意思是，反正你懂的歌比我多，以你为主啊。

"《乡村路带我回家》。"杨洋说，还把头发甩一下。

天啦，我暗暗吃惊了，这个歌她也敢唱？这是美国人约翰·丹佛唱红世界的一首歌。杨洋说话的声音有点轻，有点飘，缺乏特色，不像古影子那么浑圆、磁性，她敢唱这首名曲那是真要有勇气的。本来我就觉得，古影子邀请心情极其不佳的杨洋唱歌，就带有点调侃、嘲弄和出她洋相的意思，她还真的上当了。但是，既然她敢唱，配器我还是不成问题的，因为每一个喜欢乡村音乐和西部音乐的人，丹佛的这首歌都不知弹唱了多少遍了。我便酝酿一下情绪，开始弹奏。在简短的前奏之后，响起的是杨洋特质非凡的歌喉。她一开口，就惊艳到我了。她的英语发音是那么的好，节律、气息和情绪的把控更是恰到好处，都是约翰·丹佛的调调，我仿佛看到大片的田野、阳光，风光绮丽的山谷、乡村，仿佛感受到通向故乡的小路和掠过的轻风，感受到那份自由和无忧无虑，感受到那发自内心的怀念、向往和抒情。本来听众只是海子诗歌陈列馆的工作人员和古影子闺密带来的几个好友以及少数几个游园的游客，在杨洋的歌声中，又吸引几个路人加入了。

一曲歌了，正当我们还沉浸在美国西部美丽的乡村风光里，正当我们还在消化杨洋的歌声时，我看到远处的小许了。在小许的身边，是一个身穿警服的年轻人，这个年轻人我见过，就是那天接待我和杨洋报案的民警。

小许的突然到来，让我们都感到惊奇。我看到汪红红赶快走过去了。

一定是关于案子的。

果然，汪红红过来把杨洋叫过去了。

我看到他们在交谈。先是小许和杨洋在说话，然后那个身穿制服的民警也说了几句。后来是一脸微笑的杨洋夸张地握了握小许的手，又和另一个民警握手。笑靥如花的杨洋不停地说着什么，看样子，案子破了，应该是关于感谢一类的话。

杨洋向我这边跑来了。

此时她身穿一件孔雀蓝色的连衣裙，裙摆欢快地打在腿弯上，和她的心情非常的切合。

她是来跟我打招呼的。

"袁老师，不好意思，不能和你们一起玩了——我要跟他们一起回去。"杨洋说罢，目光还在我脸上停留片刻，像是感激，又像是嘱咐什么，最后又说了句"谢谢啊"，就算是告别的赠言了。

11

我们在德令哈住了一夜。住下之前，古影子的闺密又请我和汪红红吃了夜宵，第二天我们玩了离德令哈不远的托索湖。在托索湖欣赏美丽的湖景时，我还想着，杨洋的案子也应该结了吧？四十万的损失能追回多少呢？我没有接到杨洋的任何消息，我也就无从知晓了。午饭后，正当我们准备赶往另一个景点时，汪红红突然接到单位的紧急任务，要她提前结束公休假，我们的德令哈之行也便提前结束了。

我们当即就驱车赶往西宁了。

我们没有按照原定的计划在回程途中游玩美丽的青海湖。我们只能沿着高速公路望一望沿湖的景色，那些湖边碧绿的草地，草地上灿烂的野花，那一望无际的浩渺的碧波，都让人惊叹并心生向往。当然，古影子在路过许多景点时，还不忘给我做了简单而生动的介绍，黑马河，江西沟，天鹅湖，倒淌河，日月山，这些景区在古影子的精彩描述下，一个比一个美丽，一个比一个魅力无穷。

原本，回到西宁后，我可以在西宁多待几天的。西宁的美食还没有好好尝尝，景点也没有好好看看。反正回北京也没有什么事儿，酒吧还不知道何时才能恢复往日的喧嚣，小拙灰暗的、潮霉味呛鼻的半地下室我也不想再住了。但我却提不起兴致，甚至有点索然无味。古影子倒是还有计划。可古影子已经和我原来记忆里的古影子不一样了，再留下的心情也远离了我来时的初衷，还有意义吗？就在这时候，突然接到了小拙的电话。小拙欣喜地告诉我，北京的酒吧已经允许乐队和歌手进驻了。这无疑是一个让人振奋的消息。我立即蠢蠢欲动起来，巴不得立即回到北京，仿佛我回晚了一步，好的酒吧就被别人占领了一样。同时，也是我离开的绝好的借口。

但是，在我刚从德令哈回来的第二天，就告诉古影子我准备离开时，古影子还是惊讶了，古影子说："怎么也要多留两天啊，我好不容易说服汪红红，再抽个时间一起吃吃饭的，怎么说走就走啦？"

我把小拙和我讲的好消息跟古影子复述了一遍，同时也说明北京的工作岗位竞争非常激烈，怕晚一天就会多生变数。

古影子说："北京的机会虽然多，但压力也大，房租啊，交通啊，吃饭啊等等费用都奇高，远没有西宁这地方安逸、自在。我觉得，你要是在西宁搞个音乐工作室，绝对有发展前途，或者在西宁找个工作，也是不错的选择。当然，西宁是不能跟北京比的，时尚元素差多了，可是……可是……你还没去我的工作室看看呢。我的音乐工作室还需要你的指点呢。还有啊——我也就直说了，你觉得汪红红这个人怎么样啊？她觉得你心事很重呢。我说要多接触，多了解……你笑什么？瞧你这表情，嗨，看来我是多此一举了。其实不要紧的，交个朋友嘛。"

我说："谢谢你的好意，我真的要走了。"

古影子观察我的情绪，说："你执意要走，也不留你，以后，我们在北京还会见面的。"

这后一句是客套话了。

"这几天……辛苦你啦！"我还难掩悲伤。

古影子也感觉到了，她轻声道："对不起……"

她的"对不起"含有太多的内涵。但，这就是人生，这就是人世，这就是生活。

我订了一张中午 12 点 35 分西宁至北京西的卧铺车票。

分手在即了。古影子知道我的行程后，一定要请我吃一顿饭，送行的饭。她的理由也很充分，说她当时从北京回西宁时，我也请她吃了一顿，处朋友要讲究对等。但是，吃饭耽误事啊，时间更显紧张了。当吃完饭，她开车把我送到西宁站时，离发车时间只有十五分钟了。我拿着身份证慌忙地通过各种闸口，气喘吁吁地登上列车，还没有找到自己的铺位，就广播停止检票了。真是太险了。我拉着行李箱，往车厢里寻找。列车上的旅客不多，我很顺利就找到我的铺位了。

让我不敢相信的是，古影子居然坐在我对面的铺位上，正仰着脸朝我笑。我脑子瞬间眩晕了，穿越了，随即又清醒了，这哪是古影子？这是杨洋啊，她穿了我建议她买的那件抹茶绿的连衣裙，显得清新脱俗。

"啊？怎么可能是你？"我说。

"怎么不可能是我？"她也乐了，"你以为是谁？古影子？"

"不不不，我以为……"

她歪一下脑袋："谁？你敢说你不喜欢古影子？"

我不说话了。

她思忖了片刻，说："不过古影子的男朋友太优秀了，简直就是神探，就是……就是当代狄仁杰，就是中国的福尔摩斯——他抓住那个大骗子了。真是太让人没面子了，那个大骗子，居然是个女人，而且是个胖女人，我怎么就那么幼稚呢？哈哈哈，你也没聪明多少……不是打击你啊，你还真的不如许警官，人家那个帅，那个智商，那个优秀，不佩服都不行啊。"

"你也是骗子。"我说。杨洋太得意了，太打击我了，太不把我当回事了。我不能让她如此的肆无忌惮。

"骗子？我？你这么高看我？哈哈哈……"她笑得更欢了。她笑着笑着，眼泪就噙在眼里了。她目光定定地看着我，声音突然变了："我一直在看你的微信，看你朋友圈上传的那些歌，看古影子的影像，也有你的影像。也一直想跟你说声谢谢……我要向你道歉……其实，其实你也是优秀的。可我不想在微信上说。我想当面说。没想到……没想到真的又见着你了……真是太巧了。没错，我想做个骗子，我希望我是……对，我不是骗子，我希望我就是古影子。"

"你唱歌……不差给她的。"

"仅仅是唱歌吗？你真是太健忘了，你不知道我是干什么的？

我是搞艺术培训的，音乐这块正是我们培训机构的主打项目，而我，专业就是声乐……怎么样？愿意到我们艺术机构上班吗？昨天我接到教育主管部门的通知了，各种艺术培训可以开学了。你要能来，我给你开顶薪。"

这又是一大意外的惊喜了。我简直没用考虑就说："真的呀？太好啦！"

她扬脸看着我，眼睛再次湿润了，哽咽着说："……你教会了我很多。"

她站起来，向我身边靠了靠。

这时，火车启动了。火车司机可能是个新手，启动时发出剧烈的抖动，在突如其来的惯性作用下，我们互相没有站稳，拥到一起了。

2020 年 9 月 11 日初稿于北京像素荷边小筑

2021 年 1 月 15 日修订

跋

当今文化生态的疼痛隐喻

——评陈武中篇小说《自画像》

李惊涛

　　《十月》2021 年第一期的小说栏目，头题推出了陈武中篇小说《自画像》。在我看来，这篇小说触动了一个话题，一个可能是敏感的、令人有些羞答答的话题。但是我想把这块盖头掀开，让这个有些沉重的话题露出真容。

　　从故事的层面看，中篇小说《自画像》写的是一个清纯少女改变了一个中年油腻男的故事。什么样的油腻男？"猥琐，油腻，贪图小便宜，安于现状，胸无大志"，这是男主角的自况，当然不乏自嘲。他叫鲁先圣，在"画家村"开着一家画廊，人称"老鲁"。为了赚取廉价劳动费用，他想改变美术系大四女生翁格格，把她变成批量造假的熟练画工。本来，我以为陈武会像小说《奉使记》那样让两个人物来次"对位移植",后来发现不是;只是老鲁被改变了——翁格格改变了他,把他变成了尊重艺术、尊重创造也尊重自我的人。这个有趣的结局颠覆了我的预想,让我悚然一惊。我意识到惯性思维是多么可怕,继而想到陈武的叙述策略中可能埋藏了一个隐喻,一个关于当今文化生态令人感到疼痛的隐喻。

当然,说破《自画像》中的隐喻不是什么了不起的发现,只是我不吐不快的执拗。事实上,单纯从隐喻的角度解读《自画像》,是有些对不起这篇小说、也对不起作家陈武的。因为一方面,中篇小说《自画像》的旨归是丰富的,绝非单一的"隐喻"可以囊括;或者说"隐喻"充其量不过是《自画像》的蕴涵之一。但是另一方面,这篇评论确实不想再全息解读作品,只想说说"隐喻"这个"梗",是刻意"攻其一点,不计其余"的。

在当今的文化生态中,生长着太多面目相似的模式化与类型化作品。它们按元素组装,按套路制作,按流水线作业;极端情况下,甚至"人工智能"软件生成的"作品"也混杂其中。所以当下太需要一篇这样的《自画像》,也太需要一幅这样的"自画像"了!因为艺术界也包括小说艺术界,不仅已经十分"油腻",还为此建立起一套必须"如此这般"的说辞。最常见的便是"生存的压力"与"市场的制约",让文化生态中某些现象堂而皇之、愈演愈烈:一是竞相模仿,二是粗制滥造,三是流水线,四是套路化,使得精神产品完全匍匐在市场脚下,不再顾忌"生活—艺术""模仿—创造""真实—托伪"的辩证关系,几乎捐弃了"求真—求新""发现—创造"的艺术规律,以致"抗日神剧"疯长,"大师"

泛滥成灾，"行为艺术"抢镜……所以《自画像》写的是老鲁，也是在写艺术界；老鲁的"自画像"，也是艺术界的"自画像"。

就"自画像"这个概念的所指与能指而言，都脱不开自己画自己。翁格格一点不吃力地报出了凡·高那么多的自画像，都是画家画自己。他画了那么多的自己，要么是不同时期的自己，要么是同一时期不同境遇下的自己，因此没有一幅"自画像"是完全相同的。但是陈武《自画像》中关于"画家村"的许多描述，却必定出乎历史深处的凡·高的意料。而时间的吊诡之处在于，"画家村"里那些凡·高的"自画像"，都不是他自己画自己。那些貌似一模一样的凡·高"自画像"，可以被"陈大快"流水线作业一般一天十幅地批量复制出来（胡俊甚至可以同时画五幅凡·高《咖啡馆》）。这不是简单的讽刺，而是时代所制造的文化生态中的黑色幽默。陈武笔下的《自画像》，一个隐喻，几个意思？一方面，是作家不无忧虑地在为当今文化生态中某些"油腻"现象做"自画像"，为艺术界的乱象做"自画像"；另一方面，也是他充满善意地为尚存希望的艺术界做"自画像"，为未来可能出现的艺术界清流做"自画像"——这里的艺术界，当然也包括小说艺术界。

为什么说陈武对"油腻"的艺术界，也包括小说艺术界还充满善意、抱有希望？从"隐喻"破解角度来说，正像老鲁一样，艺术界还不是无可救药，因为它还有一颗能够自省的灵魂。小说中的老鲁最终被翁格格改造，当然缘于翁格格的不抛弃与不放弃，缘于两次有意趣的契机——大规模退画和到凡·高故乡阿姆斯特丹参访。但是细察老鲁的改变，其自身的内因也不能忽视：他也有十万

大山深处的娘亲，也有自己的老街，也曾有过抱负；他到马各庄去
见翁格格，不是还刻意换上新 T 恤和新鞋子，下意识地将旧衣旧鞋
扔进了垃圾桶吗？从凡·高的故乡归来，经过痛苦的反思，他不是
也画了三幅画吗？一幅五官夸张变形的《自画像》，一幅《少女》，
一幅《老街》。三幅作品，各有隐衷，令他隐约找到了"最拿手的
画风"，告别了自以为是的"油腻"，从而走向了一个清新的"方
向"；那是翁格格期望的方向，应该也是艺术界——包括小说艺术
界未来的方向。

　　当然，这样解析小说人物的行状，是基于情节本身构成的隐
喻，意指陈武的《自画像》在对当今文化生态中某些作品复制粘
贴乱象构成的有力反驳。既然是隐喻，当然也有不够完善的缺陷。
因为翁格格虽然清纯，却很稚嫩，方向会在她那里吗？她还在路上
啊。正如她那幅《画速写的自画像》，还只是一幅"画速写的自画
像"；"自画像"中的她只是在画速写，既不是典范，也未列入经
典。但那确实应该成为已经"油腻"遍布的艺术界未来的方向。因
为翁格格在寻找、在发现、在追逐和锻造自我，使自己成为自己。
她在向成熟中的自己成长，直至长成，而不是成长或长成别人，即
使那个"别人"是凡·高；更别提"画家村"复制粘贴出来的那
些"凡·高"了。

　　我通常是不赞成把小说看成"故事—理念"的承载物的，因
为那会使复杂的小说世界变成简单的理念"传声筒"；我也不认为
小说艺术都是"寓言体"，因为那会让丰富的精神产品退化为"小
儿科"。就这个维度而言，说陈武这篇《自画像》隐喻了当今文

化的某些生态，我承认不免失之皮相。事实上陈武这部中篇小说写得很摇曳，很放松，并没刻意在作品里放入什么隐喻。他曾经告诉我，小说在构思时有三个点让他觉得很有"写头"：一是订单被退，有了悬念；二是男女关系的走向，有了情趣；三是老鲁改变自己，达成叙事使命。这是作家平常不与外人道的写作缘起或隐秘意图。但是，由于我近期系统阅读了陈武一批长中短篇小说，发现他的创作发生了不小的变化，就是作品走向开始由生活的"异常"向生活的"日常"转化，作品的调子开始从凄美向温馨转化。写生活中的日常并能够写出温度来，这让我生出了类似《自画像》中"老鲁"式的感叹。他在马各庄看翁格格画的《煎饼摊前的男人》时，"感叹她能让生活变成一幅有质感的画"。陈武近期的作品也让我生出感叹，就是他可以将密实的细节行云流水般推进，将细腻的心理准确捕捉与描摹，从而"让日常的生活变成一篇有质感的小说"。他自己也说过："没有什么是不能写成小说的。"他仿佛获得了一种全新的能力，令自己的作品进入了一种新境界或者新高度，就是可以在生活与艺术之间，用小说来自由切换。这让我想起欧洲现代绘画艺术对古典艺术进行反叛时，高更、塞尚、雷诺阿、莫奈、毕加索和凡·高们，不是用模仿，更不是用复制，才走出了达·芬奇、安格尔、德拉克洛瓦甚至米勒的阴影，才走向了艺术的现代生天。而当今文化生态中那些千篇一律和千人一面的"作品"制造者，就像"老鲁"那三幅画一样，不知从什么时候起，既忘了"老街"的来路，又不愿向"少女"低头，经常是五官变形、浑身"油腻"；既失去了脚下的土地，又失去了远方的天际；既没有

自画像

勇气超越前人，也没有价值被后人超越。现在，借着说破陈武这篇《自画像》中隐喻的契机，我想说，当今艺术界也包括小说艺术界，也许到了该重拾勇气和重构价值的时候了。

（作者系中国作家协会会员、中国计量大学教授）